*Autoportrait d'Hokusai.*

# JAPON

*Philippe*
*Pons*

POINTS PLANÈTE

SEUIL

EN COUVERTURE :
Photo Gontier © Jerrican.


ISBN 2-02-010109-2
(ISBN 2-02-00-5902-9 pour la première édition)


© ÉDITIONS DU SEUIL, 1981 ET SEPTEMBRE 1988.

# Partir

Aller au Japon, c'est peut-être mieux qu'ailleurs être en situation de comprendre que le voyage commence où cesse d'exister le spectaculaire. Non qu'il n'y ait pas de pittoresque nippon; au contraire, on doit s'attendre à en être submergé. Mais c'est précisément le piège majeur : celui de l'exotisme qui fige le différent dans l'étrange. Le Japon nous paraît à la fois trop proche par sa technologie et son développement et trop lointain par sa civilisation pour qu'on ne soit tenté de croire qu'il y a un secret, des «coulisses» – une démarche sans doute moins inéluctable dans le cas de la Chine ou du monde islamique, d'entrée de jeu mis en marge de nos catégories.

Et l'on se mettra en quête du «vrai Japon», celui des profondeurs, par opposition à celui qui nous est donné, pour traquer des noyaux d'archaïsmes que les «Japonais auraient su conserver» au nom d'une obscure conscience collective, collectionner les détails pour eux-mêmes, épingler les petites admirations comme des papillons. Cette vision éclatée de la réalité voile que le «pittoresque» n'est que l'expression fragmentée d'un système. Celui-ci renvoie à une logique, fût-elle déprise de notre rationalité, qu'il s'agit de déchiffrer et de comprendre. Voyager, en particulier au Japon, consiste dès lors à ne plus être obnubilé par l'étrange qui nous assaille, mais à essayer d'en saisir les mouvements, les cohérences.

Il n'y a pas deux Japon, celui des apparences et celui de la tradition, un Japon ancien et un Japon moderne, un Japon «vrai» et un autre qui ne le serait pas. Tous ces dualismes relèvent du même mécanisme de pensée : le désir de trouver *son* Japon. Et il faut dire qu'il est déjà dans nos têtes ce Japon, enjeu de nos représentations, coincé entre une réminiscence de Pierre Loti et une projection de futurologue, entre l'ineffable des spécialistes esthètes, collectionneurs de l'imperceptible, et l'universalisme des économètres qui le mettent en chiffres.

Le Japon est assurément un pays déconcertant : qui a fait plus et plus vite? Depuis la fin de la guerre, il est passé d'une économie de nation vaincue à la situation de rival le plus direct des États-Unis. De la position de copieur de la technologie occidentale à celle de pionnier de la révolution scientifique du XXIe siècle. Et tout cela sans apparemment perdre son identité, du moins ce qui passe pour telle.

C'est l'île de Mme Butterfly et ses yeux baissés, de Mishima, l'écrivain qui s'éventra en deuil d'une japonicité perdue, de l'«Armée rouge» qui massacre des pèlerins à Tel-Aviv au nom de la révolution mondiale, du zen extatique, des cerisiers en fleur, des bouquets en arabesques, de la douceur maniérée et de la virilité qui s'exacerbe pour croire en elle. Mais c'est aussi le pays de toutes les explosions, d'Hiroshima à celles des industries les plus modernes, des aciéries géantes, des trains les plus rapides, des gadgets de nos désirs, motos étincelantes et chaînes stéréo miniatures, de l'informatique qui cerne notre avenir quand les nourrissons seront bercés dans des crèches automatiques, la circulation automobile réglée électroniquement et la ménagère branchée sur un mini-ordinateur.

Si trop de proximité nuit, la magie de l'éloignement fait surgir des images non moins erronées par leur schématisme. Le Japon, parce qu'il se situe géographiquement à l'autre bout de la planète et culturellement aux antipodes, mais pourtant dans notre monde occidental «machinique», est le point de convergence de nos sublimations et de nos hantises, donc de nos ignorances. Qui s'émerveille devant les courbes de croissance et les records alignés croit discerner dans le «miracle économique» la réconciliation du capital et du travail, et dans une société où patrons et ouvriers semblent complices, le plus éclatant démenti aux théories sur les antagonismes de classes. Qui, au contraire, y verra le spectre d'une fourmilière urbaine, préfigurant un monde à la George Orwell, ou, plus prosaïquement, le lourd tribut qu'une société paie à un développement aveugle, source de pollution dont les victimes aux membres tordus comme des fleurs d'apocalypse, pleurant en silence devant les soubresauts de leurs enfants-larves, sont appelés à témoigner. Qui, enfin, refusant toute analogie technologique, ne s'attachera qu'à une prétendue impénétrable étrangeté, se blottira dans une essence orientale cultivée en vase clos comme un *bonsai* (arbre nain) et mettra le Japon à la dérive de l'histoire, préférant la bonne vieille psychologie des peuples à une quelconque grille conceptuelle : toute lecture matérialiste devenant dès lors iconoclaste; aller au Japon s'apparente à l'acte de foi, car l'archipel ne se donne qu'à ceux qui l'ont mérité.

Si les deux premières approches ont une prétention à la rationalité, la troisième la rejette et, au nom d'un respect de la spécificité nippone, donne le pas à l'initiation sur la connaissance, à la description sur l'analyse. On substitue alors à la connaissance du Japon «le Japon», oubliant qu'il n'est de Japon qu'objet de connaissance. Vouloir saisir ce pays en soi revient en fait à construire une sorte de «nature japonaise» irréductible, d'abord, au discours occidental. Un peu comme l'oiseau chez Kant qui pense que si l'air n'existait pas il volerait mieux, ce qu'il est convenu d'appeler l'orientalisme s'exténue à ramener la réalité au Japon des estampes. Il y a incontestablement chez beaucoup d'auteurs qui ont écrit sur l'archipel une richesse d'observation – chez Loti par exemple – précieuse pour le visiteur même si elle a engendré une floraison de clichés, mais l'explication reste pauvre, empirique, lorsqu'on ne sombre pas dans le frémissement de l'indicible. C'est le Japon des «états d'âme».

Au risque de paraître un intrus, un individu mal élevé, et, si l'on insiste, un élément subversif, on ne doit pas en arrivant se plier «au langage du cœur», comme trop souvent on y est invité, c'est-à-dire lâcher les amarres de sa grille de lecture «occidentale» du réel au nom d'une inadéquation des instruments de connaissance à son objet. Il ne s'agit pas de tomber dans l'ethnocentrisme – et *juger* à partir de valeurs occidentales –, mais pas non plus de croire qu'il faut devenir japonais pour comprendre la réalité nippone. Aussi précaires et partiels que soient nos outils de connaissance, jusqu'à nouvel ordre, nous – comme les Japonais – n'en avons pas d'autres pour comprendre, c'est-à-dire en rien prétendre à l'objectivité, mais au moins tenter d'ordonner le réel pour ne pas rester au niveau de l'intuition et de la subjectivité.

L'approche culturaliste qui privilégie l'héritage du passé dans l'interprétation des faits relève bien dans le cas de l'archipel d'un parti pris : vouloir que le Japon nous «dise» ce que nous voulons croire pour rassurer notre conscience malheureuse : «Il y a des sociétés matérialistes qui ont su conserver leur âme.» Cette approche est d'autant plus répandue dans le cas qui nous intéresse que le Japon a sa place dans nos représentations politiques : certes, on ne sait pas jusqu'où il ira et il défonce «nos» marchés, mais il n'en a pas moins notre faveur *a priori* puisque c'est tout de même un pays de «bon ton» dans une Asie qui vire au «rouge» et que s'y attachent de tenaces préjugés quant à sa cohésion sociale. S'il y a deux Japon, c'est sur le plan politique et non culturel : lorsqu'il s'agit de récupérer une misère parfois, des injustices sociales souvent, qui n'ont rien de «japonaises» mais sont le prix d'un processus de développement, en invoquant par exemple une «frugalité» ancestrale. Il y a deux Japon lorsque l'on ne voit pas ceux qui, ici comme ailleurs, sont les vaincus, les humiliés et les offensés, ceux dont l'espoir est brisé, pour s'obnubiler sur le «miracle» et ses produits, lorsque l'on privilégie le discours du pouvoir et que l'on oublie les promesses qui n'ont pas été tenues.

Voyager, ce n'est donc pas entretenir une position d'étranger mais apprendre à le devenir; acquérir une sensibilité pour repérer ce qui, dans le réel, s'annonce autre mais n'a rien d'original par nature sinon une évolution historique propre. Et, à cet égard, refuser le partage systématique de la tradition et de l'actuel au profit d'une analyse de leur interaction est la condition première pour saisir le Japon d'aujourd'hui confronté à sa propre modernité : «Ne dites jamais c'est naturel afin que toute chose cesse d'être immuable», conseillait Brecht.

*Note au lecteur :*
Pour les noms de personnes, nous avons suivi l'usage japonais, le nom de famille précédant toujours le prénom.

*Idéogramme : le printemps.*

*Tokyo, une ville où tout paraît sans fin.*

# Tokyo

## Modernité

Tokyo sera pour le voyageur le premier «choc» avec le
Japon. Or c'est une ville qui, au départ, n'a de déroutant que d'être une traînée urbaine plus immense qu'on
ne l'imaginait (28 187 kilomètres carrés). Son seul exotisme marquant est une marée multicolore, mouvante,
de caractères chinois ou de syllabaires japonais qui
paraissent d'autant plus gigantesques qu'ils constituent
pour l'Occidental un univers muet. Plus que jamais la
ville est une énigme. Elle fuit. Tout paraît travesti car
on ne voit que ce qui aveugle. Et la foule y engloutit le
flâneur. Pourtant, rapidement, derrière le rideau d'idéogrammes, il se rassurera de se sentir en terrain de
connaissance : *nos* magasins, en plus grand, *nos*
machines, en plus perfectionné, *notre* architecture de
béton, en plus futuriste, *nos* uniformes vestimentaires
enfin, tous nos mythes de modernité, transfigurés sans
doute, nous ont précédés. Comme Christophe Colomb
cherchant l'Orient et débarquant en Amérique, on croit
arriver en Asie et on découvre un Nouveau Monde,
tout au plus insolite, d'une propreté et d'une ordon-
nance de prime abord désespérément helvétiques.

Tokyo déconcerte. Mais le dépaysement doit sans
doute moins à l'exotisme de surface de cet univers
difficilement lisible qu'à la démesure. Tout paraît sans
fin : ces boulevards où coule la circulation le long des
lignes blanches de la chaussée rythmée par une
débauche de signalisation; ces foules sans cesse
recommencées; la ville elle-même qui, la nuit, étire ses
lumières à l'horizon comme une immense nappe de
près de cent cinquante kilomètres de rayon. L'ar-
chitecte Tange projetait même de construire sur la baie
une ville nouvelle plantée sur une plate-forme – comme

sera en 1993 le nouvel aéroport d'Osaka. Dans le cas de Tokyo, cela ne changerait pas grand-chose : la capitale du Japon est un port, et pourtant c'est toujours à la dérobée, par hasard, que le regard rencontrera la mer, que, dans la nuit, la brise en apportera l'odeur.

«La ville est à elle-même sa propre banlieue», écrit Augustin Berque. A Tokyo s'ajoutent en effet les préfectures limitrophes de Kanagawa (qui a pour centre le grand port de Yokohama), Saitama et Chiba. Sans jamais quitter le tissu urbain, sans avoir ne serait-ce que l'impression de traverser des faubourgs, on peut ainsi aller de Tokyo à Yokohama, la troisième ville du Japon par sa population, distante de vingt-cinq kilomètres, ou même, à l'est, à Chiba, immense agglomération de la taille d'une grande ville française. Depuis 1975, 28 millions d'habitants – un Japonais sur quatre – sont agglutinés dans cette mégalopole (11,8 millions en 1984 pour la seule préfecture de Tokyo), «l'une des plus prodigieuses accumulations d'hommes, d'activités, de richesses et d'insalubrité du globe», a-t-on pu écrire. Accumulation est bien le mot. Car ce qui frappe à Tokyo, c'est la confusion de la ville.

Quel ordre sous-jacent préside à ce fatras de complexes industriels et de logements, d'entrepôts, de canaux oubliés, de gratte-ciel de verre et d'acier à l'ombre desquels un fourmillement de petites maisons enserre un labyrinthe de ruelles? à cet écheveau de voies ferrées urbaines et d'autoroutes suspendues au-dessus de la ville, barrant le ciel d'un trait de béton, tels des toboggans géants serpentant entre les immeubles et une débauche de néons spasmodiques, disparaissant sous terre pour resurgir plus loin et s'étoiler en plusieurs tentacules? Ville extravagante, proie la nuit des marteaux-piqueurs qui l'éventrent pour ne pas gêner la circulation le jour.

### Une ville éclatée

Tokyo n'est pas une ville au sens occidental du terme, s'ordonnant autour d'un centre qui en serait aussi le cœur. C'est une ville éclatée, «décentrée». Ce que l'on nomme «le» centre (les quartiers de Ginza et de Marunouchi où les pouvoirs économiques et politiques dressent leurs temples de béton et d'acier) n'est en fait qu'«un» des centres de la capitale nippone. Certes privilégié. A proximité, en effet, un îlot de verdure, protégé par des douves où évoluent des cygnes indolents – quelque peu noircis par les gaz d'échappement – et par de hautes murailles de pierre noire au-dessus desquelles pointent des pins, semble être détaché de l'organisation urbaine. C'est le palais impérial, dont on ne visite qu'une partie et qui pour le voyageur demeurera une sorte de «non-lieu», hors du temps, où, lui dira-t-on, la saison venue, un vieil homme repique symboliquement le riz : l'empereur.

Désordre ou liberté, négligence délibérée des dirigeants et problèmes inhérents à toute poussée urbaine : Tokyo semble avoir grandi spontanément dans le chaos et l'anarchie. En l'absence d'un urbanisme au sens occidental, centralisateur, le hasard, la spéculation et la vitalité sociale, liés à l'éclectisme des Japonais engendré par une appétence immodérée pour tout ce qui vient d'au-delà des mers, ont donné une «beauté» monstrueuse à cette ville gigantesque, laide par bien des aspects mais fascinante en ce qu'elle mêle, assemble, surimpose en un compromis – ou un affrontement incessant – tous les possibles architecturaux, intègre le nouveau à l'ancien, le national à l'étranger. Les sanctuaires voisinent avec les élancées de béton, le rigorisme des lourdes architectures à la prussienne du début du siècle, comme le Parlement, avec des débauches d'imagination : les hôtels de rendez-vous dans le style de mosquées ou de châteaux forts médiévaux, percés de mâchicoulis et ornés de tours pointues, comme les buildings surmontés d'un énorme bulldozer, dans le cas de Komatsu, ou d'un appareil de téléphone gigantesque, pour le bâtiment d'une compagnie de télécommunications, sont à compter parmi les chefs-d'œuvre de construction «kitsch».

En perpétuel chantier, Tokyo est une ville apte au changement, mouvante et en cela vivante. Sa faculté d'adaptation est sans doute la marque paradoxale de cette ville qui dévore ses vestiges, ou mieux, les enfouit

*Tokyo tend à devenir une ville sans passé.*

sous le béton – ainsi le fameux pont du Japon (Nihon-bashi) d'où, comme de Notre-Dame à Paris, partent toutes les routes de l'archipel; avec ses réverbères 1900, il est aujourd'hui surplombé par une autoroute. Autrefois, Tokyo était construite sur une foule de canaux : ils sont aujourd'hui comblés ou recouverts, ce qui explique que beaucoup de noms de lieux se terminent par le mot *hashi* (pont)... qu'on chercherait vainement.

## Une courte histoire

Tokyo tend à devenir une ville sans passé, comme New York. Pourtant, elle a une histoire (courte en comparaison de Londres, Paris ou Moscou). Sur son site, s'étendaient encore il y a quelques siècles forêts et marécages. Tokyo, dont le nom signifie «capitale de l'Est», s'est longtemps définie par rapport à Kyoto, la capitale impériale. La naissance de la ville remonte au xv$^e$ siècle lorsqu'un seigneur, Ota Dokan, dont la statue se dresse devant la mairie de la ville, construisit en 1457 un fort sur une butte dominant la baie d'Edo. La ville qui se développa autour des remparts devait garder jusqu'à la restauration de Meiji (1868) le nom d'Edo. Elle dut son essor à l'établissement dans ses murs, au début du xvii$^e$ siècle, des *shogun* Tokugawa, maîtres effectifs de l'Empire. Bien que la capitale demeurât Kyoto, Edo fut le centre du pouvoir réel. Comptant plus d'un million d'habitants vers la fin du xviii$^e$ siècle, elle était sans doute plus peuplée que Londres, alors la plus grande ville d'Occident. Périclitant avec la décadence du shogunat, la ville renaît avec l'ère Meiji (1868-1912) qui en fait sa capitale, à la fois résidence de l'empereur et siège du gouvernement : elle prit le nom de Tokyo.

Bien que des séismes (en particulier celui de 1923, qui rasa la ville et la transforma en brasier) et les bombardements américains (un million et demi de maisons détruites pendant la guerre) aient donné à la ville d'«excellentes» occasions de se renouveler sans qu'un Haussmann eût à l'éventrer, aucun aménagement d'ensemble n'est jamais intervenu; à l'exception du «centre» que les forces d'occupation américaines tentèrent d'ordonner en créant des voies rayonnant autour du palais impérial mais conférant à ce quartier son caractère anonyme.

La volonté ordonnatrice de la ville qui, en Occident, fut à l'origine de la richesse monumentale mais sans être dépourvue de visées policières, ou qui, en Chine, se voulait le reflet d'une cosmologie, est absente dans le cas de Tokyo. En revanche, Kyoto, l'ancienne capitale impériale, a un plan en damier à la chinoise. Bien que les Tokugawa qui conservèrent le pouvoir du XVII<sup>e</sup> au XIX<sup>e</sup> siècle aient été possédés d'une volonté de puissance énorme, ils n'étaient pas des urbanistes et préférèrent en quelque sorte fédérer des villages en cité. D'où peut-être aujourd'hui la diversité de Tokyo.

**Diversité**

«Montrez-moi Tokyo», dira le nouvel arrivant à celui qui l'a précédé. L'ennuyeux, à Tokyo, c'est qu'il n'y a rien à *montrer,* sinon à voir : les musées ne sont pas d'une richesse extraordinaire – l'essentiel des œuvres se trouve dans des temples ou fait partie de collections privées. Le *sumo,* ce choc de deux énormes masses de chair et de muscles couronnées d'un chignon qui s'agrippent et se pétrissent pour s'expédier hors d'un cercle? Sans doute, mais ce n'est pas forcément la saison. Le théâtre *kabuki,* bien sûr, mais une fois suffit. Quand on aura épuisé les illusions de la consommation de gadgets, que faire? Mille choses. Tokyo est monstrueuse, prise dans son ensemble, mais agréable à vivre dans le détail. C'est une ville dans toute l'acception du terme, avec ses strates, son béton angoissant, sa machine à produire et à consommer qui comme ailleurs broie de l'humain, mais aussi avec ses failles, ses quartiers, ses points de fuite, ses itinéraires de dérive, ses parcs où la nuit on trousse mais où l'on ne détrousse pas... Elle se découvre en se laissant aller à ses quêtes favorites. Que cherchez-vous dans une ville? Qui cherchez-vous? C'est là le fil à partir duquel s'inventeront les rites et les parcours, et c'est ainsi que l'écheveau se dévidera – au gré des connivences, des rencontres toujours faciles à faire à Tokyo. On passera ainsi aisément de l'univers du sempiternel Japon distingué et poli, productif et minaudant, de l'entreprise aux employés à courbettes à un Japon populaire, débordant de vie et d'une truculence hardie, volontiers gouailleur, cordial et spontané, ou à celui, marginal, qui se niche dans les plis de la société admise. Une diversité qui fait la richesse de ce pays : elle atteste non seulement que le Japon n'est pas l'univers gris du petit employé sans avenir qu'y voyait Michaux, mais aussi qu'il recèle une multitude de contre-pouvoirs s'opposant à, ou esquivant, l'uniformisation machinique dont rêvent ses dirigeants et auprès desquels les nôtres, en mal d'idées, viennent prendre des conseils.

Tokyo est une mosaïque qui s'organise autour de plusieurs pôles. D'un centre à l'autre, la physionomie urbaine peut changer du tout au tout. C'est d'abord Ginza, un carrefour, dont le nom qui désigne aujourd'hui le quartier vient de l'époque Edo et signifie littéralement «le lieu où l'on frappait l'argent». Quartier des magasins et des bureaux, animés jour et nuit, il ne compte pas moins de trois mille bars et près d'un millier de restaurants sur trente hectares. Sa faune se métamorphose au crépuscule : l'employé de bureau se muant en fêtard disparaît dans ces petits établissements en tout genre tandis que les hommes d'affaires s'engouffrent dans les clubs privés. Un peu plus loin, c'est Tsukiji, célèbre pour ses restaurants traditionnels de grand luxe, ses quelques maisons de *geisha* et surtout son marché aux poissons criard; dans un lacis de canaux, ce ventre de la ville débite chaque nuit deux mille tonnes de thon, baleine, espadon et poissons divers directement déchargés des navires sur les quais, tels d'énormes pains de glace. La vapeur qui s'en dégage, en été, fait autour d'eux une nappe de neige vaporeuse.

Passé la Sumida, cette Tamise de Tokyo dont autrefois l'écrivain Nagai Kafû aima les rives – aujourd'hui bétonnées –, commence cette nappe urbaine de l'est de la ville qui a conservé en gros l'horizontalité d'autrefois. Quartier de petites usines, d'ateliers d'artisans, notamment de charpentiers (comme le quartier de

Kiba). On est ici dans *shitamachi,* la ville basse, par opposition à *yamanote,* les quartiers cossus de l'Ouest. Canaux, bistrots d'habitués, fêtes de voisinage, anciens quartiers des filles comme Kameido ou Tamanoi, aujourd'hui rejetés plus loin vers Funabashi : comme ailleurs, prise dans son ensemble, cette partie de Tokyo décevra, fera penser à une banlieue, mais elle découvrira son charme dans les détails au fil des quêtes. En suivant la Sumida, on arrive à Asakusa. Provincial et truculent, avec ses boutiques autour du temple, ses restaurants tenant du beuglant, ses bars, ses plaisirs bon marché, ses quelques théâtres de conteurs d'histoires. Asakusa jouxte d'un côté l'ancien quartier réservé, fameux entre tous, Yoshiwara, l'un des premiers à avoir été reconstruit après le tremblement de terre de 1923, mais qui aujourd'hui a perdu son nom et son caractère; de l'autre, c'est Ueno, qui possède un parc célèbre au printemps pour ses cerisiers en fleur. Quartier populaire, un peu salace, resserré autour de sa gare dont les lignes mènent vers le nord et dont les souterrains servent de repaire aux clochards qu'on avait chassés lors des jeux Olympiques de 1964. Puis c'est Akihabara, le souk de l'électronique, immense marché où l'on trouve tout, du mini-ordinateur aux lunettes radiophoniques en passant par le fil électrique, avec des rabais importants. Plus loin, Kanda est un autre univers : celui des bouquinistes et des étudiants que l'on voit lire à la devanture (une pratique tellement courante qu'elle a un nom, *tachiyomi*). Il y a aussi Akasaka, célèbre pour ses maisons de *geisha* où se retrouvent les politiciens, mais qui est devenu le quartier nocturne des étrangers avec *night-clubs* pour Américains. Roppongi ou Harajuku, qui se contentent d'être à la mode, le second investi par les adolescents, ou Ikebukuro, ce nouveau centre au nord de la ville, en lisière des banlieues ouvrières, à la faune, la nuit, plus rude. Il y a surtout Shinjuku, sans doute le quartier le plus authentique du Tokyo moderne. Monde en soi, cet ancien lieu de plaisirs à la périphérie de la ville que les Tokugawa firent raser à deux reprises mais qui aujourd'hui se hérisse de gratte-ciel vertigineux, possède une cité sou-

*Néons, lanternes, enseignes, brochettes : la rue, la nuit.*

terraine sans fin sur laquelle se greffent des enfilades de couloirs et d'escalators par où transitent quelque trois millions d'individus par jour. La nuit, Shinjuku est une Babel de néons : bistrots, tavernes à bière, théâtres, cinémas qui marchent vingt-quatre heures sur vingt-quatre, strip-tease, boîtes sado-masochistes pour habitués, disco pour minets, bars louches, conventionnels ou homosexuels, mais aussi venelles au creux desquelles se love, par exemple, le petit enclos de Golden Gai avec ses minuscules bars d'intellectuels ou de travestis. Partout, de Sanya, la «trappe» de la ville, quartier des journaliers et de ceux qui se fuient, à Ginza et ses néons, on pénètre dans un univers spécifique avec son côté affaires, le jour, ses plaisirs, voire ses turpitudes, la nuit venue.

## Le plein jour étourdit

Comme toutes les villes du monde, Tokyo se découvre la nuit quand ses rues s'éclaboussent de lumières. La ville devient alors l'expression d'un état d'esprit, d'habitudes, de coutumes. Le Tokyo nocturne révèle l'une des clés de la cohésion apparente du Japon : celle-ci existe peut-être parce que le corps social a une multitude de failles, ménage une infinité de points de fuite où peuvent jouer librement les fantasmes de chacun – du moins pour le monde des hommes. Entre les normes qu'impose le respect des apparences, existent des interstices où tout est possible. Parce que l'ordre est ici social, et non moral.

La physionomie la plus originale de Tokyo, comme des autres villes japonaises, tient moins à la diversité des quartiers qu'à ses habitudes collectives et aux comportements de la population. La ville est, dit-on, avant tout une mémoire : le passé, à Tokyo, réside dans des structures sociales héritées de l'histoire. Dans bien des cas, celles-ci pallient les carences d'un pouvoir moderne qui, pas plus qu'ailleurs dans le monde industrialisé, ne fait passer les intérêts humains avant la rentabilité. Ces structures donnent à cette métropole de la modernité sa «convivialité». Pour combien de temps encore? Au Japon comme ailleurs, la loi d'airain de la croissance et du profit lamine la société. La ville occidentale dans la tradition grecque, c'est un centre et un espace délimités artificiellement par des murs d'enceinte par exemple. La ville japonaise procède plutôt par enveloppement, suivant les nuances de la topographie ou orientant ses quartiers en fonction de données hétérogènes – comme celui de Fujimi-cho à Tokyo, le «quartier d'où on voit le mont Fuji» –, c'est-à-dire sans la moindre continuité avec les quartiers voisins. Tokyo doit se concevoir comme un agrégat d'espaces publics ou privés, comme une mosaïque de territoires dont la hiérarchie est fondée sur la distinction entre le principal et le secondaire – *omote dori,* la rue de devant, l'artère principale, et *ura dori,* la rue derrière, la nervure de venelles menant toujours plus profond. D'où l'impression de village que donnent les quartiers de Tokyo.

## La rue

«La rue... seul espace d'expérience valable», disait André Breton. Elle est au Japon le microcosme de la réalité sociale. Entre les grandes artères de dégagement, existe partout un lacis de ruelles, voire de venelles de terre battue, tout un tissu urbain lâche qui, à deux pas des centres, tente de se maintenir à l'abri de leur clameur. Ces petites communautés tranquilles, univers de maisons basses lovées entre des blocs de ciment, remontent au temps où les quartiers étaient des entités autonomes qui, la nuit, refermaient leurs portes sur elles-mêmes. Cette structure explique l'absence de toponymie qui à l'origine répondait à un souci de sécurité : le quartier n'était connu que par ceux qui l'habitaient. Le plan de la ville dans son ensemble était tenu secret par le pouvoir pour faciliter l'action de la police. L'adresse, dès lors, n'a plus qu'une valeur postale – le facteur expérimenté étant pratiquement le seul à pouvoir en déduire l'emplacement dans un bloc. Elle s'égrène en une succession de localisations qui s'emboîtent les unes dans les autres comme des poupées russes en commençant par la plus grande : le *ku,* énorme arrondissement, puis le quartier divisé en *chome,* blocs, pour arriver aux numéros de ceux-ci. Mais une fois qu'on a tout ça, rien n'est acquis : il ne s'agit pour le nouveau venu que d'une localisation approximative, décourageante même pour le chauffeur de taxi qui souvent doit téléphoner à la personne chez qui l'on va – qu'on soit japonais ou non – pour se faire expliquer le chemin. Aller chez quelqu'un tient dès lors de la quête trébuchante entre les lieux-dits. D'où la pratique des commerçants ou des restaurants de dessiner un plan derrière une carte de visite ou une boîte d'allumettes.

Souvent difficilement accessible à la circulation automobile, la rue du quartier est un espace piéton «naturel» qui a conservé une vie multiforme disparue dans bien des villes occidentales. Avec ses jardinets, parfois réduits à quelques pots de fleurs, ses échoppes où l'on prend son repas debout, ses épiceries-bazars qui vendent de tout comme dans un village et restent ouvertes tard le soir, cette kyrielle de petits commerces «à la chinoise» avec une famille vivant dans l'arrière-boutique, son temple shinto – religion première du Japon – avec son portique de bois ou plus souvent désormais de béton, ses artisans travaillant sous les yeux des passants, la rue est un espace de vie. Elle est sillonnée par les livreurs chevauchant des vélomoteurs à porte-bagages équipés d'un énorme ressort au bout duquel se balance sans se renverser un échafaudage de boîtes en laque ou en plastique : le Japon est sans doute l'un des rares pays où l'on peut encore obtenir pratiquement tout à domicile – à commencer par les repas – sur un simple coup de téléphone, ce système donnant au quartier une animation particulière dès la tombée de la nuit. Cette prolifération de petites boutiques de quartier (une pour cent habitants en moyenne) explique aussi, par la concurrence qui s'exerce entre elles, ce «geste» envers le client que font les commerçants en lui donnant un petit supplément de poids ou en lui accordant une réduction de prix de quelques yens : cette pratique de l'*omake* renforce l'atmosphère de village du quartier.

Le linge qui sèche aux fenêtres, les ordures qui brûlent, les femmes qui papotent, certaines avec leur

*Une boutique de quartier pour cent habitants.*

marmot ficelé dans le dos, une étudiante qui téléphone (il y a un appareil public tous les cent mètres), les enfants qui jouent sous l'œil des vieilles en *kimono* aux teintes mélancoliques : tout cela confère un caractère un peu provincial à cet univers où le vélo est encore roi (on en compte près de cinquante millions au Japon, pratiquement un pour deux habitants).

## Vie collective

La structure du quartier, comme celle des maisons individuelles, serrées les unes contre les autres, transparentes, ouvertes sur l'extérieur de toutes leurs parois coulissantes, mal défendues des bruits et des regards d'autrui, favorise la vie collective; avec 14 705 habitants au kilomètre carré à Tokyo, l'intimité au sens occidental est du domaine du luxe. En fait, plutôt que de s'isoler, les Japonais cherchent à renforcer la cohésion : les associations de quartier, à Tokyo, animent cette convivialité en organisant périodiquement des fêtes auxquelles tient tout *edokko,* littéralement l'«enfant d'Edo», c'est-à-dire l'habitant de souche. Le groupe de voisinage aide aussi la famille frappée par un malheur lors des funérailles, par exemple, dont la plus grande partie se passe à la maison. Ces associations de voisinage, qui ont pour base les foyers et non les individus, avaient été utilisées par les Tokugawa comme un moyen de contrôle. Elles furent l'instrument privilégié de la dénonciation organisée pendant la période militaire. Interdites en 1945, elles se sont recréées depuis. La pratique de la délation, qui n'est pas vécue au Japon comme un acte mauvais, s'est aussi maintenue : en particulier lorsque le groupe terroriste, l'Armée rouge, était actif, des affiches appelant les citoyens à rapporter à la police tout ce qui leur paraissait suspect n'étaient pas rares. D'une manière générale, les relations des habitants avec la police paraissent meilleures et plus facilement subies qu'en Occident. Dans la tradition confucianiste, l'agent morigène – il aime – mais il verbalise peu. Dans chaque îlot de quartier, il y a un *koban,* petit poste de police (quinze cents à Tokyo) dans lequel sont affichés les photos et portraits-robots des personnes recherchées. A Shinjuku, c'est carrément des affiches en couleurs, qu'on pourrait prendre pour celles d'un cinéma, qui surplombent le poste de police. La force de contrôle collectif – d'une pesanteur inacceptable pour un Occidental, à moins qu'il n'ait des penchants totalitaires –, dont les enquêtes de voisinage, avant le mariage ou l'entrée dans l'entreprise, ne sont qu'un exemple, explique peut-être en partie que les villes japonaises, et Tokyo en particulier, soient parmi les plus sûres du monde.

## Bruits

L'œil est plus occupé que l'oreille ou l'odorat, et pourtant, la ville japonaise ce sont aussi des bruits et des odeurs. D'une ruelle à l'autre, vous suivent le fumet rance des poissons séchés, l'odeur acidulée des soupes, les relents d'égout à la saison chaude ou bien quand les pluies noient les fosses septiques. Des bruits aussi : disputes, rires brefs, chansons venues d'un restaurant, cris d'un bébé, craquement du bois des maisons... La vie est rythmée par les bruits de la rue : à l'aube, par celui, furtif, du journal que glisse dans la boîte le livreur – généralement un étudiant essoufflé sur son vélo; dans la journée, par le cri allongé – *«Yaki imooo!»* – du vendeur de patates douces avec sa petite voiture à bras fumante, ou par celui du chiffonnier qui échange des vieux journaux contre du papier hygiénique; le soir, vers dix heures, par le claquement sec, un peu mélancolique, des deux plaques de bois que frappe selon un tempo lent et régulier le volontaire chargé de rappeler à ses voisins de ne pas oublier d'éteindre le feu en se couchant.

Les bruits de la rue du quartier n'évoquent pas tous une atmosphère de campagne. Le chant des insectes en ces après-midi torrides n'est plus, et de loin, le seul à résonner. Il est submergé par une cacophonie éprouvante pour les nerfs où se mêlent radio, télévision et ces mégaphones que les Japonais ont la manie d'utiliser à tout bout de champ pour crier n'importe quoi : que ce soient les annonces enregistrées sur magnétophone du marchand ambulant, les slogans politiques, la publicité ou les avertissements de la police parfois lancés d'hélicoptères : tout passe par un micro. Le bruit est une des agressions les plus pénibles des villes japonaises. Il s'accroît avec le recul, de jour en jour plus marqué, de *shitamachi* et de ses villages devant le monde vertical des tours métalliques et des grands ensembles *(danchi)* qui n'ont rien à envier à nos HLM. Les excavatrices qui éventrent la ville ou les bulldozers qui ratissent des îlots ne bouleversent pas seulement la topographie de ceux-ci, ils balaient aussi des structures sociales traditionnelles qui contribuaient à maintenir une certaine qualité de vie.

## Pauvreté

Au demeurant, la belle «harmonie» de la vie sociale japonaise que laisse supposer celle du quartier ne doit pas leurrer. Plus on s'éloigne des centres, plus l'atmosphère devient «politique». Les cantonnements de la pauvreté ne sont ni pires ni moindres qu'ailleurs. Plus impénétrables parce que nos yeux d'étrangers y repèrent moins, dans la jungle des signes exotiques, les marques de la vie ouvrière; à l'extrême, l'expression de cette pauvreté n'est qu'une touche supplémentaire au dépaysement. Pourtant elle est là, la pauvreté, au Japon comme ailleurs, dans l'ombre humide des ruelles où la poussière des fumées d'usines s'amasse, elle s'exprime parfois sur les murs en des inscriptions rageuses, elle se lit sur les visages hallucinés de fatigue de ceux qui rentrent à la nuit tombée dans ces quartiers comme Kita Senju, au nord de Tokyo, où aucun laudateur du système nippon n'a jamais mis les pieds. Elle est quotidienne, présente, mais sous des oripeaux que nous ne savons pas reconnaître. C'est cela aussi l'exotisme : l'incapacité à voir une population dépossédée peu à peu d'un art de vivre.

## Nuisances

Fumées, eaux troubles, bruit : les Japonais ont payé cher leurs prouesses économiques. Ces problèmes communs à toutes les grandes villes avaient pris à Tokyo des dimensions considérables dues à un entassement urbain vertigineux et à l'incapacité, ou l'absence de volonté, des pouvoirs publics de procéder à une véritable décentralisation des industries. Celles-ci, liées aux transports routiers sur plusieurs niveaux, aux chemins de fer en pleine ville, aux travaux publics la nuit, ont créé un environnement épuisant. Au centre de Tokyo, le nombre de décibels dépasse 75 avec des pointes à 85 et 95, très au-dessus des limites du supportable. La situation est encore plus infernale le long des voies ferrées qui passent à moins de deux mètres des habitations (au vacarme s'ajoutant les vibrations). Résultat : Tokyo est, dit-on, l'une des villes du monde où l'on consomme le plus de tranquillisants.

La pollution de l'air fut pendant des années l'une des tristes célébrités de la capitale nippone. La situation a radicalement changé depuis, mais les clichés continuent à circuler à l'étranger : par exemple, les Japonais porteraient des masques pour se protéger de la pollution. En réalité, ces masques sont destinés simplement à ne pas contaminer le voisin lorsqu'on est enrhumé! Grâce à des investissements considérables (près de cinq milliards de dollars), le brouillard photochimique du début des années soixante-dix a pratiquement disparu (il sévit 15 jours par an, contre 328 en 1973) et le ciel de Tokyo a recouvré sa limpidité. Le baromètre : on revoit désormais la forme évasée du mont Fuji, longtemps disparue dans les brumes. La Sumida, la rivière de Tokyo, qui était devenue un égout à ciel ouvert, a retrouvé aussi une certaine clarté et, avec elle, ses pêcheurs. Progrès certains, mais d'autres maux apparaissent : l'affaissement des sols, par exemple, provoqué par le pompage excessif des eaux souterraines. Actuellement, près de deux cents kilomètres carrés sont affectés par ce phénomène : un million de personnes à l'est de la ville vivent ainsi au-dessous du niveau de la mer. En cas de séisme, les submersions se conjugueraient aux incendies pour les anéantir.

## Foules

La ville étouffe. Quand elle ne peut plus s'étendre, elle s'enfouit en des cités souterraines reliées entre elles par

*Les Japonais, comme les New-Yorkais, aiment la rue.*

des sous-sols et branchées sur des stations de métro, créant des univers artificiels, anonymes : expression d'un utilitarisme que rien ne rythme, ni le jour ni la nuit. La pression de la foule en est sans doute la manifestation la plus pénible : on lutte pour l'espace vital chez soi, dans les transports en commun (huit millions de personnes se déplacent chaque jour), dans les rues ou dans les zones piétonnes comme celle de Ginza où règne une bousculade limitée seulement par le sens de la discipline des Japonais. On a un exemple de celle-ci au parc Meiji au Nouvel An : le flot des visiteurs est canalisé par des feux, pareils à ceux de la circulation, jusqu'au sanctuaire.

Cela dit, la foule japonaise n'est oppressante que de prime abord, dans sa masse. Les Japonais, un peu comme les New-Yorkais, aiment la rue, et cela se sent dans leur manière d'être. Foule bigarrée des espaces pour piétons ou des petites rues d'Harajuku, bon enfant et un peu pataude des «pas riches» de *shitamachi*. Une certaine naïveté de rires, une indifférence à l'étranger ou une curiosité à son égard, suscitée uniquement par la différence qu'il est supposé incarner, donnent aux foules japonaises un côté paisible, dénué d'agressivité (alors qu'on sera frappé en revanche par la violence extrême, sado-masochiste et d'un érotisme outré, que véhiculent par exemple les *manga,* ces bandes dessinées pour adultes qui représentent 40 % de l'édition). Toutefois, l'entassement dans les trains, les foules pressées des quais de gare aux *rasshawa* (heures de pointe, de l'anglais *rush hour*), ou celles, hallucinantes, des piscines l'été, évoquent tous les caractères angoissants des phénomènes de masse. Pourtant, le Japonais semble tendu individuellement, mais pas en foule.

Loin de s'enrayer, le gigantisme de la mégalopole de Tokyo s'aggrave. Selon une logique apparemment irréversible, les villes se rejoignent tout au long de cette bande littorale qui va de Tokyo à la mer Intérieure, à huit cents kilomètres. En l'an 2000, quatre-vingts millions de Japonais vivront – ou essaieront de vivre – dans cette traînée urbaine dont Tokyo sera le centre névralgique.

*Le temple de Muroji, à Nara.*

# Une île dans l'histoire

Le 15 août 1945, l'empereur Hiro-Hito s'adressant à son peuple l'engageait à «endurer l'insupportable», c'est-à-dire la capitulation. Pour la première fois de son histoire, le Japon allait être occupé par des forces étrangères. Toute la politique qui, depuis le début de Meiji (1868), visait à tenir en respect les Occidentaux avait failli.

Si le rapport à l'Occident est la grande articulation de l'histoire du Japon moderne, 1853 marque de ce point de vue un tournant : cette année-là, les «bateaux noirs» de l'escadre du commodore Perry braquaient leurs canons sur Uraga, à l'entrée de la baie de Tokyo, et allaient obliger les Japonais à ouvrir leurs ports aux États-Unis. Peu après, les autres puissances occidentales obtenaient les mêmes concessions. En l'espace de deux ans, le Japon signait des traités avec l'Angleterre, la Russie et la Hollande, et quelques années plus tard leur accordait, comme aux États-Unis, le bénéfice de l'extra-territorialité. En acceptant ces traités «inégaux», après la Chine, le Japon renonçait à un isolement qui avait duré près de trois siècles. En réaction, allaient s'ensuivre la restauration d'un pouvoir central fort, aux ordres de l'empereur Meiji, et la modernisation accélérée des institutions, de l'armée et de l'économie.

A l'école de l'Occident, en un demi-siècle, le Japon concurrençait la Grande-Bretagne sur les mers, faisait de son industrie textile et manufacturière le fer de lance de son commerce, battait la flotte russe et s'élevait au rang de puissance coloniale, devenant l'*alter ego* de cet Occident qui l'avait peu avant forcé à ouvrir ses ports.

On a trop tendance à ne voir dans *Meiji Ishin* (la restauration de Meiji) que l'événement : la transformation du Japon est un phénomène cumulatif qui, au-delà de la complexité byzantine des manœuvres politiques et des intrigues camouflées en idéologies, doit avant tout s'analyser dans une perspective de longue durée. La restauration de Meiji, que certains historiens ont appelée une «révolution», n'est rien d'autre qu'une rupture politique qui, en dernier ressort, préservera le pouvoir de la classe dominante. *Meiji Ishin* ne peut pas non plus apparaître comme un «demi-siècle des Lumières» succédant à une période obscurantiste.

## Seigneurs de la guerre

Toute la période considérée par les historiens comme le Moyen Age nippon (XIIᵉ-XVIᵉ siècle) est dominée par des guerres continuelles entre grands feudataires. La plus célèbre est la lutte entre les clans Taira et Minamoto au cours du XIIᵉ siècle dont la version épique est contée dans la trilogie classique *Dit de Hogen, Dit de Heiji* et *Dit des Heike.* Ces événements mettent fin à un gouvernement civil brillant, celui des Fujiwara, grands seigneurs qui par une habile politique de mariages avaient usurpé le pouvoir des empereurs, et aussi à une époque, celle de Heian (794-1185), au cours de laquelle se développèrent nombre des traditions artistiques nippones. A la place se constitua un «gouvernement de guerriers» qui ne laissait à l'empereur que les apparences de l'autorité. Un *shogun,* «généralissime» (titre dont s'empara en 1192 un membre de la famille Minamoto), était à la tête de ce qu'on appela le «gouvernement sous la tente» *(bakufu)* ou shogunat. Il s'instituait, semble-t-il, une dualité des pouvoirs, le *shogun* bénéficiant, en théorie, d'une délégation d'autorité de l'empereur. En fait, le «général» détenait le pouvoir réel et avait juridiction sur les domaines des nobles. Ce pouvoir des *shogun,* très puissants au début de la période dite de Kamakura[1], connut des hauts et des bas pour

1. A partir de cette époque et jusqu'à Meiji, s'établit une distinction entre la capitale impériale, Kyoto, et celle du siège du pouvoir militaire. La périodisation retenue par les historiens ayant pour critère l'autorité réelle, les époques portent le nom du lieu d'où elle s'exerça ou celui du clan dominant.

s'instituer vraiment au xviiᵉ siècle, avec les Togukawa. Le *bakufu* de Kamakura fut en fait à l'origine d'un système politique qui allait durer huit siècles et dont le principe survécut à l'affaiblissement des *shogun*.

Jusqu'à la seconde moitié du xviᵉ siècle, le Japon connut une période de belligérance continuelle et de désintégration du pouvoir central comparable à la féodalité en Europe. Une cour ruinée, privée de ses revenus par les guerres, un empereur réduit à vendre sa calligraphie, des *shogun* impuissants, mais des «seigneurs de la guerre» qui sont à la tête d'unités féodales indépendantes et qui se muent en suzerains locaux, se taillant des fiefs et se faisant construire des châteaux forts : tel est le contexte de la fin du xvᵉ siècle et du début du xviᵉ qui est resté dans l'histoire sous le nom d'«âge des principautés combattantes» *(Gunyu Kakkyo).*

Ces «seigneurs de la guerre», disposant de clientèles dont ils exigeaient l'allégeance complète, prirent le nom de *daimyo* (littéralement : les «grands noms»). Cette époque de morcellement du pouvoir s'achèvera par des regroupements autour des chefs militaires les plus puissants, mouvement accéléré par l'apparition des armes à feu qui favorisèrent les plus forts et les mieux organisés.

## L'époque d'Edo

A partir de 1560, commence à se structurer un système centralisateur qui va durer près de trois siècles. L'un des plus puissants seigneurs de l'époque, Tokugawa Ieyasu, instaure un régime nouveau que l'historien américain Edwin O. Reischauer qualifie de «féodalisme centralisé». En 1603, Ieyasu prend le titre de *shogun* et installe son gouvernement à Edo (Tokyo). Il récoltait en fait les fruits des efforts de deux autres seigneurs de la guerre, *daimyo* comme lui, qui avaient amorcé la pacification du pays en augmentant leurs territoires : Oda Nobunaga et Toyotomi Hideyoshi. Le premier, après s'être emparé de Kyoto en 1568 et en avoir chassé le dernier *shogun* Ashikaga en 1573, étend son pouvoir au Japon central. Il est assassiné en 1582, et son héritage revient à Toyotomi Hideyoshi qui prend le contrôle des îles Shikoku et Kyushu : en 1590, le Japon est politiquement unifié. Commence alors ce que l'on appelle la période d'Edo (1615-1867), c'est-à-dire le règne des Tokugawa.

Quelle était la nature du régime Tokugawa ? Pour les marxistes, c'est un féodalisme classique, dont la base économique est le servage et qui n'établit pas de distinction entre ce qui relève du domaine privé et du domaine public. Or il est à la fois trop féodal pour être considéré comme un absolutisme et trop centralisateur pour être un pur féodalisme. Au sommet du système se trouvait le *shogun,* sorte de *primus inter pares* à la tête d'un domaine dont le revenu représentait un quart de la production agricole du pays. Il disposait en outre de mines d'or et d'argent et gérait directement les principales villes du pays (Edo, Kyoto, Osaka, Nagasaki). Ses vassaux, les *daimyo,* étaient indépendants – le *shogun* ne levait pas à proprement parler d'impôt : ses immenses domaines lui suffisaient. En revanche, il exigeait d'eux des contributions pour son armée et différents travaux : le château d'Edo par exemple. Leurs domaines pouvaient être confisqués et il leur était interdit de passer des alliances entre eux ou de dépasser certaines normes en matière de fortification. Ils devaient en outre envoyer des membres de leur famille, sortes d'otages, à la cour d'Edo où eux-mêmes étaient obligés de résider quelque temps. Cette cohabitation forcée de représentants des provinces dans la «capitale» contribua en fait à renforcer le sentiment d'unité du pays. Administration centralisée certes, mais l'autorité du *shogun* ne s'exerçait que de manière indirecte sur les quelque trois cents *daimyo* du pays qui avaient pouvoir sur leur domaine. Avec habileté, le shogunat s'est employé à éviter toute alliance entre les *daimyo* qui aurait pu mettre ses prérogatives en péril. Ensuite, le shogunat fit régner un climat de suspicion extrême entre les *daimyo* qui se sentaient menacés les uns par les autres. «Les Tokugawa ont mis en place le système d'espionnage le plus élaboré que le monde ait connu», estimait Alcock, le représentant de la Grande-Bretagne auprès du clan de Choshu au milieu du XIXe siècle.

Par une cascade de règlements, les Tokugawa cherchèrent à assurer la stabilité politique en limitant au maximum la mobilité sociale. Le confucianisme, ou plus exactement un néo-confucianisme tel que le présente le philosophe chinois Chu Hsi, devint la doctrine officielle. Doctrine de l'ordre, de loyauté des sujets et de devoir des dirigeants envers eux, elle fut enseignée à Edo puis dans les écoles de province. Le Japon adopta surtout alors la notion d'un ordre social «naturel» qui fixe à chacun sa place et fige la société dans une hiérarchie stricte des castes. Au sommet de celle-ci, il y a les guerriers *(bushi,* autre appellation pour *samourai)* et les fonctionnaires, viennent ensuite les paysans *(nomin),* les artisans *(kosho)* et enfin les marchands *(shonin),* ces deux dernières castes étant peu différenciées et tendant à se fondre dans la même catégorie, *chonin* (littéralement : les «gens des villes»), les bourgeois, qui détiendront bientôt la richesse et joueront un rôle déterminant dans le développement de l'économie et des arts pendant la période Edo. A la marge de la société, hors caste, il y avait les *hinin* (non-humains) et les *eta* dont le statut s'apparentait à celui des parias de l'Inde.

Rapidement, le pouvoir paraît dépouillé de ses justifications féodales, de son sens du devoir. Bien que le code d'honneur de la classe des guerriers (*bushido :* la voie du guerrier), codifié dès le début du XIIIᵉ siècle, ait été renforcé à l'époque Tokugawa, ses principes de loyauté envers le suzerain s'avérèrent en contradiction avec la réalité sociale. Comme le souligne Reischauer, l'incident légendaire des *Quarante-Sept Ronin,* qui formera la trame d'une célèbre pièce de *kabuki,* témoigne que l'ordre et la loi doivent triompher de la loyauté : un *daimyo* ayant été humilié par un fonctionnaire du *shogun* blesse celui-ci en plein palais d'Edo, offense pour laquelle il est obligé de se suicider en s'ouvrant le ventre (*harakiri,* rappelons-le, est un mot utilisé par les Occidentaux; les Japonais disent *seppuku* pour désigner cette mort rituelle). Ses vassaux, devenus sans maître *(ronin),* tuent deux ans plus tard celui qui avait offensé leur maître : le code de l'honneur paraît sauf; pourtant, le pouvoir les obligera à leur tour à se suicider. Ce qu'ils feront tous ensemble. L'ordre devait être plus fort que le devoir. Leurs tombes, côte à côte, sont aujourd'hui encore un lieu de pèlerinage.

## La fermeture

C'est aussi dans une perspective de contrôle du pays et de maintien de la rigidité sociale que, dès le XVIIe siècle, les Tokugawa furent amenés à isoler l'archipel de l'étranger d'où pouvaient venir des périls et surtout des «pensées dangereuses» : en premier lieu, du christianisme qui risquait d'être un ferment de subversion. Les persécutions qui débutèrent avant le début de l'ère Edo atteignirent leur paroxysme en 1637-1638, lorsque vingt mille paysans chrétiens et des *samourai* sans maître se révoltèrent dans le Kyushu contre des taxations excessives. Cette jacquerie de Shimabara fut impitoyablement matée : par la suite, tous les Japonais durent se faire enregistrer dans un temple bouddhiste. Seules quelques communautés chrétiennes clandestines, refermées sur elles-mêmes, continuèrent à pratiquer un dogme primitif de plus en plus éloigné de celui de Rome, mais dont subsistent encore aujourd'hui des traces.

Le christianisme avait atteint le Japon au milieu du XVIe siècle, importé par les Portugais en même temps que les armes à feu. Six ans plus tard, saint François Xavier arrivait dans le Kyushu : c'était le début des missions dont l'intolérance s'attira l'opposition des bouddhistes mais qui convertirent, semble-t-il, cinq cent mille personnes au début du XVIIe siècle.

La politique de fermeture des Tokugawa avait un autre objectif que d'extirper le christianisme du pays : elle visait à donner au pouvoir le monopole du commerce en empêchant des vassaux de s'enrichir et par conséquent de menacer l'ordre établi. Entre le XIIe et le XVIe siècle, le Japon avait développé son commerce extérieur. Non seulement les Portugais, mais aussi d'autres navigateurs européens fréquentaient régulièrement les ports nippons. Surtout, les Japonais, devenus dès le XVe siècle les maîtres des mers d'Asie orien-

*Les «Quarante-Sept Ronin» déposent la tête de l'offenseur Kira sur le tombeau de leur maître Asano.*

tale, commerçaient avec la Chine et la Corée, comme avec les Philippines, le Siam et l'Insulinde où ils s'étaient fixés, rivalisant avec les colonisateurs européens. Les marchands nippons étaient connus pour leur soie, mais aussi pour leurs sabres, réputés supérieurs même aux lames espagnoles. Parallèlement au commerce, se développa au XIV$^e$ siècle une piraterie japonaise qui rançonnait périodiquement les côtes chinoises. Au début du XVII$^e$ siècle, les «chevaliers marchands» nippons pouvaient traiter d'égal à égal avec leurs homologues européens ou chinois. C'est le moment où les Tokugawa décidèrent de fermer le pays. Tous les étrangers furent expulsés du Japon, à l'exception des Chinois et des Hollandais – sans doute parce que, protestants, ces derniers avaient aidé le pouvoir à mater la rébellion chrétienne en tirant sur le fort de Shimabara... Le pays fut fermé même à ses ressortissants émigrés à travers l'Asie qui jamais ne purent rentrer sous peine d'être mis à mort. A partir de 1635 le Japon se replia sur lui-même; la seule porte ouverte sur l'extérieur était le quartier de Dejima, à Nagasaki, étroitement surveillé par le shogunat, où habitaient les négociants hollandais.

## Capitalisme marchand

Dans l'archipel fermé à l'influence étrangère directe, les forces vives du pays vont pourtant profiter de ce qu'on a pu appeler une «paix de caserne» pour travailler en profondeur, préparant l'époque moderne. Sur le plan économique d'abord. Le phénomène majeur de l'ère Edo fut le développement du commerce et l'apparition d'une classe de marchands, forte mais politiquement impuissante. Les grands feudataires, qui drainaient les ressources grâce aux taxes pesant sur la paysannerie, ne gênèrent guère l'expansion du commerce qui fut peu imposé. Rapidement, l'or et l'argent ne suffirent plus et la monnaie de papier apparut sous forme de lettres de change. Les marchands fondèrent alors des maisons de commerce, contrôlant l'approvisionnement d'Edo et se livrant à la spéculation sur le change entre l'or et l'argent. Deux d'entre eux furent à l'origine de groupes aujourd'hui célèbres : Mitsui, négociant en saké, qui fit sa fortune grâce à un mont-de-piété et devint banquier officiel du *shogun,* et Sumitomo.

Ce développement du commerce contribua à créer un réseau de communication à l'échelle du pays : les cinq grandes routes innervant l'archipel convergeaient à Edo au célèbre pont Nihonbashi et étaient jalonnées de relais qu'illustrent par exemple une série d'estampes, *les Cinquante-Trois Relais du Tokaido* d'Hiroshige (1797-1858). Il fut aussi à l'origine de l'essor de grandes villes, en particulier Osaka, centre économique du pays. Cette puissance des marchands contribua à la naissance de toute une culture qui s'exprima dans le théâtre *kabuki,* le roman de mœurs et l'estampe.

Sans avoir la liberté de leurs homologues européens, les marchands et banquiers nippons étaient devenus, en deux siècles, l'une des forces du pays : leur montée contrastait avec l'appauvrissement progressif de l'aristocratie, des guerriers de tous rangs et du shogunat, endettés auprès d'eux. La puissante «bourgeoisie» marchande de la fin du XVIIIᵉ siècle n'en vivait pas moins dans une société qui la mettait au bas de l'échelle sociale et à la merci de l'arbitraire du pouvoir. La paupérisation des campagnes va provoquer une suite d'émeutes (près de deux mille du milieu du XVIIIᵉ siècle jusqu'à Meiji). Certes, aucune révolution sociale ne menaçait le régime, mais le conflit de classes – auquel s'ajoutait le sentiment de frustration de certains guerriers ruinés – était latent.

Le confucianisme n'eut pas qu'un effet stérilisant et immobiliste : il permit en fait à une société fondée sur l'hérédité d'évoluer lentement vers une conception mettant l'accent sur le «mérite» personnel, ouvrant ainsi la voie à la transformation de la société par l'apparition d'une nouvelle élite. Une «méritocratie» qui fonctionne toujours. Par ailleurs, la fermeture du pays ne fut pas synonyme d'obscurantisme : le danger chrétien s'étant estompé au XVIIIᵉ siècle, il fut à nouveau possible de savoir ce qui se passait en Occident, de s'informer des nouveautés dont, à la différence des Chinois, les Japonais étaient friands. Et ce furent les

*Acteur de «kabuki» peint par Sharaku.*

«Études hollandaises», c'est-à-dire tout ce savoir qui filtrait par la porte étroite de Nagasaki. Expurgé de tout ce qui pouvait paraître subversif, l'esprit encyclopédique du siècle des Lumières, la médecine, la botanique, l'art de la guerre pénétrèrent cependant au Japon. C'est à l'orée du XIX<sup>e</sup> siècle qu'apparaîtra la formule qui fit fortune plus tard : «esprit japonais – technique occidentale».

Derrière une façade immuable, la fermentation intellectuelle qui se fait jour en cette fin du XVIII<sup>e</sup> siècle prépare l'époque suivante. A côté de la pensée officielle, austère et desséchante, se manifestent sous couvert d'ironie – dans le théâtre, le roman, la caricature, qui parodient les rituels et dont les héros sont des marginaux un peu dans la veine de la mythologie parisienne de Hugo à Aristide Bruant – à la fois les contradictions de la société et un esprit de renouveau. Une classe de guerriers dépourvue de sa justification féodale, souvent appauvrie, une classe de marchands qui gère l'économie et dispose d'une puissance potentielle, un gouvernement très longtemps accroché à des conceptions sclérosées : telle était la situation au début du XIX<sup>e</sup> siècle. La faiblesse du régime fut évidente lorsque, les Russes faisant pression au nord, les Anglais au sud, le commodore Perry mit le Japon en demeure d'ouvrir ses ports.

## La modernisation de Meiji

Au milieu de la confusion des manœuvres et des intrigues, il y eut cependant une convergence dans les préoccupations de la classe dirigeante : faire face à l'étranger et préserver l'entité nationale. «Un pays riche et une armée forte», c'est le leitmotiv de tous. Face à un gouvernement usé par le pouvoir, l'empereur pouvait seul devenir un pôle de ralliement. Ce que comprirent les seigneurs du sud de l'archipel, de Satsuma et Choshu, inquiets des démonstrations de force des flottes occidentales au large de leurs côtes et de l'évolution de la situation en Chine, proie de la guerre de l'opium. Avec quelques autres *daimyo,* ils proclamèrent le 3 janvier 1868 la «restauration du pouvoir impérial» et renversèrent le *bakufu* d'Edo. L'«ère Meiji» commençait[1].

Des hommes jeunes, rapidement rejoints par les vieux aristocrates, rassemblés autour d'un empereur de quinze ans et faisant alors surtout figure de symbole, mirent en place en quelques années un gouvernement centralisé, transféré à Tokyo. Ils supprimèrent les domaines et les remplacèrent par des préfectures dont les anciens seigneurs, moyennant indemnités, devinrent gouverneurs. Quant aux *samourai,* ils furent désarmés et, à la place de la rente héréditaire, ils reçurent des pensions pour encadrer l'armée, la marine et la police. Ceux qui se révoltèrent furent écrasés par une armée de conscrits.

Tout se passa très vite : l'empereur se fit une tête à la Napoléon III, les guerriers furent privés de leurs deux sabres et de leur coiffure à toupet, les ministres portèrent jaquette et rouflaquettes et le peuple, *kimono* et chapeau melon; les bains publics ne furent plus mixtes, pour se plier à l'éthique victorienne du jour, et l'aristocratie ébaucha des valses sous les lambris dorés du palais Rokumeikan. Dans ses habits neufs, le Japon, État-nation, s'engageait à pas précipités sur la voie de la modernisation. L'Occident devint l'exotisme suprême; il fallait montrer aux puissances étrangères, menaçantes, que l'empire du Soleil levant était civilisé. Consciemment ou non, les hommes de Meiji bousculaient tout pour préserver l'indépendance du pays, mais aussi le pouvoir de la classe dominante, travestie en oligarques et en entrepreneurs. S'il y eut réforme sociale, elle ne fut qu'un moyen, en rien une fin.

Les *samourai* éclairés allèrent à l'étranger et empruntèrent à chaque pays ce qui paraissait le mieux : la marine à l'Angleterre, le droit à la France, la médecine

---

1. C'est à partir de Meiji qu'on décida qu'il n'y avait plus qu'une ère par règne d'empereur. Avant, on en changeait en fonction des événements. Après celle de Meiji (1868-1912), il y a eu l'ère Taisho (1912-1926), puis celle de Showa (depuis 1926). Depuis 1979, le système des ères, aboli en 1945, a été «légalisé». Une nouvelle ère s'ouvrira à la mort de l'empereur actuel Hiro-Hito.

*Les habits neufs de l'empereur Meiji.*

et l'armée à l'Allemagne bismarckienne, qui ne pouvait qu'attirer comme un aimant des hommes formés dans le moule des Tokugawa. État oligarchique, le Japon se dota en 1889 d'une Constitution inspirée du système occidental et d'un appareil juridique (un Français, Boissonade, rédigea les codes civil et pénal) afin aussi d'«en imposer» aux puissances étrangères et d'en obtenir l'abrogation des «traités inégaux». Le Japon de Meiji avait mis en place, selon l'historien Jacques Mutel, «des institutions destinées à renforcer durablement l'autorité aux dépens de la liberté». Le régime permit néanmoins une industrialisation rapide. Le confucianisme faisait place à l'utilitarisme et à l'évolutionnisme occidental, mais il continuait cependant à imprégner les esprits (valeurs d'obéissance et de hiérarchie). Au départ, l'État qui seul disposait des moyens en argent et en hommes prit en main les industries clés (lourdes et stratégiques), les transports, les usines textiles et la mise en valeur, par des moyens de type colonial, de l'Hokkaido, l'île septentrionale. Un nouveau système monétaire (dont l'unité fut le yen) fut créé grâce aux bons d'État déposés par les anciens *daimyo*. Au cours des vingt premières années de Meiji, l'agriculture et l'industrie manufacturière furent les bases du système de production. Mais l'expansion commença vraiment lorsque l'État, devant faire face à des difficultés énormes, «dénationalisa» les secteurs de pointe. Cette politique eut pour conséquence une centralisation des industries naissantes entre les mains des entrepreneurs les plus dynamiques, et la formation de *zaibatsu* (les cliques financières). Dissoutes en 1945 par les Américains, celles-ci se reconstituèrent, sous d'autres formes, au lendemain de la guerre de Corée.

Techniques occidentales, bas salaires, peu d'améliorations dans le domaine social (jusqu'à la guerre, l'industrialisation nippone s'opéra dans des conditions qui n'ont rien à envier à celles de l'Europe du XIXᵉ siècle). Un fort taux d'épargne qui grossit l'accumulation primitive permit au Japon de ne pratiquement pas emprunter à l'étranger pour financer sa modernisation : en une génération, les hommes de Meiji accomplirent ce que l'Europe avais mis un siècle à faire. Lorsque la délégation japonaise se rendit à la conférence de Versailles, au lendemain de la Première Guerre mondiale, son pays était en mesure de rivaliser avec l'Occident. Belligérant déchargé de l'effort de guerre (Tokyo avait déclaré la guerre à l'Allemagne), le Japon avait profité de sa situation pour gagner des marchés. Il commençait même à inquiéter : les «vingt et une demandes» adressées par Tokyo à la Chine, qui avait dû céder déjà par le traité de Shimonoseki (1895) Formose, Port-Arthur et la péninsule de Liao-tung, témoignaient que, en exigeant les possessions allemandes du Shan-tung et des concessions diverses, le Japon était désormais partie prenante dans le jeu de l'impérialisme blanc. Après avoir annexé la Corée en 1910, conséquence de sa victoire sur les Russes en 1905, le Japon entendait participer au dépeçage du géant chinois. Sans obtenir entièrement satisfaction, il se vit accorder cependant des privilèges considérables en Mandchourie, dans le Shan-tung et la province du Fu-kien, en face de Formose. Mû par son élan, le Japon allait bientôt mettre son armée au service de ses trusts.

C'est dans ce contexte d'industrialisation forcenée que va s'opérer, au début du $XX^e$ siècle, la lente «fascisation» de l'archipel. Si l'action des gouvernants fut à beaucoup d'égards similaire à celle des autorités italiennes ou allemandes de l'époque, la substance du pouvoir était différente. D'abord, on note une sorte de continuité entre les périodes préfasciste et fasciste : impossible ici de trouver un élément de rupture net, comme la marche sur Rome par exemple. En outre, il n'y a pas eu au Japon de parti fasciste ou nazi. Enfin, les gouvernements ont toujours été formés d'un amalgame de militaires, de politiciens bourgeois et de bureaucrates. Même en pleine guerre, le gouvernement changea trois fois.

La Constitution de Meiji paraît certes très conservatrice. En fait, sa nature est ambivalente. Elle permit le fascisme sans qu'on eût à y apporter aucune modification, mais elle autorisa aussi ce que l'on a appelé la «démocratie de Taisho», c'est-à-dire une relative libéralisation avec des «gouvernements de partis» *(seito naikaku)* au cours des années vingt. La loi fondamentale nippone engendrait une dilution de la responsabilité dans le pluralisme de ses centres de décision. Les états-majors de l'armée et de la marine notamment échappaient au contrôle civil et n'avaient de comptes à rendre qu'au souverain. A moins que celui-ci n'exerçât ses prérogatives, les pouvoirs étaient indépendants. Or, contrairement à ce qui se passa en Allemagne avec le kaiser, l'empereur japonais resta en retrait (ce n'est qu'après Hiroshima que Hiro-Hito sortira de sa réserve). Le système de non-responsabilité qu'impliquait la Constitution de Meiji explique que, devant le tribunal pour l'Extrême-Orient chargé de juger les criminels de guerre, il sera très difficile d'établir qui était coupable ou non.

Plus que les institutions, c'est l'idéologie régnant depuis Meiji qui jouera un rôle important dans la montée du fascisme. D'abord en matière d'éducation : le système était destiné à former des personnes compétentes mais entièrement soumises; en rien des citoyens modernes : «Le Japon a le triste privilège, écrit Edwin O. Reischauer, l'ancien ambassadeur américain à Tokyo, d'avoir été le premier pays du monde à utiliser les techniques totalitaires de conditionnement mental et à transformer l'école en instrument de pouvoir.» Théoriquement, le confucianisme en tant que doctrine était banni mais ses préceptes, soumission et piété filiale notamment, demeuraient. Au début du XXᵉ siècle émergea en outre la théorie de l'État-famille au sommet duquel se trouvait l'empereur. L'État n'étant que l'extension du groupe originel, s'instaurait une sorte de permanence tribale plutôt qu'une conscience nationale.

### La «démocratie de Taisho»

L'empereur Meiji meurt en 1912. Beaucoup virent dans l'événement la fin d'une époque : le général Nogi, le vainqueur des Russes à Port-Arthur, se suicida avec sa femme pour ne pas lui survivre. L'ère Taisho (1912-1926) et les premières années de Showa (l'ère de l'empereur Hiro-Hito) furent la seule période de l'histoire du Japon d'avant-guerre où s'ébaucha un système démocratique (cette fameuse «démocratie de Taisho»), avant que les militaires ne mettent le pays en coupe réglée.

Si Meiji est loin d'avoir été un régime libéral, le pouvoir n'a pu cependant éviter une certaine contagion démocratique au fur et à mesure qu'il importait des techniques occidentales. L'opposition libérale nationaliste rêvait de faire du pays un modèle politique. Mais, élève trop docile de l'Occident, le Japon s'était déjà désolidarisé d'une Asie dont il se proclamait le flambeau. Plus profondément, avec la grande industrie était né un prolétariat où s'ancreront les idées socialistes.

Il s'agissait alors d'un socialisme empreint d'humanisme chrétien que s'efforçaient de répandre quelques intellectuels qui dévoraient Henry George, Fourier, Louis Blanc ou Marx. Parallèlement, stimulé par la guerre sino-japonaise, se développa un embryon de mouvement ouvrier. Le premier syndicat, celui des cheminots, fut créé en 1897 par Katayama Sen, le père du syndicalisme nippon, grande figure du mouvement socialiste asiatique : avec des accents à la Jules Guesde, il se voulait «la bouche sanglante d'où le bâillon est arraché». Pour le reste de l'Asie, le Japon apparaît comme un creuset d'idées nouvelles, et Tokyo sera au début du siècle le rendez-vous des étudiants chinois progressistes et révolutionnaires. Anarcho-syndicalisme et marxisme étaient alors le ferment de l'intelligentsia nippone. En 1922, un an seulement après les Chinois, quelques militants créent le parti communiste. Galvanisée par la révolution russe et malgré une répression sévère, se développe à Tokyo, au cours des années vingt, une intense réflexion marxiste. Mais faute peut-être d'un combat national et d'une conscience de classe que voile la persistance d'un esprit clanique, le mouvement prolétarien, important en littérature, n'exercera qu'une influence marginale sur la vie politique.

La société n'en a pas moins évolué avec une rapidité étonnante. Le développement d'une culture de masse véhiculée par les journaux qui tirent déjà à des millions d'exemplaires (une centaine de titres sont nés à l'ère

Meiji), la *modern girl (moga)*, un relâchement des contraintes sociales, le jazz et le cinéma dans le plus pur style américain de l'époque, les cafés, les sports – base-ball et golf – sont les aspects anecdotiques d'une évolution qui a pour toile de fond une instabilité économique et sociale profonde. Après l'expansion de la période de guerre, débute une période de stagnation économique et d'inflation, aggravées par la crise américaine de 1929 qui paralysera le commerce extérieur. Inflation, baisse des cours du riz, crise dans la paysannerie seront les principaux symptômes du climat de dépression qui se fait jour et qui va marquer le déclin de cette période des «gouvernements de partis».

### La «vallée noire»

Les militaires rongeaient leur frein depuis de longues années. Évincés des gouvernements de partis, ils n'en étaient pas moins très sensibles au climat de dépression qui suivit l'essor de la période de guerre et dont les émeutes du riz (1918) seront l'une des manifestations. Depuis le prétendu attentat de l'anarchiste Kotoku Shusui en 1911 contre l'empereur Meiji, régnait en outre une psychose à l'égard des «rouges» : elle s'exprimera en particulier au lendemain du grand tremblement de terre de 1923 par le pogrome dont seront victimes les anarchistes et les Coréens. Les militaires se sentaient enfin particulièrement proches des paysans : ceux-ci forment la majorité du contingent et bon nombre envoient leur fils faire carrière dans l'armée. Comme le fascisme italien, le régime militaire nippon aura son côté «agrarien».

Le sentiment de crise dans l'armée va s'accroître avec les événements en Chine et le réveil des nationalistes qui tentent de rassembler les morceaux épars de l'empire du Milieu et veulent s'opposer à une extension de la tache rouge soviétique sur le continent chinois. Prenant prétexte d'un nouvel attentat sur la voie ferrée, l'armée occupe Moukden en 1931, incident qui, avec les bombardements sur la population de Changhai l'année suivante, marque l'entrée du Japon dans la «vallée noire». Ce développement du cancer nippon en terre chinoise s'opère pendant que, sur l'archipel, se succèdent les meurtres de personnalités. Les sociétés secrètes d'extrême droite sont entrées en action. Symptomatique de l'évolution de l'opinion publique asservie pour une bonne partie à l'idéologie militaire, un mouvement se forme en faveur des jeunes officiers assassins : un beau jour, le ministre de la Guerre recevra dans un bocal neuf petits doigts coupés provenant de Japonais qui s'étaient amputés pour «sauver les patriotes». Personne, semble-t-il, ne peut s'opposer à cette montée du fascisme (les partis de gauche sont sans racine dans les campagnes et les communistes arrêtés). 1932 : les élections sont un désastre pour les progressistes. 1932-1934 : la conquête de la Mandchourie est achevée. Pou-yi, dernier descendant des empereurs de Chine, est placé comme un pantin à la tête de l'État fantoche de Mandchoukouo. Les grandes puissances refusant de reconnaître cette conquête, le Japon quitte la Société des Nations. 26 février 1936 : à la tête de détachements stationnés à Tokyo, de jeunes officiers massacrent une partie du cabinet, des «vétérans» de l'ère Meiji et des généraux jugés trop hésitants. Certes, les mutins échouent et l'empereur exige des sanctions : treize officiers seront fusillés. Mais la rébellion atteint cependant ses objectifs : la loi martiale est proclamée. Surtout, le pays, muselé par la peur et le sentiment de crise, est mûr pour suivre la mystique rédemptrice des militaires les plus exaltés. La dictature ne peut être évitée. La «fascisation» s'est faite par en haut, sans pratiquement d'organisation de masse, graduellement, par le moyen des institutions existantes.

Saisis d'une nouvelle paranoïa xénophobe, les Japonais renoncent au golf, bannissent Beethoven comme les inscriptions en anglais et ferment les dancings. Novembre 1936 : Tokyo signe le pacte anti-Komintern avec Hitler. Juillet 1937 : l'incident du pont Marco-Polo près de Pékin, comme dix ans auparavant celui de Moukden, «légitime» le début de la guerre de Chine. Et ce sera l'enchaînement des conquêtes impérialistes. De Mandchourie vers l'ouest et le sud, la tache d'huile nippone s'étend : en 1938, toute la Chine, à l'est d'une

*Seul édifice rescapé du bombardement atomique d'Hiroshima.*

ligne Canton-Pékin, est aux mains des Japonais. Les guerres d'Europe, à partir de 1939, furent l'occasion de s'approprier les colonies des vaincus dans le cadre de l'édification de la sphère de copropriété de la grande Asie – notamment l'Indochine française. En 1939, le Japon formait l'axe Rome-Berlin-Tokyo.

Les États-Unis, la Grande-Bretagne et la Hollande déclarent l'embargo économique. Mais pendant que l'on négocie, le gouvernement militaire a déjà fait son choix et c'est Pearl Harbor, le 7 décembre 1941, une attaque surprise dans la veine de celle de 1905 qui avait anéanti la flotte russe : les Japonais font sauter le verrou américain du Pacifique et pendant quelques mois, des Philippines à la Birmanie, ils pourront clai- ronner leur victoire. Mais à partir de 1944, sous les bombardements américains, aussi terrifiants et plus destructeurs que le coup de grâce d'Hiroshima, les dirigeants nippons, qui se voulaient les sauveurs de l'Asie, vont se découvrir seuls face à leurs fantasmes. Les soldats perdus du Pacifique, qui émergent parfois trente ans après des jungles des Philippines, témoignent de l'endoctrinement de l'époque.

La première bombe atomique est lancée le 6 août 1945 sur Hiroshima (deux cent mille victimes). La seconde sur Nagasaki, le 9 août, semble avoir été – avec le recul de l'histoire – inutile : la décision de reddition était déjà prise. Entre-temps, l'URSS est entrée en guerre contre le Japon, uniquement pour participer à la victoire. Le 10 août, Tokyo accepte les termes de la déclaration de Potsdam, si aucune atteinte n'est portée au statut de l'empereur. La réponse américaine est ambiguë mais l'empereur, sortant de sa réserve, ordonne d'accepter les conditions des Alliés.

Vaincu, son idéologie rédemptrice piétinée, ses chefs passés en jugement, à l'exception de l'empereur, devant un tribunal international pour l'Extrême-Orient, pen- dant de celui de Nuremberg, le Japon, déraciné – sentiment qui transparaît dans toute une littérature et une expression cinématographique de l'errance durant l'immédiat après-guerre –, semble se fondre dans les rangs du vainqueur pour exorciser la défaite.

*Avant le dernier train de minuit, près de la gare de Shinjuku.*

# Vivre

## La nuit

Les villes japonaises s'éveillent à elles-mêmes lorsque la nuit tombe, quand l'espace professionnel fait place à la vie familiale, à la poursuite des fantasmes, aux quêtes, à la vie tout court. Pour le salarié sortant de son bureau c'est l'alternative : ou bien rentrer chez soi, parfois à une heure et demie de trajet dans des trains qui resteront bondés jusqu'à huit heures du soir; ou bien rester dans un des centres de la ville, s'adonner à ses passe-temps, aller dans un club de spécialistes de quelque chose – il y en a pour tout –, s'entraîner au golf sur un *green* synthétique délimité par des filets, jouer un mah-jong dans une salle publique ou «faire l'échelle» *(has-higo),* c'est-à-dire l'escalade de l'alcool, de bar en bar. Sorties au demeurant innocentes, avec des compagnons de travail, qui se termineront tôt, la plupart du temps, en tout cas avant le dernier train de minuit. L'homme japonais ne se sent pas tenu de prévenir sa femme de ce qu'il fait et, par conséquent, n'a pas à lui téléphoner pour dire qu'il ne rentre pas.

Ce sont sans doute ces masses peu pressées de rentrer, composées d'hommes pour la majorité mais aussi désormais de jeunes femmes sortant également de leurs bureaux, entre elles ou avec un compagnon, qui donnent aux villes japonaises, la nuit, leur caractère étonnamment animé et attrayant. Débauche de néons et de lumières, constellation de lanternes des ruelles, cafés *(kissaten)* où l'on peut s'asseoir et écouter de la musique (jazz ou classique) en ne prenant qu'une consommation, précédée et suivie de verres d'eau, dans un décor plus ou moins baroque, *nomiya* (buvettes de saké – alcool de riz –), ou sortes de *beer hall* – la

55

bière est devenue la boisson nationale –, bars secrets qu'annoncent les enseignes discrètes joliment calligraphiées, ou, au contraire, cabarets aux entrées racoleuses, boîtes de strip-tease, saunas ou *soaplands (sopulando)* – aux «massages spéciaux» : toutes les villes japonaises s'offrent la nuit, dans certains quartiers, comme des «espaces de plaisirs», des plus triviaux aux plus subtils.

## Les restaurants

La soirée commence tôt, vers dix-huit heures, dans ces myriades de petits restaurants en étage ou donnant sur la rue. Souvent, ils ne peuvent contenir qu'une dizaine de clients ou ne sont que des échoppes, dissimulées au regard des passants par un tissu descendant à mi-hauteur *(noren),* fendu en deux pour laisser passer les clients dont on aperçoit les pieds. Parfois même ils se réduisent à quelques tabourets devant une voiture à bras, marmites ambulantes où marinent ces mets populaires à la sauce de soja que sont les *udon* ou les *ramen* (différentes sortes de pâtes) avalées, la tête plongée dans le bol, goulûment et à grand bruit. Restaurants de *tempura* (beignets de poisson et de légumes, dont le nom viendrait du latin *ad tempora,* nourriture de carême des Portugais), de brochettes de poulet *(yakitori),* de *fugu* (le poisson-lanterne), dont le fiel est un poison violent et que préparent des spécialistes patentés (il y a cependant de temps à autre des accidents), ou *sushiya* (restaurants de poisson cru) se succèdent le long des rues.

Le poisson cru est toujours l'aliment le plus prisé des Japonais (servi en *sushi,* sur une boulette de riz tiède, ou en *sashimi,* c'est-à-dire en lamelles disposées avec art). Les plus agréables *sushiya* ont des comptoirs de bois tendre d'un blanc chaud (en *hinoki,* une espèce de cèdre) devant lesquels s'assoient les clients. Au-dessus, dans un présentoir en verre à hauteur des yeux, sont alignés les morceaux de poisson aux teintes variées, du rouge pâle ou carmin de certaines parties du thon au blanc laiteux de la seiche en passant par l'orangé de certains coquillages. Couleurs qui s'allient au vert sombre des algues séchées, enrobant parfois poisson et riz (*nori maki* : rouleau). Dans certains restaurants prisés, le poisson vivant est préparé de telle manière que le système nerveux est respecté : ses branchies et sa queue continuent à tressauter... Pour les Japonais, c'est un signe de fraîcheur. Qu'il s'agisse de morceaux ou de poissons vivants sortis d'un vivier, ils sont pris, coupés et accommodés avec des gestes prestes et méticuleux d'officiant par l'homme de l'art qui vous fait face : le «cuisinier» si l'on veut, bien qu'il ne cuise rien mais, après tout, le mot «cuisinier», en japonais, signifie littéralement «l'homme devant la planche».

L'une des caractéristiques de la cuisine japonaise est d'être visuelle. Non seulement par sa présentation (la reproduction en plastique des mets qui est disposée à l'entrée de la plupart des restaurants n'est que l'avatar spectaculaire de cette esthétique), mais encore parce qu'elle se fait devant vous. Cette pratique a tendance à se perdre avec les menus fixes *(teishoku),* toujours servis sur un plateau qu'on pose devant vous. Ils n'en restent pas moins minutieusement ordonnés en petits plats.

Se nourrir est pour les Japonais un acte qui doit avoir un certain caractère formel, mais qui ne revêt en rien le rituel (heures, ordre des plats, etc.) qu'il a en France, en particulier. Le repas japonais est fragmenté. Dans l'espace : il faut des morceaux à saisir avec les baguettes; dans le temps : il peut s'accélérer ou se ralentir au rythme des commandes (dans un *sushiya* par exemple); il se «construit» dans la *tempura;* il peut enfin s'opérer par étapes : on va d'un restaurant à un autre pour changer de cadre ou de mets.

## Les bars

Cette nécessité de se déplacer, les Japonais l'éprouvent aussi dans les bars : ils ont l'habitude d'en changer après quelques verres. On compte à Tokyo plus de cinquante mille bars. Tous les Japonais s'y rendent, quelle que soit leur classe sociale. Certains sont hors de prix – d'ailleurs les clients ne paient pas de leur poche : généralement les grandes sociétés et les clans politiques

*En goguette à Ginza.*

y ont des comptes ouverts –, d'autres sont très abordables. Chacun y a ses habitudes, sa bouteille.

Les milieux économiques et politiques se rencontrent de préférence dans des restaurants traditionnels de luxe. A Akasaka, Shimbashi, deux quartiers nocturnes de Tokyo, mais aussi dans des parties plus calmes de la ville, comme Kagurazaka. Silencieuses, par longues files – notamment au moment des élections –, des limousines noires s'arrêtent un instant pour que leurs passagers, tous d'un certain âge, descendent et s'engouffrent dans l'entrée discrète d'un *ryotei* (restaurant de classe). Parfois, viennent des *geisha*. En leur présence, tout se trame : la finance rencontre la politique, un ministère se forge, souvent des «dons» s'échangent.

*Geisha* signifie littéralement «une personne qui pratique les arts». La *geisha* possède l'art de la parole et du divertissement. Son éducation est longue (musique, poésie, danse) et onéreuse. Elle commence dès l'adolescence (à Kyoto, on appelle les jeunes *geisha : maiko*). Souvent, les *geisha* restent endettées toute leur vie et par conséquent sous le contrôle de la maîtresse de la maison où elles ont fait leur apprentissage. A moins qu'elles ne trouvent un ou plusieurs «protecteurs» – hommes politiques ou membres du *zaikai* (littéralement : «le monde de la finance»). Spirituelles, cultivées – mais ne répondant guère en général aux critères de beauté occidentaux ni par leur physique ni, souvent, par leur âge –, elles n'ont en tout cas rien de commun avec les hôtesses de bar. Il y a d'ailleurs de moins en moins de *geisha*.

Au contraire, les hôtesses *(hosutesu),* leurs succédanés si l'on veut, prolifèrent : quatre-vingt mille à Tokyo. N'importe quelle jeune femme, pourvu que son physique s'y prête, peut devenir hôtesse. Pour certaines, c'est un deuxième métier de quelques heures le soir (elles peuvent gagner dans les mille francs). On peut aussi bien rencontrer une étudiante terminant l'Université qu'une femme mariée, qui ne se prostituent pas, ou une personne s'apparentant davantage à la professionnelle. Les hôtesses en tout cas ne sont jamais obligées de passer la nuit avec leur client, quelle que soit la somme qu'on leur propose. Celles qui ont fait de cette activité leur profession ont généralement leur propre clientèle qu'elles emmènent avec elles lorsqu'elles changent de bar. A l'exception des *pink bars* (le rose est au Japon une couleur érotique), où clients et hôtesses vont à l'extrême des attouchements réciproques, le bar est moins axé sur le sexe qu'il n'est un univers de discours. Pour la plupart petits, intimes, les bars (et leurs hôtesses) offrent l'occasion au client, l'alcool aidant, de se laisser aller à parler, à raconter sa vie, à se faire valoir ou au contraire à apparaître dans ses faiblesses, à séduire (puisque la «prise» n'est pas certaine) une compagne attentive dont la complaisance lui est cependant acquise par la relation d'argent qu'instaure le lieu. Le discours esquive, ajourne l'acte sexuel. L'homme cherche alors davantage à s'enrouler sur lui-même, à recréer cette intimité perdue d'un foyer aboli par la relation dévorante à son travail et par la durée des transports. L'hôtesse, c'est aussi la femme sans le désir possessif de devenir épouse.

L'alcool est l'adjuvant nécessaire à ce psychodrame. Comme il l'est dans un autre cas – deuxième fonction du bar –, lorsqu'il s'agit de poursuivre «d'homme à homme» une conversation d'affaires, d'obtenir quelque chose de son supérieur ou au contraire, pour ce dernier, de galvaniser l'énergie de son subalterne. Le Japonais étant très vulnérable à l'alcool – la plupart du temps il boit du whisky de fabrication japonaise (*on-za-rokku*, *«on the rocks»*, ou *mizuwari*, coupé d'eau), mais finalement peu de saké, ce dont se plaignent les fabricants –, les quartiers nocturnes des grandes villes prennent souvent vers minuit des aspects de ville de garnison après une «bordée».

Si la sexualité n'est pas le ressort fondamental de l'activité des bars, elle n'en est pas moins l'un des éléments primordiaux de la vie nocturne. Sous la pression d'un groupe de femmes, militantes et députés, la prostitution a été interdite en 1957, ce qui a changé les habitudes des hommes en matière de plaisir et la physionomie de quartiers comme Yoshiwara, à Tokyo, ce quartier des filles qui naquit avec la ville au cours de la période Tokugawa. A Yoshiwara, vivaient à l'ère Edo deux mille courtisanes, de la plus renommée à la plus vulgaire. C'était l'*ukiyo* (le «monde flottant»), expression qui vient du bouddhisme et ramène la vie à une constante incertitude, assimilée à un objet ballotté par les flots. Yoshiwara inspira bien des artistes, notamment les peintres d'estampes et, plus tard, des écrivains comme Nagai Kafû, sans doute l'un des plus grands de la génération de Meiji qui vécut l'agonie de ce «monde flottant» et voulait être enterré au cimetière des prostituées... Sa famille en décida autrement.

## Sexualité

Tokyo, qui se veut le visage du Japon, a donc banni par une réglementation stricte les formes traditionnelles de prostitution. Celle-ci continue mais s'est faite plus discrète, *via* call-girls ou *soaplands* – à Yoshiwara il n'y a que ça –, ou bien elle a été rejetée à la périphérie. A Osaka, survit le quartier de Tobita et ses filles agenouillées dans l'entrée des hôtels, mais les *ochoro bune* (bateaux de prostituées) du petit port de Kinoe, sur la mer Intérieure, ont disparu. Suivant le même chemin que les Occidentaux, projetant leurs fantasmes sur l'Asie et ses femmes alanguies aux regards enjôleurs, les Japonais ont aussi désormais leur géographie du sexe : les agences de voyage promettent la «vie» à Paris, Amsterdam ou Rome aux plus argentés et, pour les autres, des escapades à Bangkok, Manille ou Séoul : on les appelle des *sex tours*. La sexualité japonaise ne sacrifie que peu au conformisme occidental, bien que demeure une censure cinématographique pudibonde (ni poils ni sexe sur l'écran) et surannée qui témoigne de l'adaptation forcenée au Japon des valeurs petites-bourgeoises de la réussite industrielle.

Comme l'a écrit Roland Barthes dans *l'Empire des signes,* «la sexualité est dans le sexe et nulle part ailleurs». Le sexe, au Japon, c'est le corps sans que vienne s'y mêler l'opprobre d'une moralité sentencieuse. Le sexe reste aujourd'hui un sujet qui ne fait guère question (au mot japonais pour désigner l'acte sexuel, on préférera l'anglais *sex*). Un ami, esthète, qui de la sensualité nippone a fait ses délices, remarque : «Ce qui frappe le plus est sans doute la séparation radicale dans tout esprit japonais de l'acte physique et de l'amour proprement dit. La sexualité est jeu. Ce caractère ludique évacue le sentiment au profit du corps. Le Japonais n'a pas un corps, il est son corps. Jeu de miroir où chacun n'est plus que l'image de l'autre. Tout est possible, tout est permis puisque aucun principe transcendantal n'ordonne la sexualité sinon celui du plaisir. Le corps n'a de compte à rendre qu'à lui-même. Paradis de la violence verbale, corporelle, ou raffinement d'une sensualité subtile, au bord de la fragilité, le commerce sexuel cesse d'être expéditif pour se faire indécis, délibérément diffus. La *geisha* en est l'éclatante illustration : son rôle est de filer toutes les métaphores de l'amour en un long discours de la sensualité. Il s'agit en fait de masquer la vanité de l'acte par un décor d'une minutieuse esthétique : déploiement de simulacres qui produisent l'érotisme. La "drague" japonaise dès lors est un ballet, non une véritable quête, et s'y opèrent plutôt des rencontres que des prises.» Ici, pas d'interdits péremptoires ou subreptices. Mais le déploiement d'une grande liberté sereine : du moins est-ce le sentiment de l'Occidental qui ne manquera pas de noter la tolérance des Japonais. L'homosexualité, qui a une longue tradition dans la classe des guerriers, se vit apparemment assez bien dans une atmosphère de feinte ignorance.

Du reste, les mouvements de libération des homosexuels sont peu développés et semblent n'avoir guère de thèmes de lutte. L'homosexualité est restée dans le Japon moderne une pratique diffuse, parfois non exclusive de relations hétérosexuelles. Elle ne cherche pas à apparaître au grand jour, encore moins à revendiquer une identité : une telle démarche serait plutôt source de discrimination dans une société hautement conformiste mais tolérante pour ce qui ne trouble pas ouvertement l'ordre social. Le caractère diffus de l'homosexualité au Japon recèle aussi des faiblesses, comme l'a révélé l'apparition du Sida sur l'archipel au cours de l'année 1986 : communauté lâche, le monde homosexuel japonais présente peu de cohésion pour lutter contre cette maladie.

Comme les Chinois avant l'instauration du pouvoir mandchou (XVII$^e$ siècle), les Japonais ont vécu leur sexualité sans jamais l'associer à un sentiment de culpabilité. Et c'est sans doute ce qui fascina tant l'Occident, prisonnier de son orthodoxie pécheresse, en découvrant l'Asie. Le commerce sexuel fait partie du cycle de vie, il est lié à la fécondité. C'est cette croyance qui préside par exemple à la fête de la Fertilité qui a lieu le 15 mars au temple de Tagata, près de Nagoya, et dans bien d'autres lieux.

Cette absence d'inhibition sur le sexe s'exprime d'ailleurs dans le mythe originel : en Occident, au début était le verbe; au Japon, la copulation. C'est de l'union du dieu Izanagi et de la déesse Izanami que sont nés les dieux et les terres nippones, raconte le *Nihonskoki,* les plus anciennes annales, rédigées en 720.

Les religions n'ont fait, semble-t-il, que tempérer cette liberté. Le bouddhisme prêche la renonciation à tout plaisir mais ne condamne ni ne culpabilise le sexe. Les Tokugawa ont fait de la femme une «valeur» utile pour servir la lignée, mais en chassant le christianisme ils ont préservé le Japon des tabous évangéliques. Ce n'est qu'à l'époque Meiji, dans la fièvre de modernisation et de productivisme, que les dirigeants nippons, corsetant leurs femmes, pour paraître civilisés aux yeux de l'Occident, furent saisis d'une phobie victorienne, étouffant tout ce qui touchait au corps (interdiction des bains publics mixtes, de l'exposition d'images «obscènes», des pratiques villageoises d'amour libre). Ils instituèrent une pénalisation de l'atteinte aux bonnes mœurs. Législation au demeurant restée lettre morte, sauf peut-être dans l'élite naissante.

La jeune génération nippone, par le biais d'une copie de l'Occident permissif, n'a pas perdu le sens de la liberté qui prévalut autrefois. D'où la floraison des *love hotels* où les couples vont passer quelques heures. Équipés de tous les gadgets possibles et imaginables pouvant agrémenter les ébats amoureux, les *love hotels* témoignent de la simplicité de rapports sexuels qui ne s'enlisent pas dans les arcanes de la «carte du tendre». Les couples peu argentés peuvent aller dans des «cafés pour amoureux» avec petites pièces particulières pourvues d'un canapé ou de coussins... Doit-on voir dans ces facilités l'expression d'une pulsion de vie ou simplement une fuite dans un érotisme non moins morne que la destinée forgée pour les jeunes par une société arc-boutée sur le principe de rentabilité?

L'autre terme de l'alternative pour le salarié qui sort du bureau, c'est évidemment de rentrer et de passer avec sa famille une soirée devant la télévision, dont les programmes n'ont rien à envier à la médiocrité de leurs homologues occidentaux. Il pourra au préalable se détendre dans l'un des saunas dont regorgent les villes ou s'arrêter dans un *pachinko.*

### Pachinko

Comme le bar, ce jeu est un peu une institution : il y a plus de dix mille halls de *pachinko* et leur chiffre d'affaires est sensiblement égal à celui des grands magasins. En moyenne, les Japonais consacrent 2,4 % de leurs dépenses mensuelles à ce plaisir solitaire. La machine à sous nippone consiste en un tableau vertical le long duquel retombent, entre des clous, des billes d'acier catapultées d'un geste du poignet. Les gains qu'on obtient en échange des billes gagnées étant dérisoires – denrées alimentaires, livres, etc. –, ils ne paraissent guère être le mobile déterminant. Femmes sans âge, étudiants en uniforme noir, employés de bureau ou ouvriers harassés se retrouvent enfin seuls face à cet espace de 80 centimètres sur 50 qui leur appartient et, pendant quelque temps, s'enferment dans un état d'ataraxie machinique.

### Logement

Et puis, c'est la gare; les trains qui ramènent vers les banlieues. Le logement est pour les Japonais le problème essentiel : la majorité de la population, selon les statistiques ou les témoignages d'amis, se déclare insatisfaite. Le revenu a certes progressé, mais le prix des

*Un des dix mille halls de pachinko : ataraxie machinique.*

terrains dans les grandes villes a augmenté encore plus vite. En outre, l'aide au logement est dérisoire. Enfin, la légèreté des maisons japonaises contraint à les reconstruire fréquemment. Résultat : les Japonais sont souvent mal logés, en particulier dans les zones de concentration urbaine comme Tokyo, Nagoya, Osaka : un quart de la population n'a qu'une chambre à coucher pour les enfants et les parents. Une proportion élevée de jeunes ménages – un million de familles à Tokyo – vit dans ce qu'on appelle des *kichin apâto* (appartements de dernière catégorie) dont la superficie ne dépasse pas 49,1 mètres carrés avec la cuisine et les installations sanitaires sur le palier. Les habitations de type HLM sont en proportion trop faible et la file d'attente est si longue qu'on ne les obtient souvent que par tirage au sort. En attendant, beaucoup de familles vivent dans des logements temporaires. L'extension continuelle de la nappe urbaine fait que dans les trains, par exemple, on voit des publicités vantant des trajets d'une heure (!) entre telle gare de banlieue et un des centres de la ville : ce qui suppose, de son domicile au bureau et inversement, et compte tenu des trajets pour aller aux gares, plus de trois heures par jour dans les transports. L'anecdote, il y a quelques années, d'un chauffeur de taxi faisant l'amour avec sa femme dans son véhicule sur l'esplanade du palais impérial et qui, pour sa défense, invoqua son logement minuscule et la cohabitation avec les parents, prête sans doute à rire, elle n'en témoigne pas moins des conditions de vie pénibles de certains. Cet entassement provoque parfois la mort d'enfants étouffés sous leurs parents endormis; il est à l'origine d'insomnies et de cas de délinquance juvénile.

La petitesse de l'espace d'habitation japonais, depuis la «maison de poupée» de l'orientalisme du début du siècle jusqu'aux «clapiers» dont parlait en 1979 un rapport de la Communauté européenne, a frappé l'imagination des Occidentaux; c'est une image toute faite qu'il faut nuancer. D'abord, si comparée à l'Occident la superficie de l'habitat nippon est bien moindre, ce n'en est pas là pour autant un signe de pauvreté; la maison japonaise contient souvent une abondance d'appareils ménagers et de gadgets électroniques qu'envierait une famille occidentale de la même catégorie sociale. L'exiguïté des intérieurs japonais, qui est due à la pression démographique et à l'étroitesse des régions habitables (mille habitants au kilomètre carré, sept fois plus qu'en France), doit être située dans une conception de l'espace différente de la nôtre. La maison japonaise est beaucoup plus ouverte sur l'extérieur. Et puis, le Japon a conservé et développé des espaces communautaires : la rue et sa vie de voisinage, le bain public en sont des exemples anciens. Le hall des grands hôtels, les villes souterraines, les sous-sols de buildings où se succèdent restaurants et boutiques, les grands magasins en sont les expressions nouvelles.

## Le grand magasin

Le grand magasin est une autre «institution» de la vie moderne japonaise. Où, ailleurs qu'au Japon, les mêmes firmes possèdent-elles des grands magasins et des réseaux de chemin de fer qui drainent les clients du fin fond des banlieues jusqu'aux gares au-dessus desquelles, le plus souvent, ils sont construits? Ces forteresses de la consommation, une trentaine à Tokyo, offrent tout, dit-on, «sauf les cercueils» : restaurants, cliniques dentaires, studios de photo, agences de voyages, jardins d'enfants, salons de coiffure, terrains d'amusement, écoles de cuisine, théâtres, galeries d'art... Ce sont aussi les grands magasins qui, avec les journaux, ont organisé les plus prestigieuses expositions d'art occidental au Japon.

Comme les villes souterraines, ce sont des univers climatisés, sécurisants. On y est bercé par la litanie des jeunes femmes qui essuient la rampe de l'escalier roulant, s'inclinent devant chaque client et égrènent : *«Makotoni arigato gozaimasu»* (sincèrement, merci beaucoup).

Dans les grands magasins, la finalité mercantile paraît seconde : elle est donc d'autant plus tyrannique. Le grand magasin se veut un lieu ludique, comme celui des restaurants ou des bars. C'est l'univers des familles, mais aussi et avant tout celui des femmes. Elles se promènent, achètent, volent – il y a de plus en plus de vols commis par des femmes, souvent par simple manie – et s'endettent. La carte de crédit connaît un développement extraordinaire – alors que le chèque n'est quasiment accepté nulle part. Elles ont souvent recours au *sarakin,* le prêteur de quartier – il y en a beaucoup autour des gares –, qui, sans demander de garantie, accepte de prêter mais à des taux usuraires. Cette pratique courante conduit parfois au suicide des ménagères ou des salariés harcelés par leur créancier et qui voient leurs dettes grossir avec les retards.

## La maison

Il est faux de dire que les Japonais n'invitent pas. L'«impossibilité de connaître l'univers» des Japonais, une affirmation dont se gorgent les étrangers, n'est exacte que pour les milieux bourgeois, surtout ceux qui ont vécu hors de leur pays et tiennent à «paraître». Elle est tout à fait erronée dans le cas des classes populaires ou des paysans : pour eux, la simplicité est de mise et l'hospitalité généreuse. On peut en faire l'expérience à la campagne, avec seulement trois mots de japonais.

La construction de bois, traditionnelle, a cédé la place au *konkurito* (béton) des logements préfabriqués. Alors que par tradition l'espace japonais est caractérisé par le vide et sa mobilité – grâce aux parois coulissantes –, il paraît de nos jours fort encombré. Un intérieur japonais ne se prête pas aux adaptations occidentales : énorme télévision, chaîne stéréo, chaises et table de salle à manger sur un tapis recouvrant les *tatami* (nattes) sont autant de conquêtes de la modernité; les néons blafards, les lustres en verroterie et les *tatami* en plastique étant les plus exécrables. Parfois, signe incontestable d'aisance, un piano réduit encore l'espace vital.

Pénétrons dans la maison d'un ami. On se déchausse dans le *genkan* (entrée). La pièce du bas est restée de style japonais. Peu de meubles, un *tokonoma,* sorte d'alcôve où, près de ce qui est supposé être la poutre

*Un espace menacé par la modernité.*

maîtresse de la maison, sont déposés des objets précieux : *kakemono* (rouleau de peinture), *ikebana* (arrangement floral). On s'assied sur des coussins *(zabuton)* posés sur les *tatami* et, immanquablement, la maîtresse de maison vous apporte du thé vert. De texture souple, faits de paille de riz recouverte d'une fine natte de jonc vert pâle qui jaunit en vieillissant, les *tatami* neufs dégagent une odeur d'herbe fraîchement coupée. La table basse autour de laquelle on s'assied est, en hiver, juponnée d'une couverture sous laquelle une résistance électrique chauffe les pieds des convives. Autrefois, ce *kotatsu* était muni d'un petit brasero contenant du charbon de bois. Les Japonais ont toujours moins cherché à chauffer les maisons que leurs occupants. L'hiver, quand le froid pénètre librement par les interstices, à chaque mot on émet un petit nuage de buée...

La pièce a plusieurs fonctions – et c'est aussi une des raisons pour lesquelles les Japonais hésitent à inviter chez eux –, celle où l'on prend le repas pouvant être en même temps, une fois la table basse repliée, chambre à coucher. On sort alors les *futon* (édredons) que l'on étend sur les *tatami* et on se glisse entre deux – celui du dessous étant plus rembourré – pour dormir. Pendant la journée, les *futon* sont rangés dans des placards. On les aère le matin aux fenêtres, sur des coins de toits ou même sur les garde-fous des rues, dont la plupart n'ont pas de trottoir, ce qui donne aux quartiers nippons des petits côtés marseillais. Mais le caractère plurifonctionnel de la pièce a tendance à disparaître avec l'introduction, parfois difficile, du lit conjugal de type occidental dans des espaces qui peuvent à peine le contenir. Au départ, le lit eut des connotations grivoises : les premiers acheteurs en furent, au début du siècle, les tenanciers de maisons closes. Aujourd'hui, c'est moins par confort que pour des raisons de prestige social qu'il est adopté.

## Le bain

Le modernisme – en l'occurrence le préfabriqué –, on le retrouve en particulier dans cette pièce essentielle pour les Japonais : la salle de bains. Les toilettes en sont

*Bain mixte dans une source thermale («onsen»).*

toujours distinctes et l'on y entre avec des socques spéciaux pour ne pas y pénétrer avec ses mules d'intérieur.

Au Japon, la propreté corporelle est une préoccupation constante qui a peut-être pour origine les préceptes de pureté du dogme shinto. Le bain *(furo),* expression de ce souci d'hygiène, est au Japon une «passion nationale». Déranger quelqu'un dans son bain, dit-on, c'est un peu réveiller un Méridional pendant sa sieste. La salle de bains, aussi petite soit-elle – les plus belles ont encore une baignoire en bois, en *hinoki* (espèce de cèdre) odorant et particulièrement agréable au contact de la peau –, est conçue de telle manière que l'on puisse s'y asperger et se laver hors de la baignoire. Ce n'est qu'une fois propre qu'on se plonge dans l'eau chaude – très chaude : de 40 à 45°C – pour se détendre. C'est aussi, dans les maisons non chauffées, un moyen d'emmagasiner de la chaleur avant de se coucher. Quand la baignoire le permet, le bain se prend en famille, la nudité des parents n'étant pas frappée de nos tabous. De toute façon, même successivement utilisée, par le père en premier, c'est toujours la même eau qui sert pour tous les membres de la famille.

Les Japonais, hommes ou femmes, affectionnent aussi de se rendre au bain public de leur quartier : on les croise le soir dans les rues, souvent vêtus d'un *yukata* (vêtement de coton imprimé, en forme de *kimono*) et chaussés de *geta* (socques de bois), allant ou revenant avec leur petite cuvette, leur savon et leur serviette. Le *sento* (bain public) du quartier a perdu sa mixité depuis le début du siècle pour satisfaire aux tabous de l'Occident. A la campagne, cependant, les bains de certaines stations thermales *(onsen)* sont encore communs, seuls les vestiaires étant séparés. Le bain public est un lieu de détente et de conversation. On se rase, on se brosse les dents avant de se plonger dans la grande baignoire commune pouvant contenir une vingtaine de personnes et bavarder avec les autres occupants. Lieu de rencontre et de discussions, le *sento* a, toute proportion gardée, la même fonction qu'autrefois le café du village.

## La femme

La journée commence tôt, vers cinq heures et demie ou six heures. La femme se lève la première pour préparer le petit déjeuner, copieux, à base de riz, poisson séché, *misoshiru* (soupe) et thé vert (mais les habitudes alimentaires évoluent vite et le petit déjeuner à l'occidentale est de plus en plus répandu). La femme prépare aussi le *bento* (casse-croûte dans des petites boîtes) destiné aux enfants et au mari dans les milieux populaires. Immanquablement, l'un de ses premiers gestes est d'ouvrir la télévision dont les émissions commencent à cinq heures et demie et continueront sur sept chaînes, toutes en couleurs, à Tokyo, jusqu'à une heure avancée de la nuit. Selon les statistiques, les femmes passent trois heures et demie par jour devant leur récepteur, les émissions de la première partie de la journée leur étant généralement destinées (notamment des *shows* qui mêlent variétés et reportages, parfois sur des affaires sentimentales à sensation).

L'image de la Japonaise docile, évanescente et un peu mièvre dans sa douceur maniérée d'effarouchée, ne reflète plus guère aujourd'hui une réalité. Elle n'est pas plus cette *musume,* cette «femme jeune» – vocable qui nous est parvenu par la bouche des marins qui abordèrent le Japon et dont nous avons fait «mousmé», avec son «rire de soubrette fou et artificiel», disait Michaux –, que cette gardienne du foyer servant mari et hôtes sans prendre part à la conversation après avoir été élevée dans les trois obéissances confucéennes : «au père, à l'époux et au fils». Son mythe est cependant tenace depuis *Madame Chrysanthème* de Loti.

Certes, la langue des femmes est toujours différente de celle des hommes, empreinte d'intonations ou émaillée d'expressions qui infléchissent le côté tranchant des propos. Ce langage, qui existait dès l'époque Heian (VIII$^e$-XII$^e$ siècle), s'est vraiment structuré et il est devenu l'expression d'une ségrégation à l'époque Edo. Moins qu'une discrimination, il est surtout un des mécanismes du système de politesse. Celui-ci s'amenuise dans les classes pauvres et n'existe pratiquement pas chez les paysans – à l'exception des riches qui singent les bourgeois. Aujourd'hui, il n'y a plus guère que l'élite ou les professionnelles de la féminité – *geisha* et travestis – pour employer chaque tour de ce langage.

Les Japonaises bénéficient depuis 1947 de tous les droits de leurs sœurs occidentales (vote, éligibilité, propriété, divorce, etc.). Apprêtées et soignées, actives, celles qui travaillent et sortent le dimanche avec leur mari portant le nouveau-né par-devant à la mode américaine (la tradition est toujours de transporter son enfant ficelé dans le dos) semblent aussi émancipées que les Occidentales. Le chemin parcouru a été grand depuis l'époque Heian où elles pouvaient détenir un pouvoir et devenir des écrivains célèbres comme Sei Shônagon, auteur de *Notes de chevet,* jusqu'à la période des Tokugawa et, plus tard, de Meiji qui confirma leur incapacité.

Sei Shônagon raillait «les femmes sans avenir qui veillent fidèlement sur le médiocre bonheur du foyer». Aujourd'hui, pour la moitié d'entre elles, les Japonaises travaillent (39 % de la population active), ce qui ne signifie pas pour autant qu'elles aient un «avenir». Avec un diplôme, elles peuvent en théorie entrer facilement dans la vie professionnelle, mais toutes les étudiantes sont conscientes de partir avec un handicap sérieux (8 % des médecins, 1 % des avocats seulement sont des femmes). Les deux tranches d'âge où le taux d'emploi est le plus élevé sont entre vingt et vingt-quatre ans et entre quarante et cinquante-quatre ans : la coutume veut que la femme quitte son travail après son premier enfant. L'entreprise qui pratique le salaire à l'ancienneté a tout intérêt à embaucher des jeunes – moins payées – et à rappeler aux autres cette «tradition». A cette première discrimination s'ajoute celle des salaires : à qualification égale, les femmes ne touchent que 57 % du salaire des hommes (87 % en France).

Pourtant, depuis le 1er avril 1986, est entrée en vigueur la loi sur l'égalité des chances d'emploi entre les hommes et les femmes. Mais les préjugés et les pesanteurs culturelles ont la vie dure et les principes qu'elle énonce ont quelques difficultés à se concrétiser. Les femmes en sont d'ailleurs en partie responsables : force

*Mère : un état quasi exclusif, un rôle souvent abusif.*

est de constater que le système de «retraite» au mariage ou au premier enfant, couramment pratiqué dans les grandes entreprises, coïncide en réalité avec les aspirations d'un grand nombre de Japonaises. Certes, on les incite fortement à démissionner si elles tardent à le faire, mais il n'en reste pas moins que, selon les sondages effectués régulièrement par le bureau du Premier ministre, au milieu des années quatre-vingt, guère plus de 18 % des femmes salariées désiraient continuer à travailler à plein temps après avoir eu un enfant.

A la ville ou à la campagne – la part active que prirent les femmes dans le combat des paysans contre la construction du nouvel aéroport de Tokyo en témoigne –, les Japonaises luttent pour améliorer leur condition. Les hommes affirment que c'est au contact de l'étranger que leurs femmes ont appris à être «désagréables». En fait, il y a au Japon une longue tradition de mouvements féministes dont le premier date de 1878. Ils ont certes fort à faire dans un pays où l'on ne compte plus les boutades misogynes : «Les Japonaises doivent leur charme aux paires de claques qui leur ont été judicieusement appliquées depuis des siècles», par exemple. Éparpillé en plus de trois cents organisations allant du Groupe de réflexion sur l'infanticide à l'Association des ménagères (très dynamique) en passant par le Groupe de la Femme-Éros, le mouvement de libération de la femme a été marqué en 1970 par la création du *Chupiren* en faveur de l'avortement et de la pilule.

Aussi extravagants que soient les *host clubs,* établissements réservés aux femmes, pendants des bars pour les hommes, où les esseulées riches sont servies par des éphèbes, sortes d'hôtesses au masculin, on ne doit pas croire que le mouvement de libération de la femme est au Japon purement folklorique. Il cherche sans doute moins à agir sur la politique nationale qu'à insérer sa lutte dans le cadre d'actions pour la défense des citoyens où il joue un rôle très important. Il détient notamment un nombre considérable de médias se distinguant radicalement des magazines féminins proprement dits qui se sont développés à partir des années soixante. Ceux-ci figent la femme dans ses stéréotypes (vamp, femme-enfant ou ménagère) et véhiculent une fascination pour l'Occidentale : trois mille cliniques esthétiques (dont un tiers à Tokyo) proposent de débrider les yeux – opération courante –, de gonfler la poitrine à la paraffine, d'amincir le nez, etc. Leur chiffre d'affaires est énorme : «être *half*», c'est-à-dire moitié occidentale moitié nippone, est le fantasme de certaines jeunes Japonaises.

## Le mariage

Le Japon est sans doute le pays où le nombre de mariages par rapport à la population est le plus élevé. Au plan sexuel, avant le mariage, la société semble aussi permissive, sinon aussi exhibitionniste, que l'Occident. A cette époque de l'union libre *(dosei jidai),* 15 % des étudiantes qui entrent à l'Université (dix-huit ans) ont déjà eu des expériences sexuelles. «Le pourcentage est bien supérieur», disent en riant toutes celles qu'on interroge. En fait, le ministère de la Santé précise que quatre Japonaises sur mille entre quinze et dix-neuf ans ont déjà avorté.

La femme est la première «victime» de sa liberté sexuelle, en raison même des méthodes de contraception. La pilule est autorisée uniquement pour régler le cycle féminin, et son utilisation découragée par les médecins dont bon nombre tirent en réalité profit de la pratique légale de l'avortement : opération rapide, bien faite, peu coûteuse. Il y a au Japon un avortement pour deux naissances. Les préservatifs sont d'autre part vendus dans des distributeurs automatiques ou par des démarcheurs à domicile...

La Japonaise se marie souvent par arrangement *(miai),* un marieur professionnel ou un ami de la famille, parfois le patron, présentant les «futurs», comme on le voit dans *Fin d'automne* d'Ozu. Les critères de choix sont la situation financière et le milieu social. Beaucoup de jeunes se soumettent à ce rituel pour faire plaisir aux parents – un peu comme en France ils consentent à se marier à l'église – et en font ensuite à leur tête. De toute façon, on n'est en rien obligé d'accepter le candidat présenté, et la cérémonie

*Dans la plus stricte intimité du mélange des genres.*

du *miai* peut se multiplier pour finir par le choix d'un conjoint imposé aux parents. Ce type de mariage remonte à l'époque Edo lorsque la femme devint, avec le développement économique et le confucianisme, une sorte de valeur d'échange.

Le mariage arrangé est encore une de ces pratiques nippones sur lesquelles les étrangers dissertent à plaisir, oubliant d'une part qu'elle a évolué et, d'autre part, que l'Occident l'a connue aussi jusqu'à la fin du XIX$^e$ siècle, époque où l'on confondit amour et mariage. Variante moderne du *miai,* le mariage télévisé : au cours d'une émission-jeu, se constituent des couples par affinités (avec sa version féministe : une jeune femme seule face à quinze garçons choisit son partenaire au fil de questions et en appuyant sur un bouton pour faire tomber à la renverse les malchanceux). Une parodie qui témoigne du recul que prend la jeune génération par rapport à cette institution.

Les cérémonies de mariage ont aussi été affectées par le modernisme. Aux rites du mariage dans la tradition shinto, en costume traditionnel, avec pour la femme un voile blanc drapé sur la tête pour «cacher les cornes de la jalousie», succède souvent un autre «mariage» en robe blanche et bouquet à la main, précédant le départ en voyage de noces.

En se mariant, la Japonaise acquiert un statut social que ne lui donne pas le célibat (l'adage dit d'ailleurs : «le mariage est un emploi à vie»), mais aussi un pouvoir réel – dans une société que dominent apparemment les hommes – par le contrôle complet du foyer, son fief. C'est elle en effet qui tient les cordons de la bourse, ne laissant à son mari qu'une «allocation». Dirigeant l'épargne, elle investit parfois dans des actions, suggère les achats, prête à des taux usuraires à ses voisines.

Le pouvoir de la femme a été renforcé par l'absence du père et le resserrement de la famille au couple. L'urbanisation a désintégré le système familial patriarcal fondé sur les valeurs confucianistes. Aujourd'hui, le ciment familial n'est plus l'autorité d'un père, lointain, mais de la mère, maîtresse du foyer.

## Le troisième âge

La jeune mariée qui entrait dans la famille traditionnelle devait obéissance aux parents de son mari et
notamment à sa belle-mère. La modification de l'habitat a fait éclater la famille ancienne. L'idéal, pour la
jeune Japonaise aujourd'hui, c'est d'avoir un mari *ie
tsuki, ka tsuki, babanuki* («avec une maison, une voiture et sans belle-mère»).

Si cette évolution a favorisé l'émancipation de la
femme du joug de sa belle-famille, elle a aggravé la
situation des personnes âgées, pour qui le «sombre
automne de la vie», expression pour désigner la vieillesse, n'est pas un vain mot. Dans la société traditionnelle nippone, les vieux restaient intégrés à la vie
sociale. Dépositaires d'un savoir né de l'expérience, ils
avaient leur place dans la famille conformément à
l'éthique confucéenne qui donne une grande importance à la piété filiale. Aujourd'hui, exclus du système
productif – ne produisant rien et consommant peu –,
les vieux sont rejetés en marge de la société. Ils
deviennent embarrassants – sinon des intrus – dans la
vie du couple, comme le montre le film d'Ozu, *le
Voyage à Tokyo.* Si les enfants gardent encore leurs
vieux parents dans les logements exigus, c'est de mauvaise grâce et pour satisfaire leur bonne conscience.
Résultat : les Japonais entre soixante-cinq et soixante-
quatorze ans ont l'un des taux de suicide les plus élevés
du monde. Signe des temps, depuis la guerre, se sont
considérablement développés ces pèlerinages de personnes âgées allant prier pour une mort instantanée,
sans agonie.

## L'enfant

Le second facteur qui a concouru à rendre la Japonaise
«maître» chez elle est l'absence du père, paysan ou
salarié qui ne rentre chez lui que pour dormir : dans les
deux cas, sa place à table *(yokoza)* reste vide. Le père
qui «grondait comme le tonnerre» a disparu. La mère a
dès lors un rôle central sinon exclusif dans l'éducation
des enfants. La grand-mère évincée, le père effacé,
l'enfant devient sa chose, dans un tête-à-tête qui peut

*Défoulement dans les jardins extérieurs du palais impérial.*

être traumatisant. La mère compensera en effet souvent grâce à lui les frustrations de sa vie de femme et, ce faisant, l'investira d'un rôle accablant. Tout sera subordonné au succès de son enfant – qui sera aussi le sien. Ces mères sont appelées *kyoiku mama* (maman enseignement) ou *mamagon* (maman dragon). Infantilisé à l'extrême, «féminisé» par une éducation strictement maternelle, castratrice, le fils, arrivé à l'âge adulte, recherchera inconsciemment un substitut à l'autorité du père qui lui a manqué : il la trouvera dans le groupe, la *kaisha,* l'entreprise.

L'enfant est certes roi, partout le bienvenu quelle que soit son agitation. Mais dès qu'il entre à l'école, c'est autre chose : il devient rapidement un être en deuil de son enfance. Le système éducatif nippon élimine systématiquement ceux qui ne se plient pas aux mécanismes de l'élitisme.

Le petit Japonais s'aperçoit vite qu'il a contracté une dette à l'égard de ses parents. L'enseignement est en effet loin d'être gratuit. Les ménages aux revenus modestes font donc de grands sacrifices, s'endettant parfois, pour payer des droits d'inscription coûteux et permettre à leur enfant de faire des études au-delà de la scolarité obligatoire. Ce qui est le cas de la large majorité, le Japon étant l'un des pays où le taux et le niveau de scolarité sont les plus élevés : c'est sans doute là l'une des clés de la réussite nippone. L'enseignement public ne reçoit qu'un quart des étudiants. La grande majorité se rend dans des établissements privés. Dans les facultés de médecine et de pharmacie, aux frais d'inscription s'ajoutent les «donations» qui peuvent atteindre des millions de yens (trois cent mille francs). La mission de réussir les «rêves de maman» n'en devient que plus contraignante.

L'anxiété commence à la crèche. Ensuite, il y a deux grands obstacles : l'entrée au lycée puis l'admission à l'Université. Le candidat travaille de douze à dix-huit heures par jour (l'adage étudiant le prouve : «Quatre heures de sommeil : gagné. Cinq heures : recalé!»).

Le système éducatif cherche moins à dispenser un savoir qu'à développer les capacités de réponse à des tests d'aptitude qui deviennent finalement l'objet même de l'enseignement. La majorité des élèves du secondaire et du primaire fréquentent des établissements style «boîtes à bac» qui commercialisent les tests employés à l'école. D'où l'expression d'«enseignement *shinkansen*» (nom du train super-express), c'est-à-dire rapide, efficace, coûteux, mais au résultat garanti.

Cette concurrence effrénée, conjuguée au maternage, provoque souvent des problèmes psychiques chez les écoliers. Ces traumatismes se structureront à l'âge adulte, ou bien ils mèneront des enfants au désespoir. Le nombre de suicides de jeunes est en augmentation régulière : on compte un ou deux cas par jour, parmi lesquels des suicides d'enfants de dix ans.

Ceux qui obtiennent les diplômes et ont résisté au «rouleau compresseur» du système éducatif sont mûrs pour entrer dans une de ces grandes entreprises dont les noms scandent la réussite économique du Japon. Ils s'insèrent, sont prêts à produire. L'enfance a déjà fui sans qu'on sache très bien comment.

*Tsukiji à Tokyo : le plus grand marché au poisson du monde.*

# Produire

**«Le meilleur des mondes»**

On raconte volontiers dans les milieux étrangers de Tokyo cette histoire du Japonais qui, visitant la chapelle Sixtine à Rome et apprenant qu'Adam chassé du paradis dut travailler, aurait eu cette réflexion : «Le travail est-il donc une punition?» Une anecdote sans doute plus révélatrice de l'idée que se font les Occidentaux des Japonais qu'éclairante sur le comportement de ces derniers.

Homogénéité, haut niveau d'éducation, diligence sont les qualités qu'on reconnaît, à juste titre, au peuple japonais. Mais il est surtout un caractère qu'on lui prête et qui tiendrait davantage à une prétendue nature qu'à une évolution historique : son amour du travail. Les Anglo-Saxons ont même trouvé un mot pour cela : *workalcoholic,* un raccourci qui ne contient pas plus de vérité que les généralisations sur le Français frivole et l'Italien paresseux. Et l'on vous fera l'éloge de l'emploi à vie, du salaire à l'ancienneté, du syndicat d'entreprise – en étendant allégrement d'ailleurs à l'ensemble des firmes ce qui ne concerne que les plus grandes –, avec des accents que n'auraient pas désavoués les tenants du corporatisme des années trente.

Il y a pour un Occidental un petit côté *Temps modernes* dans une entreprise japonaise de dimension importante : automatisme, précision des gestes, sérieux, propreté. Un mélange de taylorisme et de stakhanovisme qui d'ailleurs ne s'accompagne apparemment pas de crispations, de regards mornes ou hostiles.

Certes, le Japon fait peur : concurrent direct des États-Unis et de l'Europe, il accumule sur ses partenaires des excédents commerciaux énormes et suscite chez eux une irritation de plus en plus prononcée. Mais il fascine aussi : ces «marchands de transistors» que dédaignait le général de Gaulle envahissent nos marchés comme nos «mythologies», prenant la place des Américains il y a vingt ans. On crédite le Japon d'une stabilité peu commune et on fait de lui la terre promise de la technologie salvatrice.

Alors vous irez vérifier sur place que tout cela est bien réel, que les «spécialistes» ou les cornacs des missions patronales n'ont pas exagéré. Et vous ferez le parcours rituel. D'abord, Zama, l'usine de Nissan, le deuxième constructeur automobile après Toyota, dont les voitures sont vendues à l'étranger sous la marque Datsun. Telles d'énormes mantes religieuses, des robots s'affairent, assemblent, vissent, soudent, peignent le long d'une chaîne de montage qui est sans doute la plus automatisée du monde : elle sort mille trois cents véhicules par jour et compte en tout et pour tout soixante-sept ouvriers. Et puis vous courrez à Ogishama, cette île artificielle de la baie de Tokyo où se trouve l'aciérie de Nippon Kokan. Arrivé par un tunnel routier sous-marin, vous traverserez des enfilades d'ateliers, propres comme des salles d'hôpital, où transitent des lingots d'acier en fusion, pétris et triturés par des presses grondantes, sans voir pratiquement âme qui vive : quelques employés en uniformes impeccables, casquettes et chaussures de tennis, surveillent, devant des consoles truffées de boutons et de signaux lumineux, le processus de production. Six millions de tonnes d'acier par an pour un nombre d'ouvriers réduit presque de moitié (huit mille) par rapport à ce qu'il était il y a dix ans. Et vous repartirez pour le fin des fins de la technologie : un univers tout jaune (bâtiments, uniformes, brochures et robots se confondent dans le canari). La firme Fanuc est le premier fabricant de machines à commandes numériques du monde : 50 % du marché mondial, 70 % du marché nippon. C'est là que sont montés les robots qui équipent les usines japonaises et les équiperont de plus en plus à l'avenir. Les plus gros engins portent des noms de personnes; les plus petits des noms de fleurs. Délicate attention à laquelle on sera sûrement sensible si l'on sait qu'en Corée du Sud, où les Japonais ont massivement investi, les jeunes ouvrières sont appelées par des numéros ou le nom de leur machine. Broutilles que tout cela ! Essoufflé, abasourdi mais conquis à la modernité, vous avez enfin vu des patrons «allant de l'avant» et des ouvriers convaincus d'être embarqués sur le même bateau, donc «conscients», «responsables» et même «imaginatifs». Car on ne manquera pas de vous dire que toutes ces fabuleuses innovations tiennent beaucoup à la participation active des employés qui, au sein de groupes de contrôle de la qualité, concourent, en artisans de la mécanique, à améliorer la productivité. Subjugué, vous avez peut-être oublié de demander des précisions sur le faible intérêt apparent porté par certaines entreprises à l'amélioration des conditions de travail et de sécurité, omis de visiter des sous-traitants, ce «tiers monde» de la machine productive nippone sans lequel les secteurs de pointe ne pourraient exister (sur les 43 millions de salariés japonais, 90 % travaillent dans des PME). Qu'importe, vous avez vu l'essentiel, vous dira-t-on : un pays mobilisé pour le défi scientifique, cette «société Japon» (en anglais *Japan Inc.*) animée par une sorte de mythe sorélien où la grève générale l'aurait cédé à la croissance comme facteur mobilisateur.

### Répondre à ses propres questions

Quelles que soient les analyses et les explications données de la machine productive nippone, on ne dira jamais assez que celle-ci n'est pas d'une «nature» différente – en marge des lois du développement capitaliste. Elle n'a d'original qu'une histoire dont les séquences accélérées ont fait crier au miracle les adeptes de la foi.

Un maître zen n'enseigne pas une science toute faite, car il appartient à l'élève de trouver la réponse à ses propres questions. C'est un peu ainsi qu'a procédé le capitalisme nippon, intériorisant puis dépassant le modèle de développement occidental au point aujourd'hui d'être le concurrent le plus direct des États-Unis. En moins de trente ans, qui a fait mieux? Passant d'une économie de subsistance au lendemain de la guerre à la situation de «troisième grand» en 1968, il supplantait l'Allemagne de l'Ouest pour se situer juste derrière l'URSS et les États-Unis. Au milieu des années quatre-vingt, le Japon, qui a une population de cent vingt millions d'habitants vivant sur 17 % d'un territoire guère plus grand que l'Italie, mais qui ne dispose d'aucune matière première (sinon un peu de charbon), est devenu cette gigantesque plate-forme industrielle qui transforme à une vitesse impressionnante ce qu'elle importe. Et tout cela grâce à des redéploiements industriels incessants : celui en cours étant en train de faire basculer le Japon dans une société scientifique dont l'informatique, la télématique, la robotique seront les mécanismes normatifs.

## Table rase

En 1946, le Japon est détruit; la production industrielle ramenée au niveau de 1914. Les bombardements massifs qui ont précédé celui, atomique, d'Hiroshima, ont anéanti de six à huit ans d'investissements. Le Japon a d'autre part perdu ses colonies. Ce qui aggrave la pression démographique (six millions de rapatriés) et la situation financière en raison des versements de dommages de guerre. Une nouvelle politique s'élabore sous la houlette des occupants américains dans un contexte de pénurie extrême et d'une inflation galopante où chaque yen compte et s'engouffre dans le marché noir que domine la pègre. La politique américaine a pour but, comme en Allemagne, de mettre fin à la concentration des pouvoirs de l'État. Les *zaibatsu* (cliques financières de l'avant-guerre) sont détruites et une législation antitrust est mise en vigueur; une réforme agraire transforme le monde des paysans. D'opprimés, suppôts des militaires, ils deviennent de petits propriétaires : passant de la tutelle des usuriers à celle de l'État, qui garantit les prix agricoles, ils seront tout naturellement la base électorale du parti conservateur.

Ces réformes sont menées dans une effervescence politique et sociale que le Japon n'a jamais plus connue depuis : les partis de gauche, notamment le PC qui, pour la première fois depuis sa création en 1922, bénéficie d'un statut légal, mènent avec les syndicats une lutte énergique, d'abord encouragés en sous-main par les Américains qui voient en eux un levier pour éliminer les restes du militarisme. Mais l'interdiction de la grève générale de 1947 par MacArthur sera le premier signe d'un revirement de la politique américaine : s'ouvre une période au cours de laquelle les États-Unis vont s'appuyer sur la droite nippone. Le début de la guerre froide, la prise du pouvoir par Mao en 1949, puis le déclenchement de la guerre de Corée, le 25 juillet 1950, constituent la toile de fond internationale de cette évolution. Il s'agit désormais pour Washington, en proie à l'anticommunisme forcené du maccarthysme, de reconstruire le Japon et d'en faire un pays fort, susceptible d'épauler la stratégie américaine en Asie. Pour cela il convient de rétablir l'alliance entre la politique et le capital. D'où les «purges rouges» de MacArthur dans les rangs des communistes qui s'étaient imprudemment lancés en 1949 dans l'action violente sur les injonctions de Moscou et de Pékin, et dans le même temps la réapparition progressive d'une partie de l'élite dirigeante de la période antérieure, dont la responsabilité au cours de la guerre se dilue dans la fièvre anticommuniste. Parallèlement à ce retour des élites, se reconstituent les grands groupes industriels autour des banques avec, certes, des structures différentes, plus lâches qu'autrefois.

### Démarrage

La guerre de Corée sera le coup de fouet donné au redémarrage, grâce aux commandes militaires américaines. Le pays peut tirer parti de l'accumulation antérieure en savoir et en hommes. Il dispose surtout d'une main-d'œuvre avec un haut niveau d'éducation, disciplinée et peu exigeante. Entre 1947 et 1949, la production industrielle a repris, mais en un an, grâce à la guerre de Corée, elle va doubler. Le gouvernement profite de la mentalité de peuple pauvre qui prévaut encore chez la majorité; les bénéfices des entreprises seront substantiels : c'est la pemière vague d'investissements. L'État étant pour une grande partie banquier de la reconstruction, les emprunts à l'étranger seront extrêmement réduits. Une forte expansion mondiale au début des années cinquante va prendre le relais de la guerre de Corée et permettre au Japon d'accroître rapidement ses exportations. La crise de Suez stimulera en particulier la construction navale, et le Japon sera parmi les premiers pays à lancer des pétroliers géants.

En même temps que se développent les industries lourdes et chimiques, moteurs de l'expansion nippone de l'époque (58 % de la production industrielle en 1955 et 1961), apparaissent de nouveaux produits, notamment les télévisions et les transistors. La progression de la demande, la lenteur de celle des salaires et une monnaie qui demeure sous-évaluée jusqu'en 1971 vont permettre au Japon de rattraper, au début des années soixante, les pertes de la guerre. Au lendemain de la grave crise politique de 1960, à propos de la reconduction du traité de sécurité avec les États-Unis, l'expansion va devenir synonyme de stabilité sociale. Le gouvernement Ikeda décide alors un plan de dix ans (1961-1970) de doublement du produit national brut. L'objectif sera largement atteint.

Le redressement économique spectaculaire du Japon présente deux particularités : un dynamisme des investissements peu commun et une planification décentralisée. Partie de poker en quelque sorte : la nécessité d'importer des technologies modernes et de tirer profit des rendements croissants conduit à un endettement important des industries par rapport à leur capital fixe. Contrairement aux Européens, les Japonais n'attendent pas de faire des bénéfices pour investir. La part de l'autofinancement est faible (40 % au maximum), et l'industrie recourt massivement à l'emprunt. A la témérité des entrepreneurs anticipant la demande fait pendant celle des banquiers qui eux-mêmes prêtent jusqu'à 95 % des dépôts et empruntent à leur tour à la Banque du Japon.

### Les nouveaux entrepreneurs

L'ensemble de ce processus a été facilité par l'existence de conglomérats constitués autour des banques. Toutefois, à l'audace des dirigeants des groupes – souvent des hommes qui avaient été les subordonnés des états-majors familiaux d'avant-guerre – répond la hardiesse de nouveaux venus, de *self-made men* qui saisissent la chance offerte par le climat d'expansion régnant, un peu comme les entrepreneurs de l'ère Meiji. Ce sont Honda (petit mécanicien montant des moteurs dans une arrière-boutique, qui aujourd'hui a donné son nom à des motos et à des voitures), Ibuka et Morita (fondateurs de Sony avec au départ un capital de deux mille cinq cents francs), Matsuda (obscur petit fabricant d'Hiroshima qui lance les camionnettes à trois roues et crée la firme automobile Mazda), Matsushita (fils de paysan, inventeur de la marmite électrique à cuire le riz et dont le groupe aujourd'hui vend à travers le monde appareils de télévision, chaînes stéréo, etc., sous la marque National Panasonic)... Une nouvelle génération, tout aussi entreprenante mais plus américanisée dans le style, plus ouverte et consciente de la force économique du Japon, leur succède aujourd'hui, qui a prévu les nouveaux «créneaux», en particulier la «révolution technologique». Par une production de masse, cette politique a favorisé un abaissement des coûts et a permis aux industriels nippons de se lancer, avec le succès que l'on sait, sur les marchés extérieurs dès que la demande intérieure s'essoufflait dans un secteur.

Mais il faut bien noter que la croissance nippone a en grande partie reposé sur le développement d'un marché intérieur, soigneusement protégé il est vrai de la concurrence des produits étrangers. Si l'on se réfère aux statistiques, le Japon est beaucoup moins tourné vers l'exportation que les autres pays industrialisés : en 1985, la part des exportations dans le PNB japonais était de l'ordre de 15 % (contre 25 % dans le cas de la France et 31 % pour l'Allemagne). Il ne faut cependant pas s'y tromper : même si les exportations ont, de prime abord, une place modeste dans l'économie japonaise, elles n'en ont pas moins joué, et joueront encore pendant des années, un rôle moteur dans la croissance. C'est à partir de 1968 que s'opéra une brutale accélération des exportations japonaises et que commença à

*«Le travail est-il donc une punition?»*

s'accumuler un excédent commercial, apparemment incompressible : ni la première réévaluation du yen (16 %) par rapport au dollar en décembre 1971, ni les crises pétrolières qui suivront n'entameront l'expansion commerciale japonaise. Réajustant périodiquement la machine productive à l'évolution du marché, passant des industries lourdes et chimiques aux industries de matière grise, puissamment aidées par leurs maisons de commerce qui quadrillent les marchés, les entreprises japonaises ont non seulement conservé leur avantage en termes de compétitivité mais elles l'ont même accru.

## Salaires

On a cherché plusieurs explications à l'expansion économique japonaise. Longtemps, l'une des plus répandues fut les bas salaires. Ce qui n'est plus exact (du moins dans les grandes entreprises). A qualification égale, la rémunération est au Japon égale, voire supérieure (compte tenu de la force du yen depuis le milieu des années quatre-vingt), à ce qu'elle est en France. Toutefois, deux processus de sous-traitance permettent aux industries japonaises, même de pointe, de bénéficier indirectement de bas salaires : sous-traitance domestique d'une part, grâce au réseau extrêmement fin des petits ateliers et même des travailleurs à domicile qui fabriquent de menues pièces destinées à être incorporées à des produits plus élaborés; sous-traitance étrangère d'autre part, par le biais des pays en voie de développement, en particulier en Asie du Sud-Est. De toute façon, les grandes entreprises japonaises – dont les coûts sociaux sont proches de ceux de leurs concurrents – ont sur ceux-ci un avantage certain : la faiblesse des charges dans les petites entreprises qu'ils utilisent comme sous-traitants. Compressible, le système des sous-traitants donne sa souplesse au fonctionnement de l'appareil de production, absorbant les ouvriers en surnombre en cas de récession : après la crise pétrolière de 1973, la main-d'œuvre féminine et les saisonniers ruraux furent les premières victimes des délestages. Il en alla de même en 1986 lorsque l'économie japonaise fut durement touchée par la montée du yen par rapport au dollar (plus de 50 % en un an) : les sous-traitants et leurs salariés supportèrent le choc de la restructuration. Les statistiques du chômage tendirent à indiquer une augmentation du nombre des sans-emploi. Mais étant donné qu'il suffit de travailler une heure par semaine pour ne pas être considéré comme sans emploi, les chiffres officiels donnent toujours une estimation sous-évaluée du chômage (de l'ordre de 3,7 % en 1987).

## «Japan Inc.»

Les salaires n'étant pas un argument suffisant, on a cherché une autre «clé» au dynamisme industriel nippon. Et on a fait de ce pays la «société Japon», où existe une symbiose étroite entre politiciens et industriels. L'État, qui fut promoteur au début de l'ère Meiji, financier au lendemain de la guerre, est-il aujourd'hui le PDG de l'«usine Japon»? Il y a certes au Japon une planification souple, indicative. Mais il en existe une autre, plus indirecte et infiniment plus efficiente : celle du ministère de l'Industrie et du Commerce international, connu sous son sigle anglais MITI. Ce ministère se trouve au centre d'une planification décentralisée d'où il anime une politique mercantiliste délibérée. Il fut à l'origine du développement des industries lourdes dans les années cinquante, de l'automobile dans les années soixante, des télévisions et des ordinateurs dans les années soixante-dix. Aujourd'hui, il coordonne l'effort portant sur les industries dites de l'«intelligence» (communications, informatique, recherche spatiale, exploitation des océans, biotechnique) qui deviennent les moteurs de l'expansion nippone. Si le Japon met systématiquement l'accent sur les secteurs où il se sent fort et se retire de ceux où il l'est moins (une stratégie à l'opposé de celle de la France qui entend rester présente partout), c'est bien grâce à l'action coordinatrice du MITI : il exerce un contrôle de l'économie aussi «persuasif» que celui des États socialistes mais avec des moyens différents et surtout une efficacité plus grande, affranchie des pesanteurs bureaucratiques.

## Politique et finance

Plutôt que de chercher à savoir qui domine des milieux d'affaires ou du gouvernement, il est plus intéressant de noter qu'existe une connivence fondamentale entre eux : ils ne se perçoivent pas comme des adversaires mais comme des collaborateurs. Le parti libéral-démocrate (PLD), au pouvoir depuis un quart de siècle, est dépendant des subsides que lui accorde le monde des affaires. Il existe aussi une coordination étroite entre l'administration et les industries par le processus du «pantouflage», le passage de hauts fonctionnaires dans le secteur privé : au Japon on dit joliment la «descente du ciel» *(amakudari)*. Si le *keidanren* (patronat japonais) «contrôle» le PLD, celui-ci «contrôle» le MITI par le biais de la législation, et ce dernier «contrôle» à son tour le *keidanren* par ses subventions. Le serpent se mord la queue. Cette connivence entre le monde politique et les milieux d'affaires existe sans doute pour les objectifs à long terme mais se révèle surtout lors des élections.

Les salaires, l'osmose entre les milieux politiques et ceux de la finance n'expliquent qu'en partie le dynamisme de l'économie japonaise. Celui-ci réside bien davantage dans la constitution de réseaux de communication et d'échange qui permet le passage extrêmement rapide de la société industrielle à ce qu'il est convenu d'appeler la «société scientifique».

## Société de communication

S'appuyant sur des données innombrables, collectées et analysées, les industries sont à même d'anticiper – voire de créer – le marché. Chez Toyota, par exemple, n'est produit que le nombre de voitures que l'on peut vendre. Résultat : les stocks sont pratiquement inexistants. Cette connaissance du marché permet une adéquation très fine de la production à la demande. Le développement de la robotique est à cet égard un exemple révélateur : le Japon est en tête des pays utilisateurs de robots industriels parce que ceux-ci ont été conçus en fonction notamment du marché des petites et moyennes entreprises.

Cette «science» du marché qui autorise l'anticipation suppose un système d'information très dense. Il existe à plusieurs niveaux. La distribution est au Japon particulièrement complexe en raison d'une pléthore d'intermédiaires; mais ceux-ci favorisent un contact étroit avec l'utilisateur. Sur le marché international, les Japonais disposent surtout de cet instrument qui, nulle part ailleurs, n'a connu ce degré de développement : les grandes maisons de commerce *(shosha)*. Les neuf principales (les «neufs sœurs») assurent la moitié du commerce extérieur nippon et une bonne partie des transactions de gros, offrant à leurs clients une gamme étendue de services. Mitsubishi Corp., l'une des premières *shosha,* dispose d'un réseau de télécommunications couvrant quatre cent mille kilomètres, reçoit quatre mille messages par jour (plus qu'une agence de presse américaine). Maîtres d'œuvre d'une partie du marchandage international, ayant la haute main sur le commerce nippon, les «neuf sœurs» sont à la fois respectées et craintes pour leur influence excessive : au cours des années soixante-dix, elles ont été à plusieurs reprises mêlées aux scandales de corruption de politiciens.

L'information circule aussi dans le grand public au point que l'on parle de «nuisances par l'information». La diffusion des journaux est énorme : le tirage par jour de l'ensemble des quotidiens s'élevait, au début des années quatre-vingt, à soixante millions d'exemplaires; et il existe en outre un nombre impressionnant de chaînes de télévision. L'appétence des Japonais pour le savoir est moins due à une «curiosité naturelle» qu'elle n'est un produit de l'histoire. Depuis Meiji, les dirigeants confrontés à la menace occidentale ont fait de l'apprentissage des techniques étrangères l'axe de leur politique. Celles-ci n'ont pas été réservées à une élite, mais diffusées le plus largement possible. Au début du siècle, presque tous les enfants allaient à l'école jusqu'à quatorze ans. Actuellement, 75 % des jeunes Japonais sont capables de donner des réponses justes à des questions mathématiques, contre 48 % pour les Américains et 36 % pour les Français.

**Société scientifique**

Cette diffusion culturelle a créé chez les Japonais une sensibilité particulière à l'acquisition de connaissances et a engendré une réceptivité plus grande aux innovations. Le Japon est par excellence la société du gadget et celle où apparaissent et fonctionnent en priorité les appareils les plus perfectionnés du monde de demain. Distributeurs automatiques qui disent «merci», caddies presse-boutons suivant le golfeur, chaises qui massent, mannequins de policiers grandeur nature qui font la circulation sur les autoroutes, boîte qui rit, voiture qui parle pour vous dire de ne pas oublier d'éteindre vos phares, piscine à vagues ou système de refroidissement de la maison mis en marche par téléphone commencent à faire partie de la vie quotidienne. Envoyer son courrier sans aller à la poste, voter de chez soi, faire son marché en appuyant sur des boutons, surveiller sa santé et ses compétences sans médecin ni professeur seront bientôt des gestes habituels pour les habitants des villes nouvelles. Le Japon n'est plus un copieur, comme on se plaît à le dire. Aujourd'hui, il a non seulement rattrapé, mais encore dépassé parfois les Occidentaux dans le domaine scientifique.

Les Japonais ont surtout, sur leurs concurrents, un avantage indéniable : la gestion de la technologie, c'est-à-dire l'application de celle-ci à l'industrie. Une faculté qui a peut-être pour lointaine origine le confucianisme : celui-ci n'établit pas de différence fondamentale entre la connaissance et son application pratique. En tout cas, c'est assurément là une des clés de la réussite économique japonaise. La modernisation incessante des équipements et notamment l'introduction de technologies nouvelles ont permis une amélioration constante de la compétitivité des industries japonaises : en 1976 par exemple, aucun des grands constructeurs européens d'automobiles n'était en mesure de monter vingt automobiles par ouvrier et par an; en revanche, les ouvriers de chez Nissan en fabriquaient, eux, quarante-deux et Toyota en sortait quarante-neuf. Depuis, les Japonais n'ont fait que creuser leur avantage et ils possèdent les usines les plus «performantes» et les plus automatisées du monde. Le Japon ne s'est pas contenté d'acheter les technologies les plus modernes; il les a assimilées et souvent perfectionnées avec une vitesse remarquable.

## Harmonie sociale

Autant que la société scientifique en train de naître, ce qui fascine et intrigue l'Occident, dans le cas nippon, c'est le climat d'harmonie sociale supposée dans lequel baigne cette évolution. Nos économistes, qui s'insurgent contre ce qu'ils nomment l'inadéquation des concepts politiques aux nécessités de la production, croient découvrir au Japon l'exemple à suivre, ce pays réussissant à leurs yeux à concilier les structures de production assurant la rentabilité optimale et la stabilité sociale.

Certes, le Japon de prime abord ne démentira pas l'image d'un «paradis du consensus social». Il est bien vrai que ce Japon de l'ordre vous sautera aux yeux, les Japonais ayant même tendance à en «rajouter» pour faire plus ressemblant. Avril : le centre de Tokyo, un cortège de milliers de personnes, des banderoles, des drapeaux rouges, des micros crachant des harangues qui semblent éructées de la gorge de guerriers, des poings levés. «Tiens, la contestation déferle», penserez-vous. Et puis? Rien. Le cortège, précédé et suivi de voitures de police, défile dans l'ordre, s'arrêtant aux feux rouges.

Les «printemps chauds» sont au Japon une tradition un peu comme la fête des cerisiers. C'est le *shunto,* la «lutte de printemps», le rendez-vous annuel du patronat et des syndicats. Pendant un mois, les syndicats du secteur public donnent le ton et avancent des revendications de salaires qui serviront de base aux autres secteurs, les employés du secteur privé apportant leur soutien à cette action revendicative, le plus souvent en portant un bandeau rouge autour du front pour indiquer que les négociations sont en cours et que, le cas échéant, ils sont prêts à faire grève. En général une solution est trouvée avant d'en arriver à cette extrémité.

*Manifestation de chauffeurs de taxi s'arrêtant au feu rouge.*

**Syndicats**

Cette «offensive» syndicale, malgré les affrontements violents qui parfois se produisent, n'en relève pas moins du sociodrame : la plupart du temps, les protagonistes savent d'entrée de jeu à quel niveau doit s'opérer le marchandage. Après on roule les drapeaux, on range les micros et les bandeaux pour l'année suivante.

Il faut reconnaître qu'en période de haute croissance, le système a donné des résultats équitables : les augmentations de salaires suivant ou précédant parfois les hausses du coût de la vie. Mais en période de récession ou de croissance modérée, le *shunto* a nettement montré ses faiblesses face à un patronat inflexible. L'offensive de printemps est loin de concerner tous les travailleurs : les petites et les moyennes entreprises, où le travail est abondant et le capital rare, ne se sentent guère concernées et ne répercutent que partiellement les augmentations de salaires obtenues par les grandes. Leurs employés ne sont en général pas syndiqués et n'ont aucun moyen de se défendre.

Régi au lendemain de la guerre par des règlements calqués sur ceux des *trade unions* américaines, le syndicalisme nippon concerne aujourd'hui 27,6 % des salariés japonais. Ils appartiennent à des syndicats qui, pour la plupart, sont affiliés à l'une des deux grandes confédérations : *Sohyo* (quatre millions et demi d'adhérents), proche du PS et regroupant les syndicats du secteur public, ou *Rengo,* née en novembre 1987 de la fusion des anciennes fédérations du secteur privé et qui compte cinq millions et demi d'adhérents. La privatisation amorcée par le gouvernement japonais en 1986 et 1987 (notamment des télécommunications et surtout des chemins de fer) a accéléré la restructuration du mouvement syndical. Lorsque celle-ci sera achevée, à la fin de la décennie quatre-vingt, le poids des syndicats du secteur public, et en particulier de *Sohyo,* aura largement diminué.

**La grande entreprise**

C'est un univers à part dans le système productif nippon, mais c'est elle que les dirigeants aiment à donner à voir; c'est elle que l'Occident s'imagine être l'archétype de la firme japonaise. Le vocabulaire lui-même la distingue : on n'y est pas «ouvrier» *(koin)* mais «employé» *(shain),* même si on ne fait que visser des boulons. Entrer dans une grande entreprise signifie une promotion sociale car, en même temps qu'un salaire, celle-ci donne une identité, ce mot de passe dans la société nippone : «Je suis de... Mitsui, Toyota, Honda, etc.», tous ces noms qui scandent la réussite économique du Japon. La fonction est secondaire : l'important, c'est d'«en être».

Il n'est pas facile de faire partie de cette aristocratie ouvrière. La grande entreprise recrute directement à la sortie du secondaire ou de l'Université. Les diplômes, mais surtout la sociabilité, sont les conditions *sine qua non* de l'admission. L'entreprise veille à ne pas engager une brebis galeuse, quels que soient les diplômes que peut exhiber le postulant. Souvent, la garantie d'un tiers est nécessaire pour être embauché. De toute façon, la firme fera une enquête : pour les filles, vivre seule est mal vu; pour les garçons, un passé politique est aussi un mauvais point : le gauchisme universitaire est accepté mais non le militantisme communiste; «on n'engage pas les rouges», nous dit sans ambages le directeur du personnel d'une grande firme. Si le postulant ne réussit pas, il n'aura pas une deuxième chance : on ne recrute que les diplômés de l'année. S'il réussit, il deviendra l'un de ces «salariés à vie» tant enviés. Emploi garanti jusqu'à la retraite (cinquante-cinq ans), salaire à l'ancienneté et avantages sociaux qui ne l'attacheront que davantage à l'entreprise.

La rémunération à l'ancienneté a été l'un des piliers de la stabilité sociale. Comme le salariat à vie, il a été institué au début du siècle par un patronat soucieux de contrer un embryon de législation sociale. Pour l'entreprise, c'est l'assurance d'une main-d'œuvre docile, coupée par ses privilèges du reste du monde ouvrier. On la forme en sachant qu'elle sera fidèle. Quitter la firme qui vous a embauché à vie, c'est «changer d'amis», dit-on. C'est surtout régresser, car celui qui a «trahi» aura une mauvaise cote auprès de son nouvel employeur. Cette fidélité ne relève pas d'un pur aveuglement servile, mais se fonde sur des intérêts tangibles qui cimentent le cloisonnement du monde du travail.

### Participer

Entrer dans une grande entreprise, c'est faire carrière, améliorer son statut social, avoir l'impression que l'avenir n'est pas borné. Plusieurs mécanismes renforcent le sentiment d'appartenance au groupe. D'abord les jeunes recrues, triées sur le volet, vont suivre un entraînement à la vie de l'entreprise. Rien à voir avec les «séminaires» de cadres comme les pratique l'Occident pour discourir sur les fluctuations de la conjoncture. Ce sont là de véritables centres de formation et d'adaptation à l'esprit maison. Les futurs *salarmen* (le mot anglais a été adopté en japonais) y reçoivent un enseignement qui s'apparente à celui des écoles du temple *(terakoya)* du XIXe siècle où les enfants apprenaient la «morale nécessaire à la vie quotidienne en société». Partout on insiste sur la politesse et la discussion comme moyens de maintenir de bonnes relations dans l'entreprise : il s'agit de souligner les rapports de hiérarchie, mais, par la discussion, de faire naître un climat de confiance.

Tout technocrate de passage au Japon s'extasie sur le fameux système de décision par consensus *(ringi)* : la formule de demande de décision *(ringisho)* circulant de bureau en bureau et remontant au président. La «palabre» *(hanashiai)* noie la contestation. L'autorité s'intériorise en chacun au cours d'un «dialogue» où les rôles de chef et de subordonné semblent se confondre. Peu importe dès lors que la décision finale soit prise en fonction de critères de rentabilité : chacun s'imagine qu'elle reflète ses intérêts bien compris.

Participation? Le patronat s'est toujours opposé à une représentation ouvrière dans les bureaux de la direction. La participation au sens occidental *(sanka)* est un terme qui n'est jamais utilisé dans les firmes. Démocratie dans l'entreprise? Le consensus est la négation de l'opposition par son absorption progressive...

L'une des manifestations les plus spectaculaires de cette intériorisation par les employés des objectifs de la firme – qu'en langage marxiste on appellerait aliénation – s'est produite au moment de l'affaire de Minamata, drame de la pollution du Japon moderne. L'empoisonnement de la mer par le mercure déversé par une usine de Minamata a été connu dès la fin des années cinquante, mais il aura fallu attendre près de vingt ans pour que des mesures soient prises. Résultat : 1 300 victimes reconnues, 250 morts et sans doute plus de 10 000 personnes atteintes par cette maladie qui atrophie les cellules nerveuses. Longtemps, les employés de l'usine polluante ont fait corps avec la direction pour repousser, par la force, les manifestants et les malades aux membres tordus comme des fleurs d'apocalypse parmi lesquels pourtant se trouvaient parfois des parents.

Cette intégration des employés a beaucoup d'avantages pour la firme : la décision une fois prise peut s'appliquer très rapidement car elle ne rencontrera aucune résistance. Le système donne une large place à l'innovation aux échelons inférieurs : chacun y va de son idée pour améliorer la productivité. Ce climat de confiance – de collaboration de classes, diraient des marxistes – est aussi recherché dans les ateliers sous la forme des groupes de contrôle de la qualité, placés en compétition les uns avec les autres pour améliorer la productivité. Point de coercition apparente; simplement la définition d'objectifs à atteindre associée à la liberté pour trouver les moyens de les accomplir : une autonomie encadrée.

## Responsabilité

Cette diffusion apparente du pouvoir pose la question de la responsabilité. Il est habituel de dire au Japon que le «pouvoir de devant» camoufle le «pouvoir de derrière». Les présidents, honorables octogénaires que rencontrent les étrangers, sont rarement ceux qui détiennent le pouvoir réel. Il est entre les mains de cadres supérieurs, dans la quarantaine, ambitieux et débarrassés souvent des tabous sociaux. Ce sont eux qui décident des grandes options et font jouer le mécanisme du consensus ascensionnel. En fait, dans la plupart des cas, les personnes consultées apposent leur cachet (équivalent de la signature) quasi automatiquement : *mekura ban* (le sceau aveugle). Après, *shikata ga nai* (à Dieu vat) : «Si les résultats sont mauvais, je n'y peux rien.» Cette dilution de la responsabilité a joué notamment pendant la guerre : au cours de leur procès, aucun des criminels de guerre ne savait, sans doute sincèrement, qui avait pris telle décision : «on» avait décidé... Dans l'entreprise, si une affaire tourne mal et qu'il faille trouver un responsable, il y a deux méthodes : ou bien le président assume la responsabilité et démissionne, ou bien il choisit l'un de ses proches («on coupe la queue du lézard»). Parfois, l'un des hommes du président se sacrifie : «Il prend les marrons dans le feu», dit-on. On admire son courage, et tout peut rentrer dans l'ordre.

### «Familialisme»

Un autre mécanisme de fusion des employés dans l'entreprise est le familialisme. Dans le système féodal, la soumission avait pour contrepartie la protection et la sécurité accordées à celui qui aliénait sa liberté. L'entreprise maintient latente une conception des rapports patron-ouvriers qui tient plus de l'acte de confiance que du contrat. Ainsi, au salaire de base s'ajoutent les primes d'ancienneté et d'appréciation. Le paiement, toujours en liquide, du salaire ne rend l'employé que plus sensible à la cote d'amour du supérieur. Le bonus annuel représentant de un à six mois de salaire tend à apparaître aussi comme un «cadeau» de la direction, en rien comme un droit acquis ou conquis. Une autorité travestie en bonhomie, une relation de travail vécue comme un échange consacrant le sentiment d'un destin commun : «Il n'est pire tyran que celui qui se fait aimer», a dit Spinoza.

L'atmosphère semi-familiale du petit atelier (le personnel vivant parfois sur place) que consacre l'équipée annuelle à la campagne, le plus souvent dans une source thermale, fait pendant au paternalisme de la

*Une relation de travail vécue comme un échange.*

grande entreprise. Elle a aussi ses rituels : sorties et
«parties». L'animateur en est le *bucho,* chef de section.
On lui demande moins de trancher, d'avoir des initia-
tives que d'organiser les hommes, de faire fonctionner
la dynamique de groupe : les meilleurs sont de «bons
buveurs», les tête-à-tête dans les bars avec les subalternes étant l'un des mécanismes modernes de la
«convivialité» au sein de la firme.

L'entreprise renforce le sentiment traditionnel d'appartenance à un groupe, hors duquel on est un orphelin.
Par le jeu du paternalisme, elle tend bien à apparaître
comme un espace de protection. La direction pourvoit
à tous les besoins de la personne et finalement a autorité sur la plupart des aspects de sa vie privée. L'employé s'en remet à sa firme comme à un service public :
elle lui fournit un logement, dessine ses loisirs, surveille
sa santé, «arrange» éventuellement son mariage.

L'une des caractéristiques des cadres japonais est leur
conformisme : dans la manière de s'habiller, mais aussi
de penser et de vivre. La forte compétition pour l'avan-
cement leur interdit de dévier des valeurs fixées par la
direction. A la notion occidentale d'épanouissement de
l'individu dans et par la société, le Japon oppose l'idée
selon laquelle la réussite de celle-ci dans son ensemble,
ou du groupe, permet à l'individu de justifier son
existence. Et d'ailleurs, dans l'entreprise, les distinc-
tions occidentales entre vie professionnelle et vie privée
s'estompent. Chacun paraît avoir à cœur d'accomplir sa
tâche, de donner le meilleur de lui-même. La ponctua-
lité, l'efficacité, l'absence de pourboire sont des signes
parmi d'autres de cette conscience professionnelle.
Celle-ci explique aussi la question des vacances au
Japon.

**Vacances**

En vertu d'une législation inchangée depuis 1947, la
base de la durée de travail est de quarante-huit heures.
Mais la plupart des firmes du secteur privé pratiquent
les quarante heures – du moins les plus grandes. Selon
les syndicats, dans les établissements de moins de cent
ouvriers on travaille encore au moins quarante-cinq

heures. Aux termes de la loi, les congés varient entre six et vingt jours selon l'ancienneté. En moyenne, les Japonais ne prennent cependant qu'entre six et dix jours de vacances : s'accorder des vacances n'est pas la meilleure manifestation de «bon esprit». Et quitter son travail signifie généralement donner des tâches supplémentaires aux collègues qui restent. Dans les petites entreprises, il faut le noter, les congés payés n'existent pas. Depuis le début des années quatre-vingt, le gouvernement demande cependant aux patrons de *forcer* leurs employés à prendre des congés. Même si leurs vacances sont courtes, les Japonais voyagent à l'étranger d'une manière intensive, comme en témoignent les armadas de touristes qui déferlent à New York, Paris ou Rome chez Sacks, Hermès ou Valentino : manifestation aussi de la force du yen...

## Le père sévère

L'investissement affectif du salarié à l'égard de sa firme paraît d'autant plus marqué aujourd'hui qu'il se conjugue à un effondrement de la famille patriarcale. Pour le jeune employé, il s'agit de passer du nid de l'enfance à un autre où il sera pris en charge, n'ayant connu de l'individualisme que l'«enfer des examens» : du piège de la tendresse de la mère, il tombe dans celui de la sollicitude de son patron. Gratifiant mais aliénant à la fois, le système de l'entreprise nippone, avec ses côtés phalanstère, peut être très éprouvant pour le salarié. D'abord, il peut se trouver transféré pour plusieurs années d'un bout à l'autre du Japon, contraint à laisser derrière lui sa famille en raison des impératifs scolaires. L'autre risque, c'est d'être mis sur une voie de garage. On a promis aux salariés l'«emploi à vie», mais dans certains cas, parce qu'ils sont en surnombre ou parce qu'ils ne sont pas assez efficaces, on les enverra grossir «les grappes près de la fenêtre» *(madogiwa zoku),* le groupe de ceux qui ont des postes sans responsabilité. Une autre pratique plus directe consiste à encourager la retraite anticipée avec un petit pécule : c'est la «tape sur l'épaule», une expression désormais passée dans le langage courant.

## Le consensus

Le Japon, «société de consensus»? Il serait vain de nier que les tensions sociales y apparaissent moins aiguës ou prennent des formes différentes de celles que nous connaissons. Plusieurs facteurs expliquent cette «paix sociale» apparente. D'abord, la suprême intelligence des oligarques de Meiji fut de mettre au service de la modernisation les valeurs traditionnelles en muant la philosophie confucéenne du gouvernement vertueux en une autre, celle de l'«efficacité de la sollicitude». Puis il y a les éléments qui tendent à masquer les antagonismes de classes : la mixité sociale du quartier où se mêlent les maisons modestes et celles des plus riches, un éventail de salaires officiellement réduit, une richesse moins ostentatoire dont en général le revenu plus que l'héritage est la source. Le patron japonais semble dédaigner le luxe, ses privilèges ne passant que pour les attributs de sa fonction. Enfin joue sûrement la constatation, largement partagée, de l'amélioration des conditions de vie. A cela s'ajoutent la pesanteur du monde rural, avec ses réseaux de clientèles, et l'emprise du patronat sur le monde ouvrier, dont la grande majorité ne bénéficie pas de tous les avantages de l'emploi à vie. 14 % des salariés travaillent dans de grandes firmes (plus de mille ouvriers), alors que 25,8 % sont employés dans des sociétés de moins de trente personnes. Et puis, il y a les autres.

## Là-bas

Il suffit de s'écarter de quelques mètres parfois d'une entreprise-laboratoire pour tomber dans un autre monde, un peu moins euphorisant : celui des petits ateliers où les conditions de travail sont pour le moins médiocres. Encore en dessous, c'est la zone floue des saisonniers (ouvriers-paysans qui partagent leur existence entre les champs et la ville), des journaliers qui vivent en dortoirs, proies des marchands de main-d'œuvre que contrôle la maffia : dockers ou manœuvres vivant dans certains quartiers de Tokyo ou d'Osaka qui leur sont «réservés».

Qui des laudateurs de l'«harmonie nippone» s'est

enfoncé «là-bas» dans les banlieues ouvrières, loin des secrétaires à courbettes, des buildings de verre et d'acier? Il faut pourtant parler avec ces hommes lorsqu'ils reviennent harassés de leur journée, avec ces femmes qui travaillent à domicile, avec ces paysannes qui se livrent à des travaux de terrassier. On peut alors poser la question : la pauvreté est-elle contingente, une survivance inéluctable, «regrettable», ou une nécessité du système? Celui-ci est peut-être «harmonieux». Il n'en est pas moins impitoyable quand il est raconté par les ouvriers; les relations avec le patron sont davantage vécues comme des rapports de force que de confiance. Même dans des entreprises qui sont des modèles d'aliénation paternaliste comme Matsushita, les sentiments des employés sont particulièrement ambivalents. Certes, travailler chez Matsushita peut être avantageux. Mais de là à ce que les employés chantent de tout cœur l'hymne de l'entreprise, comme on le dit, les faisant passer pour des animaux parfaitement conditionnés, c'est autre chose. La plupart de ces hymnes sont d'ailleurs préenregistrés, chacun faisant du play-back en remuant les lèvres...

Ailleurs, la pression des cadences, les brimades du chef d'atelier contre les militants syndicaux, les mutations, les menaces contre ceux qui ne collaborent pas à l'«autogestion» patronale ou ne participent pas aux «récréations de l'entreprise» sont le lot de la vie ouvrière. Ni pire ni meilleure qu'ailleurs. La fuite dans la répétition des gestes, l'engourdissement jusqu'à l'oubli de soi, la négociation sans cesse reprise avec la fatigue sont, à entendre les ouvriers japonais, les données, tristement «universelles», du monde du travail.

Un peuple pauvre dans un pays riche? Tous les raccourcis sont trompeurs. Les Japonais à l'étranger paraissent plus riches qu'ils ne le sont chez eux, si la richesse s'évalue autant en termes de revenu que de conditions de vie. Les salariés des industries de pointe gagnent en moyenne, on l'a dit, autant que leurs homologues occidentaux, mais la carence de la politique sociale les oblige à modérer leur niveau de vie pour prévoir les drames (maladies), pourvoir aux dépenses qui ailleurs reviennent à l'État, du moins en partie (éducation). Autant de «lois clandestines» qui règlent aussi la vie des Japonais.

## Recettes et limites d'un succès

Le remarquable succès économique du Japon depuis la guerre, son extraordinaire dynamisme s'expliquent donc par la convergence de plusieurs éléments dont on peut se demander s'ils ne seront pas affectés par les transformations sociales et économiques que l'archipel est appelé à connaître d'ici la fin de ce siècle. Le succès japonais a reposé tout d'abord sur une concentration de la richesse et du pouvoir entre les mains du *zaikai* (le monde des affaires) agissant avec l'appui des milieux politiques. Ensuite, sur un marché intérieur en expansion qui a offert des occasions d'investir immenses (en quinze ans, à partir du début des années soixante, la population japonaise a accédé à toute une panoplie de biens de consommation durables).

Enfin, sur une intervention de l'État qui s'est employé à accorder son aide aux industries d'avenir, à les protéger farouchement de la concurrence étrangère et à limiter au maximum les dépenses considérées comme «improductives» (en matière de logement et de couverture sociale). Le Japon est parvenu à se hisser au rang de grande puissance économique en partie aux dépens du consommateur et du bien-être social. Depuis le milieu des années soixante-dix, des progrès importants ont cependant été accomplis en ce qui concerne le pouvoir d'achat notamment.

Le «modèle» de développement nippon a pu fonctionner parce qu'il bénéficiait d'un contexte culturel et social favorables. A d'abord joué incontestablement une sorte de «consensus par la croissance» : qu'elle qu'ait pu être l'importance des phénomènes de résistance (agitation étudiante de la fin des années soixante et grandes luttes contre la pollution industrielle), la majorité de la population a activement contribué à la reconstruction du pays. Les Japonais furent encouragés dans leur effort par l'amélioration progressive, et même parfois spectaculaire, de leur niveau de vie. Cette mobi-

*Les laissés-pour-compte de la prospérité.*

lisation par la croissance qui débute dans les années soixante faisait suite à la période de fluidité politique de l'immédiat après-guerre. Elle avait été marquée par de grandes luttes ouvrières et une influence grandissante du parti communiste brusquement stoppée par les «purges rouges» de 1949, puis, à la fin des années cinquante, par le mouvement populaire contre le renouvellement du traité de sécurité avec les États-Unis (1960). Aux mutations économiques que connaît le Japon au cours de la décennie soixante va répondre la tactique des «offensives de printemps» *(shunto)* qui tente de surmonter les déficiences structurelles de plus en plus manifestes du syndicalisme nippon. Plusieurs facteurs peuvent expliquer ce recul, voire cette défaite : d'abord, la jeunesse d'un mouvement ouvrier qui n'avait pu vraiment se constituer qu'au lendemain de la guerre; ensuite, l'incapacité des syndicats à contrôler un marché du travail en pleine expansion en raison de l'exode rural; enfin, l'absence d'une «culture» ouvrière et la faiblesse de la «conscience de classe». Le capitalisme japonais a assurément bénéficié d'un substrat culturel mettant l'accent sur l'idée d'harmonie dans l'inégalité, héritée du confucianisme. Une telle conception des rapports humains facilite l'acceptation spontanée d'une organisation, hiérarchique et inégalitaire de la société, soit camouflée derrière un égalitarisme de façade (au sein d'une même entreprise où tout le monde s'habille de manière identique, jouant à fond les artifices du consensus), soit criante dans le cas de ceux qui, au bout de la chaîne des sous-traitants, subissent les injustices du capitalisme. Ces «soutiers du miracle» forment cette frange du marché du travail, compressible en cas de récession ou au contraire mobilisable en cas d'expansion, qui a conféré, on l'a vu, sa souplesse au système. L'une des intelligences du capitalisme japonais a consisté en fait à muer le sens traditionnel du sacrifice, du dévouement à une cause, d'allégeance et de loyauté en éthique du travail et en consentement au contrôle social, engendrant ainsi une dynamique de groupe particulièrement adaptée aux entreprises de grande dimension. Plus que l'expression d'un atavisme

*Offres d'emploi dans la proche banlieue de Tokyo.*

culturel, il faut voir dans le consensus social au Japon l'effet d'un processus historique. Où va aujourd'hui l'économie japonaise? Les recettes d'hier seront-elles valables demain?

## Redéploiement industriel

Plusieurs facteurs contribueront d'ici la fin du siècle à faire évoluer ce système socio-économique. D'abord au niveau de la structure même de l'économie. La valorisation du yen par rapport au dollar, décidée en septembre 1985 par les ministres des Finances des principaux pays industrialisés, qui au cours des deux années suivantes s'est traduite par une «flambée» de la monnaie japonaise, a marqué le début d'une restructuration en profondeur du système productif nippon. Certes, le yen avait été jusqu'alors sous-évalué, compte tenu de la force de l'économie, mais le pendule est allé si loin dans l'autre sens, entamant fortement la compétitivité des produits japonais sur les marchés étrangers, qu'une mutation de l'économie s'imposait (en particulier une réorientation vers le marché intérieur). Les industriels japonais ont alors pris conscience qu'une période particulièrement faste, une sorte d'âge d'or, était terminée et qu'il fallait réajuster le tir. Au cours des années soixante, le Japon a su se dégager du problème du déficit de sa balance des paiements; puis, dans les années soixante-dix, il a essuyé avec succès les «chocs» pétroliers; au début de la décennie quatre-vingt, il s'est lancé dans une politique d'exportation particulièrement efficace qui lui a permis non seulement de payer sa facture pétrolière mais aussi de soutenir sa croissance, tout en bénéficiant du taux de chômage le plus faible des pays industrialisés. Cette fois, contrairement à la crise provoquée par les «chocs» pétroliers qui contraignit les Japonais à s'adapter à un monde où le coût de l'énergie devenait plus élevé, la réévaluation du yen et les menaces de guerre commerciale avec les États-Unis en particulier représentaient un «défi» beaucoup plus difficile à relever car il suppose une restructuration non seulement de l'appareil productif mais aussi du système socio-économique dans son ensemble (développement

114

de la demande interne et, par conséquent, amélioration de la couverture sociale, des conditions de logement, etc.).

Le redéploiement de l'économie japonaise qui a commencé dans la seconde moitié des années quatre-vingt s'opère dans plusieurs directions. Comme par le passé, les Japonais ont tout d'abord cherché à tirer profit de la crise à laquelle ils étaient confrontés en réorganisant leurs structures afin de disposer de nouvelles bases de compétitivité, coupant les branches mortes et renforçant celles qui présentaient des potentiels de croissance. La stratégie de la sidérurgie japonaise, dont, pour la première fois, en 1986, la production est tombée en dessous de 100 millions de tonnes et qui avait enregistré cette année-là une baisse de 54 % dans ses recettes à l'exportation, sera par exemple un test de la capacité d'adaptation du Japon dans les années quatre-vingt-dix.

D'une manière générale, l'une des grandes orientations du redéploiement de l'économie japonaise à la fin des années quatre-vingt est la délocalisation : stimulées par la force du yen, un très grand nombre d'entreprises japonaises ont décidé, à cette époque, de transférer une partie de leur production à l'étranger. Soit pour profiter de coûts de main-d'œuvre plus faibles, soit pour pallier les risques de protectionnisme (c'est notamment le cas des constructeurs automobiles qui se sont fortement implantés sur le marché américain). Les États-Unis étant, au demeurant, la zone d'investissement privilégiée des Japonais, suivis par les pays nouvellement industrialisés (Corée, Taiwan), l'Asie du Sud-Est et, en dernière position, l'Europe.

La réorientation de l'économie vers la demande intérieure sera, en revanche, une tâche beaucoup plus ardue. Assurément, il existe sur l'archipel un formidable potentiel de croissance interne, mais il y a aussi de solides résistances des *lobbies* et de leurs intérêts acquis contre l'ouverture des marchés (l'agriculture par exemple). Il faut donc encourager les Japonais à travailler moins (en moyenne 2 000 heures par an en 1986 contre 1 800 heures dans les autres pays industrialisés) et à consommer davantage, mais cela suppose des changements en profondeur en matière de couverture sociale ainsi qu'un allègement des contraintes financières qui pèsent sur les ménages. Il est peu vraisemblable en effet que les Japonais dépensent davantage (la consommation au Japon est inférieure de près de moitié à ce qu'elle est aux États-Unis) tant qu'ils seront obligés d'épargner (en 1986, sur 100 yens gagnés, ils en mettaient 16 de côté) pour acheter un logement, financer l'éducation de leurs enfants ou pallier l'insuffisance de leur système de retraite : en 1986, un Japonais sur quatre âgé de plus de soixante-cinq ans devait travailler à temps partiel pour subvenir à ses besoins. L'épargne est en fait inversement proportionnelle à l'étendue de la couverture sociale. Au Japon, les dépenses en matière de sécurité sociale représentent 2 % du PNB mais l'épargne, 16 % des revenus. D'une manière générale, le Japon riche de cette fin de siècle souffre de carences graves en matière d'infrastructures sociales, et la volonté politique d'y remédier est faible (le prix exorbitant des logements, dû en grande partie à une spéculation foncière effrénée, que le pouvoir politique ne peut ou ne veut enrayer, en étant un exemple).

## Évolutions sociales

En outre, la structure sociale elle-même est ébranlée par une «révolution» démographique sans précédent par sa rapidité. Avant la fin du siècle, les personnes âgées de plus de soixante-cinq ans représenteront plus de 20 % du total de la population (il a fallu trente ans aux États-Unis et soixante-dix ans à la France pour que cette tranche de population passe de 7 à 10 %, mais seulement quinze ans dans le cas du Japon). Cette accélération du vieillissement est due bien entendu à l'allongement de l'espérance de vie (soixante-dix-neuf ans pour les hommes et quatre-vingt-trois ans pour les femmes) mais aussi à une baisse du taux de natalité. Le résultat de ces évolutions? Si en 1980 il y avait 7,5 personnes actives pour 1 retraité, en l'an 2000 il n'y en aura plus que 4 et en 2025 guère plus de 3.

Ce phénomène risque de remettre en cause des systèmes qui ont contribué à la prospérité du Japon comme la «promotion à l'ancienneté» : ainsi, si en 1985 la majorité des diplômés (du moins les hommes) pouvaient raisonnablement prétendre à un poste de responsabilité, il n'y en aura plus qu'un quart en l'an 2000. Dans ces conditions, pour l'employé, à quoi bon investir dans une carrière au sein d'une seule et même entreprise? Et pour l'employeur, compte tenu de l'évolution rapide des technologies, ne vaut-il pas mieux confier désormais les postes de responsabilité à des jeunes spécialistes?

Une autre évolution, certes encore embryonnaire à la fin de la décennie quatre-vingt, concerne les mentalités. Il se manifeste dans la population jeune (issue de la haute croissance des années soixante) des aspirations au mieux-être et des désirs de réussite individuelle et non pas seulement collective. La tendance est si prononcée qu'en 1986 les *media* lancèrent même un mot pour désigner cet état d'esprit : *shinjinrui* (la «nouvelle espèce») tant ces jeunes semblent différents de leurs aînés par leur matérialisme, leur insouciance et une forte propension à jouir de la vie. Attitude qui, au demeurant, se ramène bien souvent à un «hédonisme» à la petite semaine et à un consumérisme quelque peu frénétique. Même si les *shinjinrui* ne constituent qu'un phénomène transitoire, ils sont cependant révélateurs d'une évolution dans les aspirations des Japonais de cette fin de siècle.

Pour que de profonds changements puissent intervenir dans leur manière de vivre, il faudra cependant que le système socio-économique ait lui-même subi des modifications structurelles importantes. S'il est vrai qu'en tant que nation le Japon de cette fin de siècle est devenu un pays riche, dégageant des excédents commerciaux records sur ses partenaires, il est loin d'être évident que ses habitants bénéficient d'un niveau de vie en rapport avec cette richesse.

*Kyoto : rituel de purification devant l'entrée d'un temple.*

# Unités

«Le Japon est le pays d'un seul peuple» *(doitsu minzoku).* Cette affirmation de cohésion nationale et d'unicité, qui atteignit son paroxysme dans le messianisme panasiatique d'avant-guerre, fut encore l'argument invoqué par les autorités à la fin des années soixante-dix pour n'accorder qu'avec réticence le droit d'asile aux *boat people.* A cause de ce sentiment de suprême altérité, les Japonais rangent d'abord toute personne venue d'ailleurs dans la catégorie du *gaijin* (l'étranger) pour ne lui reconnaître qu'ensuite, et accessoirement, une nationalité. L'insularité mais aussi la fermeture du pays pendant près de trois siècles expliquent probablement en partie cette mentalité.

La situation de l'archipel à l'extrême du continent asiatique, dont il est séparé par une mer, au sud parcourue de typhons, l'a protégé pendant des siècles des envahisseurs sans toutefois le couper radicalement du reste du monde. La mer fut un rempart. L'insularité n'a cependant pas été totale : par l'entremise de la péninsule coréenne, le Japon fut placé dans la sphère d'influence de la Chine; mais jamais il ne se trouva dans une situation de dépendance étroite, aussi put-il développer une civilisation tributaire certes d'emprunts, mais non asservie au modèle, tant pour les coutumes, les arts, les modes de vie, la cuisine que l'architecture.

L'originalité du Japon a en outre été accentuée par la langue. Celle-ci, apparentée aux langues dites altaïques, est d'autant plus difficile à situer dans l'histoire qu'elle a été écrite très tard : au VIIᵉ siècle. Si le japonais présente des affinités avec le coréen – pour la structure de la phrase –, il ne dérive vraiment d'aucune langue connue. Le système d'écriture où se mêlent deux syllabaires de cinquante et un signes et des caractères chinois *(kanji),* dont la lecture varie suivant qu'ils sont en composition ou non, ajoute à sa complexité.

Lorsque le Japon, confronté à la menace occidentale, s'est érigé en État-nation, le sentiment national a trouvé d'emblée de solides ancrages, dont ses dirigeants ont su tirer parti pour l'emmener dans l'aventure que l'on connaît.

## Protohistoire

L'origine des hommes sur l'archipel se confond avec un ensemble de mythes cosmogoniques touffus que fera revivre l'ultra-nationalisme de l'avant-guerre.

On s'entend en général pour penser que les Japonais se rattachent à la race mongole, comme les Chinois et les Coréens. Sans doute, à l'origine, l'ethnie fut-elle composée de populations venues des petites civilisations d'Asie du Sud-Est et de Taiwan transitant par l'archipel des Ryu-Kyu. Parmi les peuplades du Japon primitif, les Aïnous forment un groupe ethnique particulier : peut-être d'origine caucasienne, ils vivaient à une époque reculée dans le nord du pays et ont été progressivement repoussés vers le Hokkaido.

L'âge de pierre semble avoir duré au Japon jusqu'au début de l'ère chrétienne. Mais depuis le $v^e$ millénaire av. J.-C., l'archipel abritait une société primitive dite de la «poterie cordée» *(jomon).* Les Aïnous auraient longtemps été les détenteurs des restes de l'art de cette époque dont les plus célèbres vestiges sont les *dogu,* figurines de terre cuite qui semblent inscrites dans un triangle. La civilisation Yayoi, qui est apparue ensuite vers le $III^e$ siècle avant notre ère dans le Kyushu, semble beaucoup plus influencée par la Chine du Sud et a vraisemblablement pénétré sur l'archipel par les Ryu-Kyu et Taiwan. Selon d'autres thèses, qui insistent sur la parenté des poteries, elle serait arrivée de Corée par la voie la plus commode, le passage de Corée au nord du Kyushu. C'est par cette route qu'allaient parvenir au Japon les richesses en savoir et en technique de la Chine des Han. Au début de l'ère chrétienne, le Japon connaît la culture irriguée, le tour du potier et la technique du traitement des métaux. C'est à cette époque que furent construites, sur le modèle coréen, les grandes sépultures en forme de tumulus où furent ensevelis les chefs. Ces tombeaux contiennent des figurines en terre cuite représentant guerriers, femmes ou animaux : ce sont les fameux *haniwa.* De cette période (*Kofun,* 350-552) datent les débuts historiques de la lignée impériale.

## Les mythes

Si les origines du Japon peuvent être décrites en se fondant sur des données archéologiques, voire historiques à partir des iv$^e$ et v$^e$ siècles de notre ère, tout autre est la genèse nationale qui fut, jusqu'en 1945, la seule «vérité». Elle fait surgir le Japon d'un passé fabuleux peuplé de dieux. Ces mythes sont véhiculés par les récits nationaux que sont le *Kojiki* (Chroniques des faits anciens) et le *Nihonshoki* (Chroniques du Japon) qui coïncident avec la fondation de Nara comme première capitale permanente de l'Empire (710).

La chronologie légendaire établie par ces textes fixe à l'an 660 av. J.-C. – exactement au 11 février – l'origine de la dynastie avec l'avènement du premier empereur humain, Jimmu, arrière-petit-fils de la «grande divinité qui illumine le ciel», en d'autres termes le soleil. Autant dire qu'aucun historien n'accorde la moindre valeur à cette chronologie.

Selon les mythes du *Kojiki* et du *Nihonshoki,* les îles nippones furent créées par les dieux. Au départ était le chaos, le ciel et la terre se confondant. Puis naquit le monde par l'intervention des dieux. Quand du chaos émergea le ciel, la terre, «précipitée en bas, se mit telle une tache d'huile à voguer comme une méduse», dit le *Kojiki.* Des divinités qui peu à peu peuplèrent l'univers naquirent deux souverains géniteurs, frère et sœur, Izanagi et Izanami, chargés de stabiliser la terre. Se tenant sur le Pont flottant du Ciel, ils plongèrent leur lance dans la mer, et des gouttes tombées quand ils l'ôtèrent sont nées les îles. Le couple passa ensuite le reste de ses jours à enfanter terres et divinités, mais, en accouchant du dieu du Feu, Izanami périt brûlée vive. De cette union étaient issus Amaterasu, la déesse du Soleil,

Tsuki, la déesse de la Lune, et Susanoo l'impétueux. Un jour, furieuse du comportement de ce dernier, Amaterasu se retira dans une caverne : le monde fut dans les ténèbres. Pour l'arracher à sa retraite, les dieux firent danser Uzume, connue pour sa gaieté. Tout en dansant, celle-ci se dévêtit si drôlement que les dieux éclatèrent de rire : intriguée, Amaterasu commença à sortir et, surprise par l'éclat que lui renvoyait un miroir, elle fut tirée dehors par les dieux qui refermèrent la caverne. Ainsi éclaira-t-elle à nouveau le monde. Pour conquérir la terre, proie de divinités querelleuses, Amaterasu dépêcha des émissaires, mais, après trois échecs, elle envoya son propre petit-fils, Jimmu, le premier empereur selon la légende.

### L'empereur

Même si l'on néglige son ascendance solaire, l'empereur du Japon s'inscrit dans une lignée qui a près de deux millénaires, la famille impériale étant l'une des plus anciennes dynasties régnantes du monde. Cette continuité doit cependant être nuancée : d'abord, aucun document solide ne l'atteste avant le VI$^e$ siècle; d'autre part, la succession des empereurs n'a en rien suivi un processus de légitimité en ligne directe : beaucoup de souverains furent enfants de concubines, d'autres furent tout bonnement adoptés. A l'extrême, le fait que la filiation de l'empereur actuel – cent vingt-quatrième depuis Jimmu – ne puisse être établie en toute certitude renforce chez les Japonais le sentiment que ses origines se confondent avec la nuit des temps. L'empereur, d'ailleurs, n'a pas de nom de famille.

Sa sacralisation, qui atteignit son paroxysme au début de ce siècle, remonte à la période Tokugawa, quand les courants nationalistes antérieurs se cristallisèrent pour étayer la xénophobie de l'époque et trouver dans l'histoire la confirmation de la supériorité du Japon sur l'étranger. Se créa, à Mito, une célèbre école qui entreprit la rédaction d'une histoire du Japon destinée à renforcer l'ordre social. L'«Histoire du Grand Japon» *(Dai nihon shi)* était le pendant de celle des Grands Ming *(Ta Ming che)* en Chine.

Contrairement à la Chine où l'empereur était un homme qui devait à sa vertu de recevoir le «mandat du Ciel», mais qui pouvait en être privé si sa manière d'exercer le pouvoir démontrait son désaccord avec les puissances cosmogoniques, la conception impériale au Japon ne suppose aucune possibilité de renversement de la dynastie même si elle faillit. Le fait que le pouvoir réel échappa à l'empereur pour passer aux mains des guerriers explique sans doute le caractère de puissance «tutélaire» que prit l'Être impérial. Les *shogun* dirigeant le pays au nom de l'empereur ne s'avisèrent jamais de lui disputer son rôle religieux. Bien qu'officiellement réinvestie de tous les pouvoirs à l'époque Meiji, sa personne demeura sacrée et inviolable. C'est en son nom, sinon avec son approbation, affirment certains historiens, que le Japon se lança dans l'équipée impérialiste. A la tribune de la Société des Nations, en 1933, le ministre Mutsuoka comparait tout bonnement son souverain à un «nouveau messie».

Le *mikado* d'antan – terme qui n'est plus employé – est devenu *tenno heika,* Sa Majesté l'empereur (*tenno* veut dire empereur du Ciel). Savant en biologie, retiré des affaires et de l'agitation de l'actualité, l'empereur Hiro-Hito n'est plus aujourd'hui que le symbole de la nation, l'incarnation de l'esprit japonais. Aux termes de la Constitution de 1946, il doit ses fonctions «à la volonté du peuple en qui réside le pouvoir souverain». Descendu de son aura en 1945 pour parlementer avec MacArthur, Hiro-Hito n'est plus qu'un monarque mandaté dont les jeunes ne s'occupent guère : la permanence n'en est pas moins maintenue. Plus peut-être qu'une référence politique, l'empereur est un «être culturel» autour duquel s'est organisée une pensée religieuse : ce n'est pas un dieu, c'est un lien, un principe de cohésion entre les sujets et un intermédiaire avec les divinités.

## Le pays des dieux

Pays des dieux selon la légende, le Japon industrialisé de cette fin de siècle est toujours imprégné de vieilles croyances et de superstitions. L'importance du surnaturel et du magique dans la vie quotidienne est attestée par la prolifération des diseurs de bonne aventure. A la nuit tombée, dans les grandes artères, au milieu du brouhaha des voitures et du scintillement des néons, ils distillent l'avenir à la lueur tressautante de lampes à huile. Filles en jeans ou femmes d'allure respectable, tout le monde fait la queue, attendant son tour. Les millions d'exemplaires de livres d'astrologie vendus chaque année, les petits papiers noués aux branches des arbres à la sortie des temples – horoscope que l'on n'accroche que s'il vous a plu –, le succès des sorcières *(reibai)* du nord du Honshu qui font parler les morts, *les Adresses des fantômes,* petit livre fort vendu qui répertorie les endroits sur l'archipel connus pour être hantés : autant de superstitions encore bien vivantes. D'ailleurs, au Japon, tout parle, tout est signe : les chiffres (quatre, qui se prononce *shi* de la même manière que «mort»), les noms propres, les directions, les éléments, les animaux, les astres, etc. Et les rêves, évidemment, qui peuvent être prémonitoires.

Les Japonais n'ont jamais cherché à donner à leurs dieux une forme humaine : ils ont conféré la divinité à toutes choses, arbres, rochers, rivières, sites, montagnes, qui éveillaient en eux un sentiment d'admiration ou d'effroi. Dans cet univers peuplé de puissances bénéfiques ou malfaisantes, il faut faire attention à ne pas enfreindre un tabou, empiéter sur le terrain d'une divinité : si c'est le cas, exorcisme et purification seront de rigueur. C'est par exemple pour purifier la maison que l'on dispose à l'entrée de petits tas coniques de sel. Actes qui deviennent des rites sociaux, que l'on observe un peu sans y penser pour participer à la communauté.

La plupart des croyances et des superstitions qui animent encore la société japonaise sont liées au culte shinto. Mais s'il y a au Japon un fait religieux incontestable, il est très difficile de marquer une séparation nette entre le shinto, la «voie des dieux», religion nationale et qui servit de pilier à l'idéologie fasciste, et le bouddhisme, croyance importée. Les Japonais peuvent, sans éprouver la moindre contradiction, adhérer à plusieurs croyances. Ils émargent d'ailleurs

*Le Bouddha de Kamakura.*

souvent à diverses listes de communautés religieuses, ce qui fait qu'en additionnant celles-ci on arrive toujours à un nombre d'«âmes» supérieur à celui des habitants... Demander à un Japonais quelle est sa religion le plonge dans le plus profond embarras. Il est la plupart du temps à la fois respectueux des innombrables divinités qui peuplent son univers et fidèle à l'enseignement de Bouddha (en japonais : *hotoke-sama*). La sagesse populaire a d'ailleurs relevé ce syncrétisme en disant : «On se marie shintoïste, mais on meurt bouddhiste.» Les habitants d'un quartier participent indifféremment aux fêtes shinto ou bouddhistes. A cela s'ajoute, pour compliquer les choses, que shinto et bouddhisme ne sont que les troncs d'où partent une multitude de sectes d'importance variable : la perplexité de votre interlocuteur ne fera que croître si, après l'avoir interrogé sur sa religion, vous lui demandez à quelle secte il appartient... Très souvent, il ne s'en souviendra pas. Ce laxisme signifie-t-il un agnosticisme foncier? Sans doute pas. Il est vrai que, à l'exception des moines et des prêtres shinto, les Japonais n'ont qu'une connaissance assez vague des doctrines. Mais théologie et éthique sont deux choses qu'ils distinguent. La grande majorité pratique un certain nombre de rites (plus de soixante millions de personnes se rendent, chaque Nouvel An, au sanctuaire shinto), se fie à quelques formules et perpétue dans la vie quotidienne des croyances – voire des superstitions – sans démêler vraiment les notions qui relèvent du shinto ou du bouddhisme. A cela s'ajoute que, dans l'environnement actuel qui accroît les sentiments d'isolement, les Japonais – en particulier dans les classes pauvres et parmi les laissés-pour-compte de la croissance – ont tendance à chercher un soutien spirituel dans les nouvelles sectes qui se sont développées après la guerre : ils y découvrent l'espoir à travers quelques formules.

Si les Japonais confondent allégrement leurs croyances et emmêlent les rites, les architectes en revanche établissent des différences. Ainsi, le sanctuaire shinto *(jinja)* se trouve en retrait de son *torii* (portique de bois ou de béton aux extrémités légèrement relevées). De style dépouillé, il cherche à se fondre dans la nature ou une forêt tutélaire, les laques rouges des colonnes de certains sanctuaires n'étant que la marque de l'influence du bouddhisme. La sobriété du sanctuaire reflète les mythes des origines selon lesquels, au départ, l'homme et la nature ne faisaient qu'un. Bien des actes du culte shinto, comme ces ex-voto de pierre qui parsèment la grotte où est censée s'être réfugiée Amaterasu, ne sont que l'expression de cette volonté de communion avec la nature.

## Le culte shinto et le bouddhisme

Le shinto est un ensemble de croyances hétérogènes, animistes et chamanistes, en des divinités innombrables (huit cents myriades) qui peupleraient l'archipel. Dans cette cosmogonie infinie, le *kami* (divinité) c'est «ce qui est en dessus», tout un monde inaccessible à l'entendement humain et qui échappe à son contrôle. Il n'y a pas de *kami* omnipotent et omniprésent. Volontiers irascibles ou ombrageux, les *kami* disposent d'une force bénéfique ou maléfique, et il faut se concilier leur bienveillance par une multitude de rites : par exemple, celui qui vise à calmer les dieux de la terre *(jichinsai)*. Cérémonie extrêmement fréquente lorsqu'il s'agit de construire une maison ou d'ajouter une pièce, qui ne manque pas d'être saugrenue lorsque le prêtre, vêtu de blanc, est censé chasser les mauvais esprits des lieux de construction d'une usine ou d'une centrale nucléaire...

Les *kami* sont aussi les ancêtres. Leur culte est fréquent à la campagne, mais aussi dans certaines entreprises où la mémoire du fondateur ou du patron décédé est honorée. Ce culte des ancêtres et celui des morts, d'origine bouddhiste, ne se confondent pas. Tandis qu'un petit autel, placé assez haut dans la pièce, entre le plafond et la première poutre, reçoit les offrandes pour les ancêtres (c'est l'étagère des dieux : *kamidana*), à côté, il y a un petit autel familial bouddhique *(butsudan)* qui accueille les tablettes portant les noms des morts et parfois leurs photographies. Les ancêtres ne sont pas seulement les proches décédés dont le souvenir est encore présent, mais toute la lignée familiale. Autrefois, les temples détenaient les registres d'état civil. Ce n'est plus le cas, mais les moines n'en continuent pas moins à assumer l'accomplissement des funérailles et des commémorations. Leurs prestations dépendent largement de l'argent qu'on leur donne : il en coûte très cher de mourir au Japon!

Chaque année, en juillet, les âmes des morts sont censées revenir : c'est l'occasion de la célébration de l'une des plus anciennes fêtes bouddhiques, le *Bon*. La mémoire des morts est aussi évoquée au moment des équinoxes de printemps et d'automne *(higan)*. Les innombrables *jizo* (petits bouddhas en pierre) enfin, parfois habillés d'une sorte de tablier rouge, que l'on trouve un peu partout, sont supposés être l'intermédiaire entre le monde des vivants et celui des morts.

Religion première, le shinto a été fortement influencé au cours des siècles par le bouddhisme qui, en raison de son caractère tolérant, a, comme en Inde et en Chine, intégré les divinités indigènes. Mais la contagion ne s'est pas faite à sens unique, les dieux du vieux Japon devenant parfois des sortes d'avatars des divinités bouddhiques et prenant la forme de Bodhisattva.

Le bouddhisme, qui a joué un rôle civilisateur et fut un ferment intellectuel et esthétique (les temples *tera* ou *ji,* selon que le caractère chinois est seul ou en composition avec d'autres, en étant l'une des plus visibles expressions), a été au départ circonscrit au milieu dirigeant. C'est le prince Shotoku Taishi (574-622) qui, s'en servant comme d'un moyen pour renforcer le pouvoir étatique, permit son développement. On dit qu'il fonda le fameux temple Horyu-ji, aux environs de Nara, berceau de la civilisation nippone. Selon lui, «le shintoïsme était la racine, le confucianisme le tronc et les branches, et le bouddhisme les fleurs» du Japon.

Le bouddhisme, né sur les bords du Gange au VIᵉ siècle avant notre ère, pénétra au Japon douze siècles plus tard. Il était déjà très évolué, organisé en deux grandes tendances : le grand et le petit véhicule. C'est le premier, moins monacal et à la doctrine plus simple, que retiendront les Japonais. Parmi les six grandes sectes qui existent dès l'époque de la construction du Horyu-ji, il y a d'abord celle de Sanron qui avait ce temple pour centre. Sa doctrine reposait sur la non-réalité du moi et la négation de l'existence. Puis viennent les sectes Jojitsu, Hosso – qui fut à l'origine du syncrétisme shinto-bouddhique –, Kusha, Kegon et Ritsu. A l'époque Heian (794-1192) apparurent deux nouvelles sectes : Shingon, à la doctrine ésotérique par excellence, dont les tenants s'installèrent sur les flancs plantés de cryptomères du mont Koya, près de Nara, aujourd'hui l'un des hauts lieux du tourisme; et puis Tendai, établie sur le mont Hiei, au nord-est de Kyoto, qui mena, selon René Sieffert, «à la formation d'un bouddhisme spécifiquement japonais». Tendai eut un moine célèbre, Nichiren (1222-1282), prophète et thaumaturge, sorte de «Savonarole japonais» dont l'enseignement inspira la doctrine de la secte Soka Gakkai (près de quinze millions de membres), l'une des plus prospères des nouvelles sectes.

Aujourd'hui on compte treize sectes et plus de cinquante cultes différents au Japon. Jodo, la secte de la Terre pure, est l'une des plus importantes par le nombre des fidèles. Sa doctrine est peut-être la moins contraignante : les moines peuvent se marier, manger de la viande et ont des charges héréditaires. A l'opposé se dresse le monument de rigueur de la secte zen.

## Zen

Le zen – religion de la contemplation – fut introduit au Japon par l'entremise de deux sectes bouddhiques, Rinzai et Sodo. A l'origine, ce n'était qu'une technique pour l'appréhension individuelle de la vérité suprême *(satori)* par la méditation. L'initiateur au Japon en fut le moine Eisai (1141-1215) qui importa aussi l'usage du thé. Avec le maître de la secte Sodo, le moine Dogen, replié dans les solitudes forestières de l'actuelle province de Fukui sur la mer du Japon, il élabora la pratique du *zazen* (méditation assise) comme voie vers la vérité – une vérité au demeurant incommunicable. Au départ, il y a le *koan* (le thème de méditation), souvent un paradoxe (par exemple, si l'on frappe dans ses mains, on obtient un son, si l'on ne frappe que d'une main, on n'obtient rien : pourquoi?). Cette absurdité didactique, des jours durant, voire des années, il faudra la ressasser pour parvenir à l'éveil primordial jamais acquis que l'on nomme *satori*. «C'est le cœur qui a retrouvé la liberté», nous dit un maître zen de Kyoto. Une illumination, si l'on veut, qui diffère complètement dans ses effets de celle des mystiques occidentaux et dont le «rire», le «rire aux éclats» qui a parfois suivi l'illumination des zen, serait le témoignage, selon l'essayiste Takemoto Tadao.

Un rire aussi vide qu'«un seau défoncé» (parabole du *satori*), est-ce vers quoi on tend dans la longue salle aux dalles froides de ce temple de Kyoto au milieu de la nuit? Sur toute sa longueur court une étroite estrade. Des crânes rasés, tournés vers le mur, semblent accrocher la faible lumière du lieu. Le murmure des arbres, le bruit des gouttes de pluie rebondissant contre quelques parois de papier viennent seuls troubler le silence. Assis en tailleur dans la position du lotus sur de gros coussins, leur robe inscrivant leur silhouette dans un triangle, une dizaine de moines sont plongés dans leur méditation. Recueillement silencieux dans l'attente du «rien», précisément. Parfois, un coup sec rompt le silence. Une latte de bois s'est abattue sur un dos qui avait perdu la position correcte. Bientôt le moine surveillant qui circule à pas feutrés derrière les méditants lancera : *«Kaijo!»* (Terminé!) et fera retentir deux planchettes de bois frappées l'une contre l'autre : la baguette d'encens placée au milieu de la salle et qui mesure le temps aura fini de se consumer.

L'ascèse, une nourriture uniquement végétale, le froid des nuits, les marches pieds nus dans la neige, les *sutra* psalmodiés de longues heures et les travaux quotidiens dans le temple rythment la journée. Il y a aussi des fêtes, comme celle du Nouvel An : alors bien des choses sont permises pendant plusieurs jours...

## Politique et transcendance

Les mythes, le fait religieux, avec ses racines shintoïstes qui tendent à instaurer une sorte de consanguinité du

*Zen, religion de la contemplation.*

peuple nippon supposé issu de la lignée impériale d'ascendance solaire, sont des ferments de cohésion sociale. Le shinto en particulier, qui dans son panthéisme n'établit pas de distinction nette entre le sacré et le profane, s'affirmera aux époques de forts courants nationalistes comme le véhicule de leurs doctrines. Par le biais d'une «administration des cultes» au XIX$^e$ siècle, les dirigeants chercheront à enraciner la politique dans le transcendantal.

Mythes et religions ne suffiraient cependant pas à expliquer la cohésion nationale nippone si n'avaient joué les structures sociales : par une imbrication de leurs effets, elles ont créé jusqu'à Meiji, et au-delà, des réseaux de solidarité et d'obligations. L'ouverture du pays à l'étranger n'a pas entamé ces mécanismes de cohésion : le nouveau régime mobilisa au contraire les structures traditionnelles d'appartenance à des groupes pour opérer une centralisation du pouvoir entre les mains d'une élite bureaucratique et une intégration sociale et économique très poussée. Ce système se substitua à l'ancien qui avait minutieusement codifié société et espace sans le remettre en cause fondamentalement : certes, les quatre ordres (guerriers, paysans, artisans et marchands) sont abolis, mais demeure l'emprise sur le corps social. Le confucianisme joua un rôle énorme dans cette mise en place, à l'époque Tokugawa notamment, d'une dépendance à la hiérarchie qui sous-tend encore aujourd'hui la société japonaise.

**Confucianisme**

Le confucianisme, né en Chine, est moins une religion qu'un système moral et une philosophie sociale. Les Japonais, qui en ont eu connaissance par la Corée, puisent dans cette doctrine, rapidement dépouillée de son rituel, nombre de préceptes qui imprégnèrent notamment le shinto : ainsi de la piété filiale qui se cristallise en la fidélité à l'empereur. Les Tokugawa allaient, eux, privilégier tout ce qui insistait sur la dépendance, la loyauté et la hiérarchie : l'influence du confucianisme fut considérable, en particulier dans l'élaboration du code *(bushido)* des *samourai.*

Comme l'a démontré l'historien Maruyama Masao, le néo-confucianisme chinois de l'époque Sung va être transformé radicalement au xviiiᵉ siècle par Ogyu Sorai en un système de pensée politique moderne. Les Japonais ne privilégièrent pas seulement la morale de la classe guerrière, mais firent tendre la doctrine vers une sorte de philosophie utilitariste qui englobait l'activité de la classe montante des marchands.

## Cohésion

La loyauté et la dépendance du néo-confucianisme nippon, liées aux vertus de patience et de persévérance du bouddhisme, sont devenues, au cours des siècles, des techniques d'encadrement très efficaces que scellaient obscurément les mythes originels. Tout système qui risquait de compromettre cette cohésion fut rejeté. Parce que le christianisme, avec sa métaphysique de l'individu, sa tendance à l'universalisme et surtout son caractère exclusif (ce que n'a pas le bouddhisme), risquait de troubler l'ordre social, il fut catégoriquement interdit et ses adeptes exterminés entre le xviᵉ et le xviiiᵉ siècle. Il ne trouva droit de cité qu'en 1873. Cette mentalité plurischelaire de dépendance par rapport à la communauté est probablement à l'origine du «groupisme» qui est l'un des caractères de la société japonaise et trouve aujourd'hui son expression moderne dans l'entreprise. L'insularité, la précarité des choses et de la vie dans un environnement sujet à la violence des éléments et aux calamités – tremblements de terre et typhons – ont sans doute renforcé chez les Japonais un sentiment de cohésion et d'appartenance.

La tendance à la cohésion du groupe se manifeste d'abord dans l'espace domestique : la maison ne ménage guère d'endroits où l'individu puisse s'isoler. Sensible au moindre bruit, la maison japonaise implique une nécessaire communauté de gestes et de mentalités. Son ouverture sur l'extérieur conduit en outre à une fusion de ses habitants dans une configuration plus vaste, celle de la communauté excluant toute «privatisation» du type occidental. Dans les grands ensembles, il en va autrement, mais l'accent est désormais mis sur un autre espace collectif : le lieu de travail.

A cela s'ajoute un faisceau de mécanismes qui lient entre eux les membres d'un groupe (au sens le plus large, et pas seulement géographique). C'est d'abord le système de don et de contre-don *(giri)* qui, dans un échange perpétuel, scelle les solidarités par une comptabilité précise et méthodique. Le cadeau a d'abord une valeur symbolique. Aujourd'hui, avec le développement du marché, il y a une surenchère de cadeaux[1] qui, par la démesure, fait perdre au système beaucoup de son sens. Le *giri,* qui peut avoir mille formes, n'en fonctionne pas moins et se fait durement sentir sur quelqu'un qui se sait débiteur de quelque chose vis-à-vis d'autrui. Le *giri* est en fait loin d'être l'expression d'une solidarité – ce qui induirait que donateur et destinataire sont égaux. Le système asservit le pauvre qui ne peut se libérer de sa dette ni l'ignorer et doit donc être dans une position de soumission vis-à-vis de celui qui lui a accordé sa «bienveillance». Aide communautaire dans un cas (funérailles par exemple), le *giri* renforce aussi la hiérarchie : concrètement, le pouvoir des puissants sur ceux qui ne le sont pas. C'est ainsi que se constituent les réseaux de clientèle que sont les groupes japonais. Les liens qui unissent les membres d'une communauté s'articulent souvent sur une filiation fictive (chacun étant le «père» ou le «fils» de l'autre). Cette relation *oyabun-kobun* (chef-subordonné), qui s'apparente au «parrainage», est encore très répandu dans la maffia nippone. Comme le *giri,* c'est l'un de ces mécanismes traditionnels sur lesquels ont sauté les étrangers dans leurs «explications» du Japon en leur donnant souvent une importance exagérée.

Une société où un édit du VIIIe siècle disait déjà : «Un bon gouvernement consiste à ce que chacun soit à sa place», n'est pas faite pour celui qui dévie de l'ordre établi. D'une manière symptomatique, lors des révoltes

---

1. Le cadeau-souvenir *(o miyage)* ne rentre pas forcément dans cette catégorie. C'est simplement, comme sa signification l'indique, un «produit du cru», la preuve qu'on est allé quelque part.

paysannes autrefois, le chef était tué, mais généralement le seigneur accordait aux révoltés une partie de ce qu'ils demandaient : le message était clair : «Le pouvoir ne tolère pas de troubles, mais il est bienveillant.» Aujourd'hui la cohésion sociale s'exprime par le fait qu'il n'y a pas de cartes d'identité et que la plupart du temps un litige se règle à l'amiable : le tribunal n'est qu'un recours ultime qu'on s'efforce d'éviter.

Faire du Japon une société à propension totalitaire est simpliste. Comme ailleurs, c'est l'intrication de liberté et de servitude, de tolérance et d'exclusion qui règle son fonctionnement. L'individu, au sens occidental, ne saurait exister puisqu'il se définit d'abord par la place occupée dans une hiérarchie de groupes. Personne n'est esclave puisque personne n'est libre. Le fonctionnement de la société capitaliste a fortement entamé ce rapport de dépendance dans la mesure où il a utilisé au maximum la croyance des humbles en la réciprocité des obligations pour obtenir leur docilité : comme ailleurs, les faibles ont payé le plus lourd tribut.

*Prêtre shinto.*

*Fuji-san.*

# Diversités

Le Japon est aussi multiple. Par son espace naturel et ses diversités locales d'abord. Par sa population ensuite : malgré une cohésion évidente, celle-ni n'en a pas moins aussi ses marginalisés. Voyager à travers le Japon, c'est prendre conscience de deux phénomènes apparemment contradictoires. D'abord domine une impression d'homogénéité : constance du paysage et des modes de vie. En même temps, dès que le regard s'affine un peu, on note des caractéristiques régionales qui suscitent chez les Japonais des représentations fortement différenciées.

## La région

Comme des géographes (Augustin Berque et Jacques Pezeu-Massabuau) l'ont noté, la région apparaît moins comme un espace de résistance et d'affirmation de soi que comme une sorte de démultiplicateur de la conscience nationale.

C'est dans le cadre du grand domaine féodal *(han)* que va s'organiser la vie sur des terres conquises dans un mouvement qui le plus souvent a pour origine la poussée démographique. Le *han,* qui est l'unité de base de la vie politique, économique et sociale, sera le moule des particularismes locaux où vont se renforcer les sentiments d'appartenance par une série d'emboîtements, de dépendances et de solidarités des hameaux de la région. Le processus est accentué par l'autonomie dont dispose le seigneur pour gérer son domaine et, paradoxalement, par la rigueur des lois qu'à l'image du pouvoir central il imposera à la population. Les règlements varient d'un domaine à l'autre, accusant parfois les différences naturelles : ils ont contribué, en touchant à la vie quotidienne de chacun, à faire émerger des personnalités régionales.

Voyager à travers le Japon, c'est donc un peu se promener à travers son histoire. L'espace est lié au temps, comme en témoigne par exemple la tradition millénaire du changement de lieu de la capitale, jusqu'à la fixation du choix à Tokyo au siècle dernier. Ce trait culturel est aujourd'hui accentué par un tourisme de masse qui, suivant les itinéraires des «sites» fameux, participe d'une véritable communion nationale par laquelle les Japonais se rattachent sans cesse aux origines de leur histoire... ou de leur mythologie.

Si les équilibres régionaux ont été modifiés par l'abolition des cloisonnements féodaux, les particularismes locaux, nés autour des *han* (seigneuries), sont loin d'avoir disparu, là encore exacerbés, parfois, par un tourisme qui les dénature. L'industrialisation a d'autre part renforcé les disparités en favorisant les concentrations de richesses économiques et de peuplement.

De sorte que le Japon surpeuplé est aussi un pays vide : les trois quarts de la population habitent dans les villes. Il est vrai que la configuration du relief où prédominent montagnes et forêts explique cette situation. La variété des paysages et surtout l'histoire du développement de l'archipel sont à l'origine d'expressions comme le «Japon de l'endroit» *(omote nippon)*, en gros la partie sud-ouest du pays, et le «Japon de l'envers» *(ura nippon)*, le nord-est donnant sur la mer du Japon. Toujours employées, ces expressions reflètent bien une réalité.

## Paysages

Si l'on quitte les grands axes – et il faut le faire à moins de se condamner à ressasser les mêmes litanies tièdes sur ce pays –, voyager revient à prendre des routes tortueuses et étroites ou des voies de chemin de fer régionales entre les rizières qui, le plus souvent, semblent s'infiltrer entre les montagnes ou se faufiler entre celles-ci et une côte abrupte. L'implantation humaine suit quelques figures qui se répètent : crique avec son port, vallée aussi petite soit-elle où se niche un village étiré au pied des premières hauteurs pour laisser plus de place à la rizière. Cette description du voyage au Japon doit être nuancée : l'étroitesse des routes et la lenteur éprouvante de la circulation interdisent dans ce pays moderne de penser à faire rapidement de longs itinéraires en voiture. Quant aux bords de mer, force est de reconnaître que souvent les plages sont hérissées de cônes de béton pour briser les lames et que nombre de «petits ports» manquent de caractère, avec leurs maisons préfabriquées.

En japonais, l'un des styles de paysage de la peinture classique se dit *sansui* (c'est-à-dire la «montagne» et l'«eau»). Ce sont là deux constantes qui s'imposeront immanquablement à l'œil. La montagne est perpétuellement présente à l'horizon. Peu élevées (excepté le mont Fuji, qui se dit en japonais Fuji-san, et non Fuji-yama – mot inventé par les étrangers comme *harakiri* –, surplombant de ses 3 376 m la plaine du Kanto), les montagnes nippones se répartissent en plusieurs chaînes dont celles d'Hida, de Kiso et d'Akaishi, surnommées à l'époque Meiji les «Alpes japonaises». La montagne est inexorablement liée aux forêts qui couvrent 65 % de la superficie, c'est-à-dire que le vert et ses camaïeux sont aussi une dominante du paysage. Vert sombre et bleuté des forêts profondes où voisinent sapins, cèdres, pins et cryptomères; vert tendre des bambous vaporeux qui confèrent une homogénéité aux campagnes et voisinent, au sud, avec les camphriers ou les camélias et, au nord, avec les érables ou les chênes. Dégradé du vert des mousses – dont le jardin du Kokedera à Kyoto offre un exemple –, vert changeant des rizières qui jouent des lumières. Le bois que l'on retrouve dans toute l'architecture japonaise est intégré à la vie, la patine seule marque la rupture avec son environnement originel.

Le second élément du paysage nippon est l'eau. Les pluies dues aux typhons, celles de la «saison des pluies» appelées «les pluies des prunes» qui grossissent les fleuves courts au lit parfois surélevé, les lacs et bien entendu la mer confèrent à l'archipel l'une de ses spécificités. Vu d'avion, un lacis de chenaux semble diviser la terre en îles; ailleurs les rizières qui occupent la moitié des superficies cultivées (16 % du total du territoire) apparaissent comme une mosaïque de rectangles enserrés dans le réseau de leurs diguettes. Dès que le terrain devient accidenté – et il l'est souvent –, elles montent en escalier à l'assaut des pentes.

L'eau, les Japonais l'ont domptée dans les rizières, mais ils l'ont aussi combattue : en gagnant des terres sur le lit des rivières, sur la mer. Celle-ci n'est jamais loin : la plupart des provinces ont une côte et aucun lieu de l'archipel n'en est à plus d'une centaine de kilomètres. La mer Intérieure – cette Méditerranée du Japon – est sans doute le meilleur exemple de cette «connivence» entre la terre et la mer.

À l'époque Meiji, se sont opérés des regroupements administratifs : le Japon compte aujourd'hui quarante-sept préfectures. Mais les Japonais n'y attachent pas une grande importance, préférant parler des huit régions «historiques» : Hokkaido, au nord; Tohoku, la partie septentrionale du Honshu; Kanto, la plaine de Tokyo; Chubu, le milieu du Honshu avec la ville de Nagoya et les «Alpes japonaises»; Kinki, centré sur Osaka, Kyoto et Kobe; Chugoku, extrémité ouest du Honshu avec Hiroshima, et les deux dernières îles, Shikoku et Kyushu. À cette liste, il faut ajouter Okinawa (l'archipel des Ryu-Kyu).

## Hokkaido

Hokkaido (littéralement : la «région de la mer du Nord») ne porte ce nom que depuis 1869. Auparavant, c'était Ezogashima : l'«île des Sauvages». Il y a plus d'un siècle, la population n'était pratiquement composée que d'Aïnous. De race blanche, ils sont célèbres pour leur système pileux et les «tatouages» bleus que les femmes se peignaient autour de la bouche. Aujourd'hui, ils ne sont guère qu'une quinzaine de milliers et ont subi le même sort que les Indiens d'Amérique : éparpillés, métissés ou réduits à être des curiosités touristiques. Leur culture (orale : ils n'ont pas d'écriture) a été ramenée au folklore.

Le Hokkaido, la plus grande île de l'archipel après le Honshu, est aussi la moins peuplée (cinq millions d'habitants). C'est une terre de pionniers dont la mise en valeur commença sous Meiji et dont les paysages rappellent ceux du Canada ou de la Norvège : forêts profondes, lacs, cratères fumants, montagnes peuplées d'ours. Ce *Far North* quelque peu boréal, où le thermomètre descend en dessous de zéro la moitié de l'année, est bloqué à l'est pendant de longs mois par la banquise ou un brouillard glacial. L'enneigement, qui dure jusqu'en mai, fait du ski et des stations thermales les attractions touristiques de la province. On y trouve encore nombre de bains mixtes : à Noboribetsu, entre autres, où le plus grand hôtel peut accueillir deux mille personnes dans ses bassins d'eau sulfureuse. Ailleurs, aux environs du lac Kucharo, le plus grand lac de cratère du monde, on trouve des bains en plein air sur des sources bouillonnantes. Tout à l'est, au cap Nosappu, on découvre les quatre îles – du moins les premières d'entre elles – du sud de l'archipel des Kouriles, occupées depuis la guerre par les Soviétiques et réclamées inlassablement par les Japonais. Ces dernières années, le renforcement des bases militaires soviétiques sur ces îles a fait de la région un point névralgique du Pacifique.

Sapporo, où eurent lieu les jeux Olympiques d'hiver en 1972, se distingue du reste des villes nippones : les avenues sans caractère s'y croisent à angle droit. Ce qui est moins dû à une urbanisation à la chinoise (comme c'est le cas de Kyoto) qu'à l'influence des conseillers américains qui aidèrent à la fin du XIX$^e$ siècle à la mise en valeur de l'île. Ville moderne avec son métro automatique qui roule par endroits en surface, sous un tunnel d'aluminium percé de fenêtres, Sapporo n'a jusqu'à présent guère trouvé une personnalité : sa fête annuelle, *Sapporo yuki matsuri,* au cours de laquelle sont édifiés de gigantesques monuments de glace (châteaux, temples) où paraissent des personnages de la mythologie nippone, est plus une entreprise touristique qu'une manifestation d'un régionalisme vécu.

### Tohoku

Une certaine authenticité des traditions populaires, malgré une «folklorisation» inévitable, engendrée par une animation touristique intense, existe dans le

Tohoku et sur toute cette côte ouest de l'archipel qui forme ce qu'on appelle *ura nippon,* le «Japon de derrière». Les côtes, certes, ici comme ailleurs, ont été irrémédiablement endommagées : bétonnées ou hérissées de brise-lames pour se protéger d'éventuels raz-de-marée (au total à peine la moitié des côtes japonaises sont encore naturelles). L'industrialisation y pénètre à grands pas à partir de la plaine du Kanto. Le phénomène a encore été accéléré par l'ouverture en 1981 de la voie de chemin de fer super-express, Shinkansen, allant au-delà de Sendai, la principale ville de la province, et vers Niigata sur la côte ouest. En revanche, la préfecture d'Iwate, surnommée autrefois le «Tibet japonais», et la presqu'île de Tsugaru, à l'extrémité nord sur la mer du Japon, ont été longtemps en marge des courants d'industrialisation.

Le Tohoku a certes ses sites touristiques : à commencer par Matsushima et ses îles sur lesquelles s'accrochent des pins – l'un des «Trois Paysages du Japon» qui aujourd'hui s'offre pour toile de fond des usines – ou bien les itinéraires de Bashô (poète du XVIIᵉ siècle). Mais, par la disparité de son développement, le Tohoku conserve aussi des régions où subsistent des mœurs anciennes dans ses bourgades pratiquement intactes, ensevelies sous la neige cinq mois de l'année, isolées au milieu de leurs rizières gelées. Là se maintiennent encore les traditions ancestrales : dans le nord, sur les pentes de la montagne Terrible *(Osore-zan)* se regroupent les sorcières qui font parler les morts; ailleurs ce sont les fêtes paysannes primitives, les danses des rizières destinées à se concilier les esprits qui les habitent. Les montagnes qui délimitent la fertile plaine de Shonai, notamment les monts Dewa ou Haguro, abritent depuis mille ans des *yamabushi :* ermites qui jouèrent un rôle important dans la vie religieuse et artistique du Japon. Expression d'un culte primitif des montagnes, les *yamabushi* ont fait connaître loin de leur lieu d'origine des formes de danses sacrées d'où naîtra le théâtre *nô.* La fête d'Ogi au début de l'année, celles saisonnières de Haguro, le *nô* du village de Kurokawa, de facture primitive, en témoignent.

*Matsushima, l'un des «trois paysages du Japon».*

Ces survivances coutumières qui ravissent le nouvel arrivant ne doivent pas, encore une fois, voiler la dure existence de cette paysannerie supposée continuer à vivre le «Japon profond». Elles paraissent condamnées et sont peu à peu emportées par le plastique, l'exode rural, ou récupérées dans un folklore factice. Surtout, c'est de ces régions, dont on admire à juste titre les grandes maisons en forme de «L» plantées parmi les rizières en escalier, que viennent la plupart des ouvriers saisonniers *(dekasegi)*. Pendant le long hiver des campagnes, ils émigrent vers les grandes villes, Tokyo ou Osaka, pour travailler sur les chantiers de travaux publics, devenant la proie des marchands de main-d'œuvre. Les femmes assument tant bien que mal l'entretien des terres et l'éducation des enfants. Elles sont veuves six mois de l'année. Dans ces contrées souvent pauvres – mais, on ne cessera de vous le dire, «la pauvreté asiatique a ses pudeurs...» – et même dans la riche plaine de Shonai, près d'Akita, d'où provient le riz destiné à la maison impériale, on aperçoit ces femmes la tête sous une coiffe noire et un linge sur le visage, telles des habitantes du désert, se livrer aux travaux les plus pénibles de terrassement le long des routes.

Célèbres pour leur beauté, les femmes d'Akita se gardaient ainsi, dit-on, du droit de cuissage des seigneurs. Aujourd'hui, elles se protègent surtout de la poussière et des insectes... Ce sont encore les femmes qui jouent un rôle essentiel dans cette petite île qui, à l'horizon, semble flotter au ras des flots en face de la presqu'île de Noto : Hegurajima, terre brûlée par le soleil et le sel, sert de «base avancée» aux *ama,* pêcheuses de coquillages. L'hiver, elles retournent à Wajima, le port de la presqu'île. Le visage tel un masque blême, enduit de crème pour se protéger du sel, et le corps revêtu désormais d'une combinaison de caoutchouc – autrefois elles étaient presque nues –, elles plongent une cinquantaine de fois par jour, à la limite du souffle, jusqu'à vingt ou vingt-cinq mètres autour des bateaux maniés par les hommes. Elles ramènent dans des baquets de bois des *sazae,* sorte de gros bigorneaux, ou des *awabi* (ormeaux). On voyait autrefois des *ama* le long de toutes les côtes, pêcheuses d'algues ou de perles : elles ont pratiquement disparu ou sont devenues, pour les dernières, une attraction touristique.

### Une terre des origines

L'*ura nippon* se poursuit vers le sud le long de la mer du Japon. On arrive là, entre Matsue et Izumo, dans une «terre des origines», l'une des premières régions de civilisation de l'archipel, avec le Kyushu. C'est notamment là que s'étend une langue de sable piquée de pins, *Ama no Hashidate,* le Pont céleste où, selon les mythes, s'ébattirent Izanagi et Izanami. Ébats d'où allait naître le Japon. On y trouve aussi le sanctuaire d'Izumo qui est, après celui d'Ise, sur la côte est du Honshu, le plus vénéré de l'archipel.

Au sud du Honshu, les lagunes alternent avec les côtes découpées. Avec ses odeurs d'orangers, la douceur de ses paysages et sa luminosité, il annonce déjà le Kyushu. Ce fut aussi le lieu d'une autre origine : d'Hagi, petite ville à l'allure provinciale mais dévastée par le tourisme, partit le mouvement qui allait conduire à la restauration de Meiji. En effet, à Hagi, Yoshida Shoin, guerrier du clan Choshu, adversaire traditionnel de la dictature des Tokugawa, fonda une école fameuse *(Shokasonjuku)* avant d'être décapité en 1859 par les autorités shogunales. Son enseignement, s'il fut salutaire au Japon par bien des aspects, n'en contenait pas moins en germe un nationalisme exacerbé : les *kamikaze* de la dernière guerre savaient tous par cœur le dernier poème qu'il écrivit avant de mourir.

### Kyushu

Le Kyushu, l'île méridionale, séparée du Honshu par le petit détroit de Shimonoseki, est aussi une «terre des origines». Ce sont les «vallées de l'enfer», dit-on de Kirishima où se succèdent lacs de cratère, laves noires, volcans fumants, sables et boues bouillonnantes. Plus au nord, au cœur de l'île, aux alentours du mont Aso, le

*Rizières au pied du mont Aso, dans le Kyushu.*

plus grand volcan en activité, le paysage prend des aspects lunaires.

Pays des typhons, de la chaleur, des chênes verts, des magnolias, des camélias, mais aussi des bambous et des palmiers, baigné d'une luminosité toute toscane, le Kyushu, à proximité de la Corée et de la Chine – Nagasaki est plus proche de Changhai que de Tokyo –, est sans doute, au-delà des légendes, le berceau où naquit la civilisation nippone.

Au sud du Kyushu, de petites îles comme Tanegashima mais surtout Yakushima, l'île des arbres et des singes, célèbre pour la variété extrême de sa flore, ses immenses cryptomères et ses mousses, ont longtemps été épargnées des maux de la société industrielle : mais déjà on a installé à Tanegashima le cap Canaveral japonais. Au large de Nagasaki s'étend l'admirable archipel des îles Goto, haut lieu du christianisme.

Nagasaki, autour de sa baie, qui fut avec Hiroshima la seconde ville atomisée du Japon (73884 morts et autant de blessés), n'est plus guère la ville où Puccini fit naître Mme Butterfly. Pas plus qu'à Hiroshima cependant on n'y sent peser le souvenir de *pikadon* (onomatopée par laquelle les Japonais désignent la bombe atomique).

## Hiroshima

La «boule de feu» tua près de deux cent mille personnes à Hiroshima, et elle continue d'en tuer tous les jours (chaque année, le 6 août, on ajoute le nom des victimes «différées» de 1945 à la liste conservée dans le cénotaphe du monument commémoratif érigé à l'épicentre de l'explosion). Celle-ci eut lieu un matin d'été, à 8 h 15, alors que la ville s'éveillait d'une nuit d'alertes. En une seconde, la bombe, surnommée *«Little Boy»,* allait interrompre la vie des ménagères qui préparaient le petit déjeuner, des enfants partant pour l'école, des ouvriers dans les usines. Seul le parc de la Paix et son musée sont là pour rappeler la catastrophe qui fait partie, pour les jeunes Japonais, de «l'histoire qu'on apprend à l'école» mais que cent cinquante mille survivants ne sont pas près d'oublier.

## Shikoku et la mer Intérieure

Hiroshima est située au fond d'une baie qui s'ouvre sur la mer Intérieure, face à la quatrième île de l'archipel, Shikoku. L'«île aux quatre pays» *(shi koku)* fut long-temps négligée par l'industrialisation. Peu visitée par les touristes – sinon les pèlerins *(ohenro)* qui se rendent à pied (et de plus en plus en car) aux quatre-vingt-huit principaux sites religieux de l'île, elle n'a plus guère conservé intacte que la partie sud et la côte Pacifique avec ses promontoires, ses baies étroites et ses régions sauvages difficilement accessibles en auto. Mais la population déserte peu à peu ces lieux pour immigrer vers les centres économiques du littoral nord.

Shikoku, c'est surtout la mer Intérieure. Cette Médi-terranée du Japon, autrefois proie des pirates embus-qués dans ses détroits mais aussi lieu de jonction entre le Japon et les civilisations venues de la Corée et de la Chine, est imprégnée de la culture qui a fleuri à Nara puis à Kyoto. Mais elle est aujourd'hui sillonnée par des tankers et des cargos de tous tonnages. C'est un des «hauts» lieux de la déprédation de l'environnement : depuis 1973, l'ensemble de la mer Intérieure, où selon les archéologues l'homme pêchait déjà il y a des millé-naires, est classée «zone polluée». Elle recelait sans doute les plus beaux paysages du Japon. Qu'en reste-t-il? Des côtes bétonnées, des eaux opaques, des plages autrefois célèbres pour leur sable fin, aujourd'hui pois-seux et sale, une flore sous-marine asphyxiée : la dégra-dation qu'a provoquée une croissance économique aveugle ne s'évalue pas seulement en chiffres. Certes, on «découvre» encore, par endroits, ce «paradis aux cent îles» – en fait près de trois mille – que fut la mer Intérieure. Au gré des pérégrinations qui doivent au hasard ou aux conseils d'habitants, on aborde sur des îles peu fréquentées, terres où la rizière côtoie les orangers et où les pêcheurs savent les légendes et les contes de la région : celui d'Urashima, ce pêcheur entraîné par une tortue dans un royaume sous-marin, ou celui de Momotaro – né dans un fruit – qui se battit contre des ogres.

*Culture de perles dans une baie de Shikoku.*

## La mégalopole

Une région est à part dans l'archipel : l'immense traînée urbaine qui s'étend de Tokyo à Osaka en passant par Nagoya et qui se prolonge sur le littoral de la mer Intérieure jusqu'à Hiroshima. Englobant le Kanto (région de Tokyo) et le Kansai (région de Kyoto et d'Osaka), c'est à la fois un pays de légendes et la concrétisation d'un Japon futuriste. Pays de légendes parce que le Tokaido («la route de la mer de l'Est») fut, lorsque Kyoto était capitale impériale et Tokyo siège du shogunat, l'un des axes les plus actifs du pays. Image du futur, cette région l'est aussi par cette monstrueuse mégalopole qui est en train de soumettre tout le pays à son gigantisme. Actuellement, soixante millions d'habitants (la moitié de la population) vivent sur cette bande de terre qui produit plus de la moitié des richesses du pays.

Ni le parcours sur l'autoroute entre Tokyo et Osaka ni le voyage à deux cents kilomètres/heure en Shinkansen ne permettent d'imaginer ce que fut cette route presque légendaire de six cents kilomètres qu'empruntèrent durant des siècles les seigneurs allant et revenant d'Edo en palanquin et les marchandises transportées à dos d'hommes. Aux fumées de Yokohama succèdent celles de Shizuoka – entre les deux surgit, si le temps s'y prête, le mont Fuji –, puis ce sont les cheminées de Nagoya et enfin celles d'Osaka. Quelques rizières, les théiers de Shizuoka, telles de grosses chenilles vertes, à peine la ligne bleue du lac Biwa près de Kyoto, mais surtout des pylônes, des réservoirs, des hangars, des cheminées d'usines, des maisons tristement semblables et des panneaux publicitaires. Industrialisation et standardisation.

Sur le chemin, Nagoya est une ville où l'on ne s'arrête guère sinon pour affaires. Cité du boom industriel reconstruite dans le style clinique avec ce confort propret de toutes les villes modernes nippones, elle ne garde de son passé qu'un château. A l'ouest, à une heure des combinats, dans la presqu'île de Kii, se niche pourtant l'un des lieux immémoriaux du Japon : Ise. C'est là, dans de sévères sanctuaires, que réside Amaterasu, la déesse du Soleil. Depuis quinze siècles, au fond d'une forêt de cryptomères, ces sanctuaires sont le lieu de visite obligée de la famille impériale et des dirigeants du pays. Sur pilotis, à l'abri de sombres frondaisons, les pavillons, recouverts d'écorce de cèdre et reconstruits rituellement tous les vingt ans, semblent se fondre dans le paysage.

## Osaka

L'autre grand centre de la mégalopole nippone est Osaka. On aurait tort d'y voir un satellite de la capitale. Vieille ville marchande, Osaka ne manque pas de caractère.

Édifiée sur des canaux, avec ses grandes artères que surplombent des autoroutes urbaines, Osaka est moins originale par sa lourde architecture standardisée que par son expérience historique de ville libre administrée par des conseils de citoyens délégués. Prospère, comptant environ trois cent mille habitants au milieu du XVIIᵉ siècle, Osaka, qui avait hérité du commerce de Sakai, connaîtra un essor extraordinaire. Dans cette ville, surnommée la «cuisine du Japon», allaient prospérer les grandes dynasties commerciales. Elles ont souvent pour origine d'humbles familles de marchands dont les noms sont aujourd'hui connus à travers le monde. Profitant de l'endettement des seigneurs, ils renforceront leur indépendance et joueront au moment de la restauration de Meiji un rôle essentiel. En même temps, allait y naître une culture dont le théâtre *kabuki* et le *bunraku* (théâtre de marionnettes) sont les expressions les plus connues.

Osaka fut reléguée un temps au rôle de «parent pauvre» de la croissance économique du Japon lorsque la plupart des grands groupes transplantèrent leur direction à Tokyo au cours des années soixante. Mais depuis le milieu des années quatre-vingt, Osaka connaît un regain d'expansion et tend à devenir une nouvelle capitale du Japon.

Dans cette cité de marchands, les habitants sont plus directs et plus gouailleurs que dans la métropole. C'est une ville où l'argent compte et où l'on en parle.

## Yakuza

Osaka, comme Kobe qui, autour de sa baie, fait un peu penser à Naples, est aussi un des hauts lieux des membres de la pègre, les *yakuza*. Ils règnent sur les quartiers nocturnes de Dotombori, mais aussi sur les quartiers ouvriers et malfamés de Tobita. A l'origine ce sont des bandes de hors-la-loi qui se formèrent au moment des guerres civiles avant l'arrivée au pouvoir des Tokugawa. Ils s'inspirent dans leur organisation du code d'honneur *(bushido)* des *samourai,* classe dont certains, devenus *ronin* (guerriers sans maître), étaient issus. Le cinéma a vulgarisé les rites qui marquent encore le monde de la maffia nippone : section du petit doigt en signe de repentir et tatouages. Le symbolisme du corps est le contrepoint à un monde où l'homme est censé n'avoir que sa force physique. Couvrant parfois toute la peau et représentant dragons, tigres ou *samourai,* ces tatouages sont toujours d'une grande qualité artistique. Comme la maffia italienne, les *yakuza* sont liés à l'extrême droite. Aujourd'hui, leurs activités et leurs méthodes tiennent plus de celles d'Al Capone que du bandit d'honneur. L'un des groupes les plus puissants, le *Yamaguchi gumi,* très mêlé au milieu politique, contrôle tout le sud du Japon jusqu'à Okinawa; il est de plus en plus actif dans le crime économique. D'autres gangs ont pour «territoire» Tokyo et le nord du Japon.

## Okinawa

L'originalité culturelle de chaque région est toutefois menacée et, partant, la culture japonaise elle-même. Celle-ci paraît mal armée pour résister à deux agressions : d'une part, l'intégration et le laminage par l'industrialisation forcenée et, d'autre part, la récupération de la tradition dans la «folklorisation» par un tourisme destructeur...

Okinawa est un exemple très éloquent de ce mouvement, semble-t-il, irréversible. Exception dans l'homogénéité du pays, par son paysage subtropical, ses plages, ses îles perdues, ses traditions, sa culture et ses monuments, Okinawa est d'ailleurs si singulier qu'on s'est

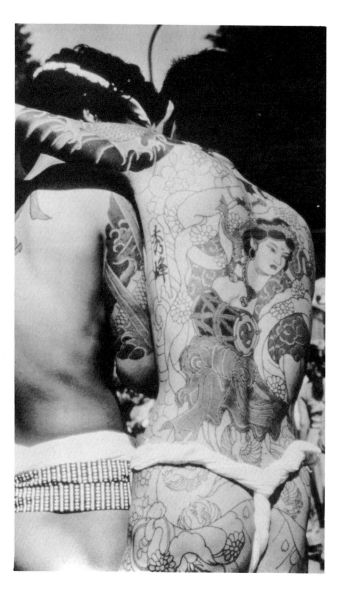

*Tatouages*.

même demandé si l'archipel des Ryu-Kyu est vraiment japonais.

Administré par les Américains de la fin de la guerre à 1972, Okinawa, à deux mille kilomètres de Tokyo, étire son archipel de cent quarante îles, si rapprochées qu'on navigue de l'une à l'autre sans perdre la terre de vue, entre le Kyushu et Taiwan, au point de rencontre du Pacifique et de la mer de Chine. Au carrefour des routes maritimes de l'Extrême-Orient, Okinawa, influencé par différents courants de civilisation, eut longtemps une culture au particularisme prononcé. Lorsque le Japon se ferma à l'extérieur, ce royaume conserva le privilège de commercer avec la Chine. Les historiens appellent cette période l'«ère du cormoran», comparant Okinawa à l'oiseau qui va pêcher pour son maître. Le royaume continuera à entretenir une culture originale, dont Naha détint les vestiges jusqu'en 1945 : dragons de pierre, textiles raffinés, vaisselle de porcelaine, portraits des rois en vêtements chinois et architecture mariant la pierre et le bois se distinguaient fondamentalement des arts du reste du Japon. Lors de l'Exposition universelle de 1867 à Paris, un pavillon des Ryu-Kyu figurait à côté de celui du gouvernement shogunal. Les hommes de Meiji méprisèrent ce peuple. En 1879, la royauté y est abolie et Okinawa est écrasé dans le carcan du système éducatif nippon. En 1940, le dialecte local, apparenté au japonais classique, est interdit. C'est pourtant ce peuple, soumis à une législation discriminatoire, qui, pendant vingt-deux jours, en mai et juin 1945, a participé aux plus violents combats de la guerre du Pacifique : cent soixante mille morts civils, dont des femmes et des enfants montés en ligne les mains nues. Pourquoi? Aujourd'hui, Okinawa a été saccagé par les bases américaines puis par l'implantation d'industries polluantes. Sa culture a été anéantie ou réduite à un folklore pour touristes. Restent les îles, et leurs plages de sable fin, du moins les plus éloignées.

## Homogénéité

A la fois homogène par la civilisation et divers par ses paysages et son régionalisme, le Japon semble présenter

154

uniquement la première caractéristique lorsqu'on l'analyse en termes sociaux. Cela demande à être nuancé.

La société japonaise, pour homogène qu'elle nous apparaisse, n'en connaît pas moins aussi ses discriminations, non officielles mais durement vécues par les Coréens et les *burakumin,* soit un peu plus de trois millions de personnes sur une population totale de cent vingt millions. Si une société se définit aussi par ceux qu'elle exclut, les marginalisations, quelle que soit leur importance, sont aussi révélatrices et symptomatiques que les phénomènes de cohésion.

Pour les Coréens (six cent mille), qui se répartissent en deux groupes (ceux qui sont favorables à Pyong Yang et ceux qui se réclament de Séoul), cet isolement est somme toute assez banal et s'enracine dans l'histoire : «Ce sont des étrangers», et peu importe de savoir pourquoi ils sont là (en fait, pour beaucoup, ils ont été «importés» comme main-d'œuvre pendant la colonisation). La plupart, aujourd'hui, sont nés au Japon. Parlant japonais, les Coréens ne se distinguent en rien physiquement des autochtones. Ils ne peuvent s'assimiler que s'ils renoncent à toute identité nationale. Mais les préjugés demeurent et les suivent. Traiter quelqu'un de «Coréen» est une insulte aussi forte que «bougnoul» en France. En fait, beaucoup de Coréens vivant au Japon sont dans une situation marginale : condamnés aux emplois subalternes ou liés à la pègre. D'autres ont réussi dans les affaires et disposent avec leurs puissantes organisations de groupes de pression qui ne sont pas sans importance.

Le problème des *burakumin* se pose en des termes très différents, car il s'agit de la poursuite d'une ségrégation séculaire de Japonais par d'autres Japonais, s'apparentant à celle qui frappe en Inde la caste des intouchables. *Eta* – ancien nom pour désigner les *burakumin,* c'est-à-dire, littéralement, les «habitants des hameaux» – signifie «un être souillé».

Pendant l'ère d'Edo (1600-1867), il y avait à côté des quatre classes de la société les *hinin,* qui formaient le groupe des marginalisés (gens du spectacle, courtisanes, mendiants, criminels, etc.) et pouvaient éventuellement retourner dans la société. Plus bas que les *hinin,* on trouvait les *eta* à qui revenaient les métiers méprisés en raison des interdits religieux (abattre les animaux, traiter les peaux, incinérer les morts). Vivant dans de véritables ghettos, obligés de se marier entre eux, les *eta* étaient chargés des tâches ayant un rapport avec la mort et la souillure. A l'origine, ce furent sans doute des prisonniers des guerres entre clans ou des Aïnous.

Aujourd'hui à peu près deux millions et demi, les *burakumin* ont théoriquement le même statut que n'importe quel Japonais. L'exclusion ne s'en poursuit pas moins sournoisement. Elle se lit dans le regard de ces enfants à Osaka ou à Kyoto – où se trouvent les principaux ghettos. Elle transparaît dans cette manière un peu gênée dont les Japonais sourient pour vous dire que «ce problème n'existe pas». Elle est flagrante dans les enquêtes minutieuses menées par des agences avant l'embauche et le mariage. Avec les Coréens, les gens d'Okinawa, les *dekasegi* (saisonniers), les *burakumin* forment, selon le PC japonais, l'«armée de réserve du prolétariat».

### Phénomènes dysfonctionnels

Les forces les plus profondes qui tendent à entamer la cohésion traditionnelle de la société japonaise sont nées du processus de modernisation et d'industrialisation. «Harmonie» était le thème de l'Exposition universelle d'Osaka, en 1970. Les Japonais sont allés y chercher un diplôme de modernité et y contempler dans un kaléidoscope de scintillements leur réussite. Mais la même année, pour la première fois, l'Armée rouge faisait parler d'elle en détournant un avion sur la Corée du Nord. Pas plus que la «bande à Baader», ces enfants perdus d'une société supposée «harmonieuse» ne sont l'avant-garde d'une minorité opprimée : leur action exprime sans doute un malaise plus large. La bonne santé d'une société ne se mesure pas seulement à ses performances économiques et à sa capacité à accumuler les excédents commerciaux. Au Japon plus qu'ailleurs, en raison de la rapidité du processus, le passage au monde moderne ne s'est fait ni sans douleur ni sans coûts humains. Ici aussi, avec des particularités qui tiennent au maintien de valeurs traditionnelles, l'industrialisation lamine la société.

Le temps n'est plus où les Japonais s'adonnaient à la boisson seulement lors des fêtes shinto, de l'éclosion des cerisiers ou des événements familiaux. L'alcool a probablement un rôle particulier dans ce pays comme adjuvant nécessaire aux relations de travail dans les bars. Mais sa consommation n'en prend pas moins des proportions alarmantes. *L'Évaporation,* titre d'un roman célèbre, est aussi un phénomène qui prend de l'ampleur : chaque année, de cent à cent cinquante mille personnes quittent foyer, université, travail, pour se fondre dans la foule. Les «fugueurs» *(iedenin)* de tous âges constituent un problème social auquel la télévision consacre de nombreuses émissions. La plupart sont retrouvés : ils se réintègrent ou deviennent candidats au suicide.

Le Japon était, au début des années quatre-vingt, la huitième nation suicidaire du monde. En 1985, on comptait 19,5 cas pour 100 000 habitants, 45 pour 100 000 habitants chez les vieillards particulièrement touchés par le phénomène. Il y a certes, dans ce pays, une tradition de «mort volontaire» (rituelle et héroïque dans la lignée des *samourai*; romantique chez les amoureux contrariés que représente notamment le théâtre *kabuki*). On retrouve cet enracinement culturel dans d'autres formes de suicide, ainsi pour les personnes qui, chaque année, vont se laisser mourir dans la profonde forêt d'Aokigahara, au pied du mont Fuji.

Pourtant, quelle que soit la conception de la mort au Japon, et même s'il est vrai que le suicide y est moins frappé d'«interdit» qu'en Occident, c'est l'environnement qui est déterminant dans la décision de se supprimer. Les psychiatres nippons s'entendent en tout cas pour penser que les suicides sont dus aux pressions engendrées par les grandes migrations urbaines, l'isolement et l'éclatement de la famille.

Autre phénomène en progression : la délinquance juvénile. Les «loubards» à moto *(bosozoku),* les «bananes» et les «rockers» sillonnent ici aussi certains quartiers des grandes villes, cassant parfois ce qu'ils trouvent ou se battant avec la police. En général infime en ce qui concerne les adultes, le taux de criminalité des jeunes s'accroît depuis la fin des années soixante-dix. Selon la police, l'une des raisons du développement de la délinquance juvénile est le nombre grandissant d'enfants rejetés de l'école par un système éducatif compétitif à outrance. Mais, globalement, le taux de criminalité demeure plus faible qu'en Occident.

Sans doute, ces sursauts de refus s'enracinent-ils dans une histoire où la violence a été traditionnellement cultivée. Le Japon militaire sut en tirer parti et depuis la guerre cette violence a été canalisée, exorcisée dans le système de production. Mais quand l'industrie défonce l'environnement, massacre la nature, empoisonne une population, n'y a-t-il pas là aussi de la violence ? C'est elle qui s'exprime dans les hurlements des enfants-larves des victimes du mercure à Minamata. Le décalage, aujourd'hui, entre l'idéal et la vie est peut-être au Japon d'autant plus grand et durement ressenti par certains que le pouvoir continue à prôner une éthique nationale à laquelle la population reste sentimentalement attachée, mais qui trouve de moins en moins à s'appliquer dans un monde qui a changé. Longtemps, les Japonais ont vécu un œil sur leur passé et l'autre sur leur avenir. Mais, nous l'avons vu, avec la croissance est née une génération qui entend vivre «ici et maintenant» : cette «ego-génération» à l'américaine commence à regarder sa montre lorsque l'heure approche de quitter le travail et considère que les loisirs sont aussi un droit. L'inexorable laminage de la modernisation est bien ce que l'écrivain Mishima a voulu dénoncer par son suicide spectaculaire, en 1970.

## Dépolitisation et rage de vivre au présent

L'évolution de la littérature depuis le début des années quatre-vingt est, au demeurant, révélatrice des changements, des tiraillements et des aspirations nouvelles des Japonais. La société nippone de cette fin de siècle n'est plus celle que connut un Kawabata (mort en 1972) ni celle contre laquelle s'insurgea Mishima. Elle est aujourd'hui emportée dans cette frénésie des modes qu'orchestre la tyrannie de l'apparence. L'univers des jeunes est dépolitisé, fluide et conformiste. C'est un monde froid, animé d'une violence aussi sourde que diffuse, qui se décompose dans la vanité de toute action pour le changer. Une nouvelle génération d'écrivains ne se nourrit plus aux sources d'inspiration traditionnelles mais se reconnaît dans le jazz, la pop-culture américaine et la subculture nippone. Seront-ils les grands écrivains de demain? Peut-être pas. Du moins marquent-ils une rupture avec à la fois la littérature de l'immédiat après-guerre, celle de l'engagement, et tout un autre courant qui, en réaction contre la première tendance, valorisa l'individu dans une perspective plus éthique qu'historique. Dans la génération d'écrivains des années quatre-vingt, on peut discerner deux grands pôles de sensibilité. Ceux qui, résignés à ne plus essayer de changer le monde, dépeignent les mœurs contemporaines avec une distance ironique, parfois grinçante. Privés d'idéal, ils se replient sur une désespérance dédramatisée et font de la vacuité de l'existence le thème de leur roman. A côté de ce pôle «néo-sensualiste», existe un autre courant, constitué par la génération dite «introvertie», elle aussi née en réaction contre l'hyper-politisation des années cinquante. L'introspection, l'étude du microcosme individuel tiennent une place importante, notamment, chez nombre de femmes écrivains. Le recul des grandes problématiques et la fin des utopies ont ouvert de nouveaux espaces à une littérature plus intimiste se nourrissant de l'expérience quotidienne.

*L'appel de Kyoto.*

# Esthétique
# au quotidien

Bien avant que l'on ait commencé à s'intéresser de près à la société japonaise, l'Occident a connu son esthétique, ramenée à quelques «japoniaiseries» : maisons de poupées, amours babillants et tragiques des *geisha,* mièvreries de Mme Chrysanthème et rigueur du zen. Le japonisme tapageur, en vogue dans la seconde moitié du XIXᵉ siècle (lorsque Toulouse-Lautrec, Degas ou Manet empruntaient aux estampes couleurs, traits et thèmes), et l'incorporation au style 1900 du mauvais goût de la fin de l'époque des Tokugawa témoignent de cet engouement. Aujourd'hui, les sociétés occidentales angoissées devant leurs machines ont tendance à voir dans l'«Orient» une sorte de panacée salvatrice. Et l'on ne cherche dans l'esthétique nippone que la rigueur des formes ou la simplicité mystique : autant de signes supposés d'une spiritualité intense. En fait, cette austérité qui monopolise notre attention dans l'art nippon ne fut qu'une de ses tendances : ses époques alternent avec d'autres où, au contraire, la subtilité, la délicatesse, mais aussi la débauche de fastes et l'extravagance l'emportèrent sur le dépouillement. Du sanctuaire d'Ise, austère sous ses frondaisons, à ceux surchargés construits à la mémoire de Tokugawa Ieyasu à Nikko (XVIIᵉ siècle), on mesure toute la différence. L'art japonais est divers : il recèle, outre ses œuvres érotiques, des tendances à la trivialité ou à la truculence qu'on entrevoit dans les estampes de la période Edo et dans des poèmes, dont certains *haiku* (tercets de dix-sept syllabes) qui passent pourtant en Occident pour la quintessence du raffinement. Un monde de plaisir et de sensualité, qui n'avait d'ailleurs pas attendu cette période pour se manifester dans l'art populaire.

Cette image du «Japon éternel», à laquelle nous sommes préparés, c'est à Kyoto que nous irons la chercher. L'ancienne capitale impériale conserve le privilège d'être encore le lieu d'intronisation des empereurs. C'est une sorte de miroir où les Japonais aiment à se reconnaître.

Il faut aller à Kyoto. D'abord par pur plaisir, ensuite parce qu'il est intéressant de voir cette ville qui attire chaque année des dizaines de millions de touristes nippons, enfin parce qu'on y saisira peut-être, derrière la façade officielle de l'«authentique Japon», plusieurs données essentielles de la sensibilité de ce pays. En premier lieu ceci, fondamental : l'esthétique, qui à Kyoto plus qu'ailleurs peut-être imprègne la ville, ne constitue pas un univers à part mais innerve le quotidien, se diffuse dans les comportements et les objets usuels. Cette intégration de l'art à la vie explique peut-être en partie que les Japonais n'avaient pas éprouvé jusqu'à une époque récente, le besoin d'avoir des musées. Mais c'est aussi pourquoi sans doute l'étranger a cru discerner au Japon un peuple plus esthétisant que d'autres.

La plupart des arts japonais ont été importés de la Chine ou fortement influencés par ses pratiques. L'esthétique n'en est pas moins profondément nationale. L'art japonais a deux caractéristiques : d'une part, les styles coexistent, se superposent plus qu'ils ne se succèdent. D'autre part, l'esthétique est peut-être la valeur centrale de la civilisation, l'emportant sur le religieux.

Les Japonais, au contact de l'Occident, n'en ont pas moins divisé leur histoire de l'art en deux : une période ensevelie avec son art figé qui n'a pas bougé depuis des siècles – dont le théâtre *nô,* inchangé depuis plusieurs centaines d'années, est un exemple –, et une seconde période, qui commence avec Meiji (1868), époque où la création authentiquement nippone semble s'effacer sous le coup du contact avec l'Occident. En divisant l'esthétique japonaise selon des critères occidentaux, on en néglige cependant un aspect essentiel : l'esthétique japonaise est indissociable du travail des artisans et la distinction entre «beaux-arts» et «artisanat» ne sera jamais vraiment établie. A l'époque Tokugawa, on disait *gei* (qu'on traduit aujourd'hui par «art») aussi bien pour les beaux-arts que pour les productions artisanales. Kyoto, capitale des arts, fut aussi – et demeure même sous une forme commercialisée – capitale de l'artisanat.

## Kyoto

Kyoto, qui pendant mille ans fut le siège du pouvoir impérial – qu'il fût réel ou fictif –, a été fondée comme Brasilia ou Washington par une décision. Lorsque l'empereur Kammu transféra, au VIII$^e$ siècle, la capitale de Nara à Kyoto, les Japonais avaient déjà en grande partie assimilé la culture chinoise; dès lors, une sensibilité nationale et un tempérament pouvaient naître et s'exprimer dans l'art et la vie de la nouvelle capitale. A l'origine, celle-ci s'appelait *Heian kyo* (la capitale de la Paix et de la Tranquillité), d'où le nom que l'on donna à l'époque qui suivit son installation : époque Heian (fin VIII$^e$ siècle-fin XII$^e$ siècle). Plus tard, la ville prit simplement le nom de Kyoto, littéralement : la ville *(to)* capitale *(kyo)*.

Kyoto est le cœur, le berceau de la culture japonaise. Mais aussi une sorte d'œil du typhon : elle fut préservée des tempêtes de l'histoire – même si incendies et luttes de clans détruisirent nombre de ses monuments – et épargnée des bombardements américains. C'est à partir de l'époque Heian que l'art japonais va connaître l'un de ses «âges d'or», notamment pendant le «règne» des Fujiwara, du X$^e$ au XI$^e$ siècle. La période qui précède, l'époque Nara, n'en avait pas moins été extrêmement brillante, mettant fin à la culture un peu fruste des périodes Jomon et Yayoi, ce changement étant dû principalement à l'arrivée du bouddhisme (VII$^e$ siècle). L'influence continentale se fit sentir surtout en architecture.

Nara est bâtie dans un quadrilatère presque parfait sur le modèle chinois. D'abord dominé par les canons continentaux, l'art bouddhique japonais s'en dégagea peu à peu. C'est l'époque des bronzes (comme ceux

*Statue du temple Shin Ya Kushiji de Nara.*

conservés au temple Yakushiji de Nara), marqués par le style des Tang qui illustra une nouvelle tendance de la statuaire : le mouvement. C'est aussi l'époque des laques sèches comme celle, célèbre entre toutes, représentant le moine Ganjin, aveugle et serein, la plus ancienne statue de laque qu'on connaisse. Le retour à la statuaire de bois (dont le Miroku du temple Koryuji aux formes douces est un merveilleux exemple), une architecture ne respectant qu'imparfaitement l'alignement symétrique des pavillons, contrairement à la tradition chinoise, et l'anthologie poétique du *Manyô-shû* (seconde moitié du VIII<sup>e</sup> siècle), premier monument de la poésie nippone, témoignent de l'apparition d'un style iconographique, architectural et littéraire proprement japonais dans cette capitale où étaient venus s'entasser les trésors du monde entier ayant cheminé le long de la route de la Soie. Les modèles maîtrisés, des œuvres originales allaient fleurir. Et ce fut l'époque Heian.

Parce que Kyoto est lovée au creux de collines boisées qui la cernent de trois côtés, parce que c'est aussi une ville surgie du passé, on la compare volontiers à Florence avec laquelle elle est jumelée, comme d'ailleurs, entre autres, avec, en Chine, Hsi-an, l'ancienne Ch'ang-an, à qui elle doit son plan en damier. Sur l'une des collines de Kyoto, on aperçoit un gigantesque caractère chinois dessiné au feu dans la forêt qui s'étend sur ses pentes. Il signifie «grand». Chaque année, l'été, la colline s'embrase pour guider les esprits des morts vers leurs demeures. Pas plus cette fête des morts que la comparaison avec Florence ne doivent induire en erreur : Kyoto n'est ni une ville sainte ni un musée. Certes, elle compte 1 598 temples et 253 sanctuaires, mais ce n'est ni Rome ni La Mecque : on y trouvera du sacré mais point de sainteté ou de mysticisme. Musée? Kyoto au premier abord décevra : qu'on arrive au printemps lorsque la brume du soir attise les subtilités des parfums et que les saules des rues étirent nonchalamment leurs branches, ou en hiver, lorsqu'une légère couche de neige – attendue des habitants – recouvre les toits et saupoudre les jardins, quelle que soit la saison, Kyoto, au premier regard, ne répondra pas à l'idée de cette «Florence de l'Orient» que l'on s'est faite. Kyoto, «l'heureuse, la paresseuse, la somptueuse», selon Kipling, est une ville moderne, sans magnificence, où l'on est loin de se sentir d'emblée dans l'histoire. Tout est là pêle-mêle, le beau comme le laid.

Et pourtant, Kyoto se découvre à pied – ou en vélo –, pas forcément et peut-être surtout pas au prix d'une accumulation forcenée de visites de temples. Mais en flânant dans Gion, le vieux quartier des *geisha,* aux admirables maisons de thé et aux petits *ryokan* (hôtels japonais), dans Nishijin, celui des tisserands (où même, dit-on, le Vatican se fournit), à Sannenzaka, çà et là le long d'un canal. On apprend beaucoup ainsi sur l'esthétique nippone, notamment sur les deux qualités de l'architecture traditionnelle. D'abord une certaine loyauté vis-à-vis des matériaux, travaillés certes mais rarement travestis : le bois est donné pour tel selon sa nature. Loyauté que l'on retrouvera d'ailleurs dans le rapport des Japonais au travail : ce dernier n'est jamais caché, que ce soit dans la confection d'un mets ou dans le théâtre *bunraku* où le manipulateur ne se dissimule en rien. Cette architecture n'étouffe pas, mais donne le sentiment d'être à l'échelle humaine. Tout est à portée de la main : besoins et aspirations esthétiques se confondent. L'art japonais n'est pas un art de l'ornement, du superfétatoire. Ce qui est valable pour la demeure la plus riche l'est pour la maison la plus humble, la différence se jouant sur les matériaux, et notamment les essences de bois, le raffinement des lignes, etc.

Une promenade à Kyoto apprendra une seconde chose : l'esthétique nippone n'est pas monumentale – même si le Todaiji de Nara est le plus vaste édifice de bois du monde et si la statue du Grand Bouddha qu'il abrite fut la plus élevée avant l'érection de la statue de la Liberté à New York. D'une manière générale, le monument de type gothique, exprimant une volonté de domination sur la nature, est étranger à l'esthétique japonaise : le temple reste au ras du sol. L'une des grandes tendances de l'architecture contemporaine étant d'ailleurs de renouer avec le minimalisme.

Kyoto permet enfin de saisir un autre élément de l'esthétique nippone. Dans cette ville où la beauté semble un archipel dans un océan de banalités ou de laideur, circonscrite à l'enceinte d'un temple, à un coin de rue ou à l'entrée en longueur d'une maison – à l'époque Edo, la largeur de la porte était un critère de taxation –, on prend conscience de cette faculté des Japonais d'extraire le beau d'un contexte qui ne l'est pas. On dit qu'ils sont sensibles au beau et insensibles à la laideur. L'idée de la nature, si importante dans l'esthétique nippone, aide à cerner cette pratique du regard sélectif.

## La nature

Les mythes des origines sont, dans toutes les civilisations, une indication sur les notions fondamentales d'un peuple. Dans la cosmogonie nippone que véhiculent les textes les plus anciens, comme le *Kojiki,* l'homme et la nature sont placés dans une situation de communion inséparable. Si, dans le mythe prométhéen, l'homme s'oppose à la nature pour la dominer, dans la genèse nippone, il n'est qu'un élément de l'ordre des choses. D'une manière symptomatique, dans la peinture ce ne sera pas – jusqu'à l'époque Edo du moins – le portrait qui prédominera, mais le paysage. Les peintres ont cependant souligné la correspondance étroite entre l'homme et le végétal. Les formes et les modèles que la nature offre, la dévotion qu'elle inspire seront constamment présents dans le processus créatif.

Dans quel pays la télévision et la presse annoncent-elles chaque jour, en automne, la progression du rougeoiement des érables ou, au printemps, celle de l'épanouissement des cerisiers, parlant du «front de la floraison» comme de l'avance d'une armée? Où les arbres, emmitouflés l'hiver, dans les jardins, sont-ils l'objet de soins aussi attentifs? Quel peuple aime à ce point écouter le chant des oiseaux, celui des insectes, le bruit des cascades ou admirer la lune *(tsukimi)*? Chaque type de pluie – on en compte une bonne dizaine – a son nom, comme les nuages et le vent. Ce vent, dont on sent si intensément la présence alentour dans une maison japonaise, est d'ailleurs un thème d'inspiration artistique : des peintres de la période Edo, comme Koetsu, cherchèrent à le rendre à travers le mouvement des herbes, d'autres comme Sotatsu peignirent le dieu du Tonnerre et le dieu du Vent avec un grand sac. *Furin,* la petite clochette pendue à l'extérieur de la maison en été, émet un bruit familier en cette saison où la moindre brise est synonyme de fraîcheur. La littérature utilise aussi le rythme de la nature : les mots associés aux saisons *(kigo)* sont l'un des éléments principaux de la poétique, du *haiku* notamment, et Kawabata, le prix Nobel, choisit leur rythme pour indiquer l'évolution de plusieurs de ses romans. Le changement des saisons est aussi marqué par des mets spéciaux propres à telle époque de l'année (le riz aux pousses de bambou, *takenoko gohan,* au printemps par exemple) ou par certaines plantes qui parfument le bain à tel moment, l'esthétique rejoignant ici la pharmacopée.

Les Japonais aiment la nature mais pas n'importe quelle nature, en rien en tout cas la nature «écologique». C'est une certaine conception, limitative, abstraite, extraite de l'environnement qu'ils affectionnent. Ils aiment la nature quand celle-ci correspond à leur schéma décoratif lequel n'est pas resté immuable au cours des siècles. Il a changé, incorporé de nouveaux thèmes : de même que l'on peut dire que Turner «découvrit» le brouillard anglais, Sotatsu «découvrit» le vent, ou Hokusai le mont Fuji. Ce qui est valable pour une fleur – le chrysanthème fut admiré et la rose méconnue jusqu'au contact avec l'Occident – l'est aussi pour un paysage : la plupart du temps, celui-ci deviendra un «site» soit parce qu'il est associé à une émotion ou à un épisode historique ou légendaire, soit parce qu'un artiste de renom le révéla : le poète Bashô, dans *Oku no hosomichi (la Sente du bout du monde),* a «créé» par ses poèmes des sites que l'on vient aujourd'hui admirer. Le choix du beau n'est jamais affaire personnelle mais toujours d'ordre collectif. Aussi y a-t-il une multitude de clichés esthétiques, sorte de répertoire national du beau. Cette idée de nature, conçue limitativement, est l'un des grands fils conducteurs de l'esthétique nippone. De sorte que, pas plus qu'ailleurs, l'œuvre d'art nippone n'est «reflet», «traduction», «copie» de la nature.

L'art est intégré à la vie, mais l'espace de l'art n'est pas celui de la vie. La nature dans l'esthétique japonaise est un prétexte à la création et une tentative pour se fondre en elle. Cette esthétique d'harmonie avec la nature, qui existe à l'état primitif et naïf dans cette sorte de panthéisme qu'est le shinto, qui est présente dans le *Manyô-shû,* connaîtra sa conception la plus élaborée avec le zen. Le fameux poème de Bashô, qu'il est inutile de traduire :

> *Matsushima ya*
> *a, a Matsushima ya*
> *Matsushima*

sinon en remplaçant *ya* par un point d'exclamation, est pour les Japonais la quintessence de cette harmonie avec la nature car il exprime la suffocation du poète devant le paysage de Matsushima. Cette «ahité» des choses – le néologisme est de Claudel – peut laisser un esprit non averti quelque peu pantois devant cette économie de mots. Sans doute est pour nous plus intelligible cette réponse d'un maître zen (rapportée par l'écrivain Akutagawa dans un essai), à qui un disciple demandait comment atteindre le zen et qui répondit : «Écoutez le bruit des gouttes de pluie qui tombent.» Les Japonais semblent s'être abstenus de toute spéculation métaphysique sur le rapport homme-nature pour privilégier l'expérience plus que l'abstraction : leur langue est d'ailleurs plus riche à rendre l'émotion que le constat.

## Espace et lumière

Se promener dans Kyoto, c'est apprivoiser le regard et l'esprit à deux notions – différentes des nôtres – d'espace et de temps qui se sont développées en fonction de cette conception du rapport homme-nature.

Dans l'anthologie poétique du *Manyô-shû,* on parle de l'«espace des dieux». Jadis, lorsqu'un arbre était supposé habité par un dieu, selon la croyance shinto, on plantait quatre poteaux censés délimiter autour de l'arbre un espace sacré. De cette conception première d'un quadrilatère ouvert sur l'extérieur, l'architecture japonaise a tiré la leçon : elle ne cherche pas à aménager un volume mais à ouvrir un espace dans lequel le vide est une partie intégrante de la construction. Il s'agit moins de clore l'espace que de le rendre disponible, complice de la vie. Le mouvement des parois coulissantes – soit opaques *(fusuma),* soit translucides *(shoji)* – et des stores de bambous *(sudare)* permet non seulement à l'espace de ne pas être figé, mais encore règle le jeu de la lumière, rendant l'intérieur très sensible aux changements de l'éclairage extérieur. «C'est précisément cette lumière indirecte et diffuse qui est le facteur essentiel de la beauté de nos demeures», écrit Tanizaki dans *Éloge de l'ombre* à propos des *shoji* ; «et pour que cette lumière épuisée, atténuée, précaire, imprègne à fond les murs de la pièce, ces murs sablés nous les peignons de couleurs neutres à dessein.» L'un des endroits privilégiés de la maison où jouera ce rapport ombre-lumière sera le *tokonoma,* orné d'une peinture et d'un arrangement floral : «La fonction essentielle de cette peinture ou de ces fleurs n'est pas décorative en soi, car il s'agit plutôt d'ajouter à l'ombre une dimension dans le sens de la profondeur.» On ne saurait trop recommander la lecture de ce court et remarquable essai sur l'ombre à qui voudrait avoir en quelques pages des données essentielles sur l'esthétique nippone : Tanizaki y explique la fascination des Japonais pour les visages au teint blanc des femmes, la pratique ancienne du noircissement des dents qui fait ressortir d'autant plus la blancheur du visage comme la teinte sombre dont les *geisha* se peignaient les lèvres. Les femmes, «tout entières ensevelies dans l'obscurité, ne révélaient leur existence que par leur visage». «Pensez, écrit plus loin Tanizaki, au sourire d'une jeune femme à la lueur vacillante d'une lanterne, qui de temps à autre entre des lèvres d'un bleu irréel de feu follet fait scintiller des dents de laque noire : peut-on imaginer visage plus blanc que celui-là?»

*«Tokonoma» : «ikebana» devant «kakemono».*

**Le bois**

Le bois est le matériau d'élection de l'architecture. La grande variété des essences employées – bambou, pin, cèdre, cyprès, cryptomère – s'explique par la qualité propre à chacune, mais aussi par ce respect du matériau que nous signalions. Les bois sont utilisés dans leur «vérité» pourrait-on dire, car ils sont souvent associés à des sensations, chargés d'évocation *(kehai)*. Brut ou poli, on lui laisse son grain, les motifs naturels de ses tranches, ses nuances, parfois même son écorce dans le cas du cerisier. D'une manière générale, la texture du matériau est un élément extrêmement important au Japon et exalte une dimension quelque peu négligée en Occident : le toucher. Le bois est choisi soit pour sa beauté, soit pour ses qualités – le bambou étant le meilleur exemple peut-être de la réunion des deux caractères : il permet une intégration parfaite de la fonction et de l'ornement.

Depuis la poterie Yayoi, il y a deux mille ans, l'une des constantes de l'esthétique nippone est la relation spécifique entre la fonction et la forme : encore une fois, le beau n'est jamais perçu comme pur et simple ornement. La gratuité est absente puisque précisément le beau naît de l'impression que tout était nécessaire. Cette relation forme-fonction explique peut-être que l'architecture moderne japonaise confrontée à la verticalité de la ville moderne, dans un pays où les habitations traditionnellement s'ancrent au sol, a su s'adapter si bien aux besoins évolutifs du monde actuel. La pluralité des fonctions, l'insertion dans un environnement, toutes ces notions à la mode sont au Japon de telles *évidences* qu'on les nomme tradition.

L'une des essences de bois les plus prisées des Japonais est le cryptomère. Près de Kyoto, les futaies du Kitayama (la montagne du Nord), soigneusement entretenues, sont célèbres pour leur beauté. Depuis des siècles, on traite ces arbres dans de petits villages au creux d'une vallée encaissée : une fois l'écorce arrachée par les hommes, les femmes polissent les troncs à la main avec du sable mélangé d'eau et ils sont ensuite adossés aux maisons, formant des rangées d'un blanc laiteux. Ils serviront plus tard de piliers pour la construction des *tokonoma* et des pavillons où se pratique la «cérémonie du thé» *(chado* ou *cha no yu),* littéralement la «manière du thé», l'«eau chaude du thé».

## La «voie du thé»

L'art du thé, caractérisé par le goût pour les objets aux lignes sobres, le culte du geste retenu, a eu une grande influence sur l'esthétique japonaise. C'est notamment du *chado* que provient l'aménagement dans la pièce d'une alcôve spéciale pour la contemplation *(tokonoma)* qui désormais fait partie du décor nippon.

Nulle part ailleurs qu'au Japon l'acte de préparer et de boire du thé n'a acquis une signification aussi grande, tant par son influence sur l'esthétique que par le rôle de code de savoir-vivre que joue ce rituel, avec ses variantes subtiles qu'enseignent différentes écoles. Car il règle non seulement la façon de manipuler les ustensiles pour sa préparation et la manière de le boire, mais précise aussi comment il convient de marcher, de s'asseoir, de s'incliner. L'une des écoles les plus connues, Urasenke, ne compte pas moins de cinq millions d'élèves.

A l'époque des Tang en Chine (vii$^e$-x$^e$ siècle), le thé était une médecine. La poudre de thé vert que l'on sert dans le *chado* est arrivée du continent au Japon au xiii$^e$ siècle dans les bagages des moines zen qui y trouvaient un stimulant à la méditation. Le long processus qui allait amener au *chado* comporte plusieurs éléments, explique le maître du thé contemporain, Sen Soshitsu : d'abord, le rituel qui se développe dans les temples; ensuite, les réjouissances auxquelles se livrait l'aristocratie; l'apparition enfin d'une classe de marchands aux xv$^e$ et xvi$^e$ siècles qui, contraints par les règlements shogunaux à ne pas paraître plus riches que les seigneurs, compensaient leur frustration en achetant des bols de grand prix pour pratiquer l'art du thé. Certaines personnalités comme l'ancêtre du maître, Sen no Rikyu (1522-1591), qui fixa les grandes règles de l'art du thé, jouèrent un rôle important; mais on relève aussi l'influence inattendue du christianisme qu'intro-

*Le rituel du thé.*

duisit François Xavier sur l'archipel : selon Sen Soshitsu, les gestes de purification des récipients et des ustensiles ont été en partie inspirés à son ancêtre par le cérémonial de la messe; de même, la petite porte du pavillon de thé, qui force à se baisser pour entrer, aurait pour origine la «porte étroite» de l'Évangile selon saint Matthieu... Trouve-t-on la «paix au fond d'un bol de thé»? Le *chado* consiste à réunir quelques amis afin de goûter ensemble le charme de la contemplation en appréciant des objets choisis en fonction des saisons. L'hôte prépare lui-même les lieux. Chaque détail doit être soigné. Point extrême où la vie devient art.

Le cadre et la discipline des gestes de la préparation et de la dégustation du thé vert en poudre battu, qui lui donne un aspect mousseux *(usucha),* doivent permettre de se couper des réalités quotidiennes et de trouver une paix intérieure en se concentrant sur ce qui se passe dans la pièce. Le rythme est lent, entrecoupé de longs interludes : le *chaji,* au cours duquel on sert des mets, du *usucha* et du *koicha,* thé extrêmement épais, presque bourbeux, dure quatre heures. Les préceptes de Sen no Rikyu sont exprimés par quatre caractères qui signifient «harmonie», «respect», «pureté» et «tranquillité». Le pavillon de thé par son dépouillement, le jardin à travers lequel on y accède par un chemin de pierres plates savamment décalées au milieu des mousses – un «parcours» que l'on retrouve dans presque tous les jardins japonais – sont autant d'éléments qui, comme le rinçage symbolique des doigts et de la bouche avant de pénétrer dans le pavillon, tendent à faire du lieu un refuge de sérénité. Aujourd'hui, l'art du thé est devenu une convention sociale et ses «maîtres», pour la plupart, des sortes d'instituteurs de bon goût. Il perd son sens s'il ne concerne pas la vie entière de ceux qui le pratiquent.

## Le jardin

«Un pavillon de thé est un endroit plaisant, je le veux bien, mais les lieux d'aisance de style japonais, voilà qui est conçu véritablement pour la paix de l'esprit», écrit Tanizaki (toujours dans *Éloge de l'ombre).*

«Accroupi dans la pénombre, baigné de la lumière douce des *shoji* et plongé dans ses rêveries, l'on éprouve à contempler le spectacle du jardin qui s'étend sous la fenêtre une émotion qu'il est impossible de décrire (...) C'est dans la construction des lieux d'aisance que l'architecture japonaise a atteint au sommet du raffinement.» Si par ce texte s'exprime l'esprit volontiers provocateur de Tanizaki, sa description contient une part de vérité – ces «lieux» sont, dans des maisons souvent privées de tout-à-l'égout, d'un raffinement certain, décorés de fleurs et percés de petites fenêtres d'où l'on découvre le ciel et les arbres –, mais elle illustre aussi à merveille l'une des caractéristiques de l'habitation nippone : être en contact direct avec le jardin, entretenir une complicité entre le dehors et le dedans.

A l'époque Heian, l'une des idées fortes de l'architecture était d'isoler et de réunir des espaces par des galeries couvertes qui intègrent le jardin aux bâtiments, et réciproquement. Le jardin est un complément de la construction, et les Japonais se sont particulièrement attachés à développer les espaces intermédiaires entre l'extérieur et l'intérieur. La maison japonaise répond à d'autres exigences que le confort. Son univers feutré aux couleurs assourdies, où les seuls bruits sont ceux du glissement des cloisons ou des pieds sur les nattes, doit être investi par la nature : le vent s'y insinue, la fait craquer. Le bruit de la pluie sur le toit ou dans le jardin doit pouvoir y être entendu. C'est à partir de l'époque Muromachi que l'esthétique du jardin se développa vraiment, sous l'influence du zen. A la conception des jardins-promenades nés à l'époque des châteaux et qui sera l'un des modèles des jardins d'Edo, s'ajoute celle, beaucoup plus élaborée, des jardins dits zen. Ils sont de deux types.

Le jardin vert, «naturel» – dont l'expression la plus parfaite est celle du jardin de thé –, utilise un agencement d'essences toujours vertes et un arrangement de pierres «abandonnées». Selon Pierre Landy, le jardin se fait à la fois «tableau et poème» . Tableau, il le sera d'autant plus qu'il est souvent destiné à être vu de l'intérieur dans le «cadre» d'un *shoji* ouvert. Le jardin de la villa impériale Katsura mais aussi celui de l'ermitage Shisendo à Kyoto, aux dimensions plus modestes, sont les expressions les plus réussies de cette conception. Autre caractéristique de ces jardins, comme d'ailleurs de ceux dits «de promenade» : l'emprunt au paysage *(shakkei)*. Le jardin s'ordonne en fonction de l'environnement : montagne, arbres qui n'en font pas partie mais lui donnent sa profondeur. La villa Katsura joue beaucoup du trompe-l'œil pour suggérer la perspective. Celle-ci, telle que la conçut la Renaissance (et bien qu'elle ait été connue des Japonais), n'a jamais prévalu : la troisième dimension a plutôt été suggérée, «mimée» par une sorte de «relief intérieur» (l'expression est de Baudrillard) que rendue par une ligne de fuite en profondeur. Cette technique, qui déjoue la position privilégiée du regard, peut être l'expression du refus des Japonais d'une vision anthropocentriste du monde, alors que, dans leur conception de la relation homme-nature, l'homme n'est qu'un élément de l'ordre des choses. Ne peut-on voir un extrême de ce trompe-l'œil dans le *bonsai* (arbre nain)? Faire grandir, disons, un cèdre dans un pot, n'est-ce pas le comble de l'artifice? Ne s'agit-il pas aussi de trompe-l'œil lorsque, sur le microcosme d'un plateau de repas, une infinité de petits plats et de menus aliments donnent l'impression de l'abondance?

Le deuxième type de jardin «zen» est le jardin sec, fait de rochers et de sable. Réduit à un espace ratissé, piqué d'une ou de plusieurs pierres, il tend à figurer l'immensité du vide, les rochers prenant signification pour accentuer l'austère étendue du sable. Ces jardins sont-ils aussi chargés de symbolisme et d'ésotérisme qu'on le dit? Certains, comme ceux du temple Daisen-in, à Kyoto, «racontent» un véritable cheminement. D'autres sont simplement agréables à l'œil.

L'une des caractéristiques des jardins japonais, dont le propre est d'exprimer l'équilibre subtil, la diversité et l'immensité de la nature, est le refus de la symétrie. C'est en fait l'une des marques de la «japonisation» des arts venus du continent. De même que l'époque Heian renonça peu à peu à la symétrie dans la construction

*Bonsai.*

des temples, les arts qui s'inspirent du zen la rejetteront en privilégiant l'inachèvement des formes, voire leur imperfection dans un souci précis : «Devant un cercle parfait, on suffoque. Le beau parfait accapare tout l'être et interdit d'introduire quelque chose de soi», dit un maître zen de Kyoto. Doit-on voir la même préoccupation dans la pause du *haiku* : fracture du langage, «effraction du sens», disait Barthes, où résonne l'écho des mots qui semblent s'effacer devant ce qu'ils nomment?

Évoquer plus que montrer, dévoiler à demi, toujours donner un cadre invisible mais précis au regard sont des constantes de l'esthétique japonaise. L'arrangement floral *(ikebana)* est le contraire de la profusion de nos bouquets. Il joue sur les volumes et la profondeur. A l'origine, c'était un rite religieux de présentation des fleurs sur l'autel : le dieu étant censé descendre par la tige. «Avec un peu d'eau et une branche fleurie, évoquer l'immensité des rivières et des montagnes», dit une fois un maître de l'*ikebana*. «Pas des fleurs épanouies mais en bouton», soulignait le maître de thé, Rikyu.

La prédilection des Japonais pour une beauté «mate» qui ménage elle aussi une possibilité d'interprétation est l'un des concepts clés de l'esthétique. Encore une fois, écoutons Tanizaki : «Non point que nous ayons une prévention *a priori* contre tout ce qui brille, mais à un éclat superficiel et glacé nous avons toujours préféré les reflets profonds, un peu voilés (...), ce brillant légèrement altéré qui évoque irrésistiblement l'effet du temps.» Des notions comme *sabi, wabi,* expriment cette patine du temps, ce lustre né de l'usage.

## Le temps

De même que leur conception de l'espace exprime un sentiment d'immanence, les Japonais privilégient une notion du temps axée sur l'impermanence : il n'y a pour l'homme d'horizon qu'«ici et maintenant». La soumission des Japonais au réel, aux limites de l'existence, se traduit dans leur conception du temps par la primauté accordée à l'éphémère, au fragile : «Le parfum de la fleur de cerisier sauvage épanouie au soleil levant.» Le passé n'existe plus et le futur n'est pas encore là. Le temps est sans début et sans fin. Il n'est qu'une succession d'événements.

On dit souvent que la conscience aiguë des Japonais du caractère fugace, transitoire des choses s'explique en partie par un environnement instable (fréquence des séismes et des typhons). En fait, ce sentiment de l'éphémère n'apparaît dans la littérature qu'à l'époque Heian (Vᵉ-XIIᵉ siècle). Il est absent des premiers textes, du *Kojiki* par exemple. Le bouddhisme, qui insiste sur la précarité des choses, n'est certainement pas étranger à cette sorte de pessimisme fondamental des Japonais, pour lesquels l'échec et l'impuissance sont inscrits dans l'entreprise humaine. La résignation, le «il n'y a rien à faire» *(shikata ga nai)* de la sagesse populaire, se retrouve au niveau de la pensée historique. L'histoire est perçue comme une succession de moments. Le temps n'est ni cyclique ni linéaire, il est fragmenté. L'éminent historien Maruyama Masao note le phénomène en distinguant l'histoire «faite par l'homme» comme la connaît l'Occident et celle qui n'est qu'«un mouvement des choses sur lequel il n'a pas prise» et qui a traditionnellement prévalu au Japon. Les événements se produisent les uns après les autres sans qu'un «sens» les structure ou les enchaîne. Ce qui a plusieurs conséquences. D'abord, le concept de continuité est évacué de l'histoire au profit du groupe : d'une manière symptomatique, le culte des ancêtres a toujours été annexé par les autorités pour servir leurs intérêts : il sera assimilé à la vénération de l'empereur au moment de Meiji. Les réformateurs de l'époque, en construisant l'image d'un être divin descendant du soleil, consacraient en même temps l'«immortalité» bio-sociale du groupe. La continuité du groupe posée comme une donnée plutôt qu'un objectif à atteindre explique peut-être, comme le note le critique Kato Shuichi, l'absence d'engagement au nom de valeurs transcendant la communauté et la difficulté d'implantation des «utopies» porteuses de transformations sociales : penser une société idéale suppose la possibilité d'imaginer un autre monde.

Ces conceptions conduisent à des attitudes devant la vie et la société radicalement différentes de celles du monde chrétien : la croyance en un au-delà permet à l'homme de contester l'ordre établi au nom d'autres valeurs; et même s'il perd la partie, de ne pas se sentir «abandonné de Dieu». Au Japon, si l'homme sans relation avec un principe transcendantal est condamné par la société ou vaincu par les événements, il n'a pas d'échappatoire. Le juge, en dernière instance, demeure la société. De là l'importance et le culte de la «face». La perdre, c'est plus que souffrir d'une blessure d'amour-propre ou être touché dans son honneur : c'est toute la personne qui se défait puique l'individu n'existe que dans sa relation avec autrui.

Sans doute les Japonais sont-ils pénétrés de la justesse de la parole du poète :

*J'ai connu exactement ce qui vit*
*au milieu des rires et des pleurs*
*c'est rien exactement*

et pourtant, la vitalité des habitants de l'archipel démontre qu'ils sont loin d'être des hindous. Comme l'hindouiste, sans doute semblent-ils dédaigner la matière et ont-ils en commun avec lui une certaine idée du néant. Mais à la différence de celui-ci, qui reste obsédé par ce qu'il refuse, et s'immobilise dans un sentiment de vanité de toutes choses, les Japonais ont découvert dans l'impermanence du monde, dans ce que l'on peut traduire par le «pathétique des choses» (*mono no aware* : «la douce mélancolie des choses», selon R. Sieffert), une force aussi mobilisatrice que l'espoir chrétien en un monde meilleur.

C'est cette sagesse qui conduit les Japonais à ne pas dédaigner le monde des apparences, mais au contraire à se complaire dans ce qui subit le règne du temps. Ils savent l'illusion et la font peut-être «assez illusoire pour qu'elle voile le tragique», selon l'expression de Nietzsche. Pays sans ruines, le Japon paraît ne pas avoir de culte de la durée. La maison, par sa fragilité fondamentale, suggère l'impermanence et non une aspiration à l'éternel vers lequel tendent nos demeures de pierre. Mais en voulant braver le temps, celles-ci le subissent par leur vieillissement. Pas au Japon. Parce que, comme le notait Mishima, il n'y a pas ici de distinction entre l'original et la copie : les Japonais reconstruisent. Apparemment complices du temps, se pliant à ses contraintes, ils ne le maîtrisent pourtant pas moins. Le sanctuaire d'Ise, toujours rebâti, apparemment immuable et pourtant toujours neuf, est placé en marge du temps, hors de son atteinte. Les Japonais instaurent un temps immobile qui n'est pas l'éternité, mais qui n'épargne pas moins à leurs édifices le destin des nôtres.

## La mort

Toute société, pour exorciser la mort et l'intégrer dans la continuité sociale, l'a ritualisée. Mais la «mort choisie», le suicide, a été perçue par la plupart comme un trouble. En faisant de cette mort un acte et un rituel – voire une esthétique –, le Japon est censé l'avoir dépouillée de son caractère de trépas.

Le suicide de l'écrivain Mishima relève de cette «folie de mourir» *(shinigurui)* du code des *samourai*, dont les *kamikaze* de la dernière guerre, torpilles humaines s'abattant sur l'ennemi, auront été un exemple moderne. Dévouement à une cause, confusion du nationalisme et du sacré. Sans doute. Plus profondément, la vénération de l'acte viril, le rejet de toute spontanéité heureuse, du courage facile et du bonheur sans vertu. Le mouvement contenu du *nô,* le geste retenu de l'art du thé, la violence maîtrisée du *kendo* (art martial), la mutilation du corps dans l'art du tatouage sont de la même veine. Le *seppuku,* par l'extrême douleur qu'il provoque – maximale, dit-on, lorsqu'il est effectué verticalement comme ce fut parfois le cas –, devient le stade achevé de l'honneur, l'expression suprême de l'existence : briser la médiocrité d'une vie pour atteindre, ne fût-ce qu'un instant, l'essentiel. Sans doute les soldats, qui, de Guadalcanal à Saipan, se battirent jusqu'au dernier des blessés et préférèrent se tuer que se rendre, comme ces femmes et ces enfants d'Okinawa se précipitant des falaises à l'arrivée des

Américains, n'ont-ils jamais formulé, sinon sous forme de poèmes ultimes, leur «folie de mourir». Leurs actes procèdent pourtant de la même démarche que celle de Mishima.

## Le goût national

Les rites, les comportements, dont Mishima voulait qu'ils soient aussi «façonnés en œuvre d'art» comme les traditions, si nombreux et apparemment immuables au Japon, sont, plus que ses monuments, les véritables expressions d'une continuité culturelle et nationale.

Au Japon plus qu'ailleurs sans doute, la relation au beau a été un acte d'adhésion aux valeurs convenues et répertoriées du groupe. Cette diffusion des normes esthétiques s'explique d'abord par la minutie des réglementations de la bureaucratie Tokugawa qui s'étendirent aux plus infimes aspects de la vie quotidienne. Le goût comme le reste est affaire d'édit. La couleur, la coupe, la texture et même le nombre des points des vêtements, la coiffure, la longueur des poutres des maisons, les éléments de la décoration, la forme des lanternes : tout était soumis à la norme. Cette standardisation de l'esthétique quotidienne et son uniformisation selon les principes hiérarchiques de la société eurent des effets d'intégration plus profonds que bien des législations. La conséquence fut le renforcement des clichés esthétiques : prisonnier de son lexique, le beau devient un élément impératif de la vie sociale.

Un deuxième phénomène de diffusion des valeurs va se produire à l'ère Meiji qui, lui, visera à homogénéiser la nation : c'est la «samouraïsation» de la société, l'imposition à l'ensemble du corps social d'un certain nombre des valeurs de l'élite. Cette époque réglementa aussi à tour de bras : la sublimation du dénuement le cédant à un puritanisme de bourgeoisie naissante. C'est à partir de Meiji que le *kimono* prit, pour toutes les femmes, quel que soit leur rang, la forme quelque peu «victorienne» qu'on lui connaît aujourd'hui. L'idéal féminin n'était plus ces beautés à chignon fabuleux et *kimono* tombant en vagues que nous montrent les estampes.

## La politesse

Le beau a ainsi perdu sa spontanéité, toute déviation étant étouffée par le système de politesse. Courbettes, sourires, excuses et cadeaux dénotent assurément une société policée à l'extrême sans que pour autant ce rituel doive être assimilé à une «gentillesse naturelle». La politesse japonaise est un code, infiniment plus élaboré et minutieux que le nôtre, dont les innombrables formules sont l'expression, mais qui ne s'applique pas en toutes circonstances. La politesse tend à exclure l'imprévu : à partir du moment où l'on sait qui est qui (et les cartes de visite, essentielles dans la vie japonaise, ont cette fonction), tout peut se dérouler de manière purement formelle. Au Japon, on s'incline selon des degrés de profondeur institutionnalisés (on a même inventé pour les jeunes des machines à apprendre à s'incliner...) mais il ne s'agit en rien d'un acte condescendant ou humiliant. Le protocole, geste ou masque, est une sorte de mécanisme de défense : le cœur ne s'engage pas. «Le salut est soustrait à toute humiliation ou à toute vanité puisque à la lettre il ne salue personne», écrit Barthes. A l'extrême, ce ne sont pas deux personnes mais deux représentations socialement situées qui se saluent. Ce formalisme, en décrispant les relations, permet à la gentillesse de s'exprimer s'il y a lieu. La politesse n'en est pas la manifestation; elle en est la condition.

Monde des apparences convenues, la politesse, «ce revêtement de civilisation», est un facteur sécurisant et donc stabilisateur; c'est bien pourquoi les entreprises insistent tant pour que leurs employés en respectent les normes.

De même dans l'échange des cadeaux ne doit-on voir rien d'autre qu'un exercice vide : il s'agit de donner une matérialité à la symbolique de l'échange, rituel communautaire, signe éventuel de respect ou de déférence. Mais le paquet – couvert de son papier blanc avec des décorations rouges et dorées qui le désigne comme cadeau – et l'enveloppe, qui souvent contient de l'argent, avec tout l'art et les rites qui s'y attachent, ne sont qu'une manière d'indiquer ou de voiler ses inten-

*Des degrés d'inclinaison institutionnalisés.*

tions. Dans la pratique, ces cadeaux, que l'on n'ouvre jamais en présence de l'offrant, sont souvent échangés dans les magasins contre des bons d'achat...

## Luxe et volupté

Le souci du détail caractérise souvent cette société qui perfectionna sans cesse des modes d'expression pratiquement fixés dès le milieu de la période Tokugawa. Les valeurs esthétiques vont innerver le corps social – à l'exception de la paysannerie – alors que va naître, à l'époque Edo, une société de masse. Plébéienne, cette culture mêle les aspirations au luxe des marchands enrichis, qui dissimulent leur magnificence au fond de leurs demeures, et les traditions populaires que véhiculent les artisans venus grossir les villes.

La dynamique qui s'opère à partir de la seconde moitié de l'époque Edo est d'autant plus forte que si les marchands adoptent certaines valeurs de l'aristocratie, les *samourai* appauvris sont de plus en plus influencés par celles de la bourgeoisie. L'un des lieux privilégiés de la rencontre des deux classes à l'extrême de l'échelle sociale, ce sont les quartiers de plaisirs. Les marchands ne vivaient l'éthique confucéenne que comme un emprunt à l'aristocratie, et la société des Tokugawa fut avant tout hédoniste. Le bouddhisme, sécularisé depuis des siècles et utilisé comme arme politique contre le christianisme, ne constituait pas une force capable d'entraver les désirs d'une classe de marchands aussi experte à manier le *soroban* (boulier) qu'avide de dépenser pour son plaisir. Régis selon des règlements particuliers, ces quartiers de plaisirs appelés «quartiers des fleurs», où se prostituer se disait «vendre le printemps» *(baishun)* – une expression toujours employée aujourd'hui, le caractère de printemps se retrouvant aussi dans le mot *shunga* désignant les estampes érotiques –, étaient le cadre de ce «monde flottant». Un espace de liberté et de rire dans une société par ailleurs enrégimentée qui caractérise la période Edo. L'écrivain Ihara Saikaku (1642-1693), dans *la Vie d'une amie de la volupté* et dans *Cinq Amoureuses* (selon les titres des traductions françaises), décrit avec un regard incisif cette société artificielle mais haute en couleur dans sa frénésie de jouir, avec son tragique et ses misères.

L'estampe surtout rend compte de ce monde paradoxal qui suscite un art à la fois raffiné et plébéien tant par ses sujets que par le public auquel il s'adresse. Un modèle non dénué de truculence, bien éloigné de la frugalité et de la réserve qu'on prête à la «nature» nippone. L'un des thèmes des estampes est l'érotisme : *le Chant de l'oreiller,* édité en 1660, est un guide de ce fameux quartier de plaisirs d'Edo, mais aussi un recueil de techniques amoureuses. Utamaro, sensuel, morbide parfois, excellera à rendre ces atmosphères sans pour autant négliger le monde végétal, avec par exemple son *Livre des insectes* ou *les Dons de la marée* qui représentent des coquillages. L'autre grand thème des estampes sera le portrait des acteurs de *kabuki* dans leurs gesticulations scéniques ou saisis comme des masques grimaçants; les œuvres de Toshusai Sharaku dénoteront à la fois réalisme et pénétration psychologique.

### Les artisans

Les maîtres des estampes furent souvent des artisans et les innombrables objets, ustensiles, tissus, vanneries, etc., qui nous donnent à penser que les Japonais sont un peuple esthétisant, sont d'origine artisanale : les tissus indigo *(kasuri),* la nasse à poissons des rivières ou les tatouages sont aussi révélateurs de la sensibilité artistique des Japonais que le rendu de la brume ou l'instant de la vague de tel peintre.

L'héritage culturel que représente l'artisanat japonais est peut-être sans égal au monde : ses productions préservent partiellement la qualité de la vie quotidienne. Elle sont liées aux traditions paysannes, aux fêtes, aux régions. Des lanternes de Gifu aux laques de Wajima ou aux objets de bois de la vallée de Kiso, des cerfs-volants aux peignes ou aux poteries de Mashiko – la liste n'est qu'indicative –, l'artisan a été l'un des maîtres d'œuvre de la culture nippone. Certes, il travaillait pour l'aristocratie, contrainte par le *shogun* à des dépenses somptuaires qui l'affaiblissaient, ainsi que pour les «nouveaux riches», mais il contribua aussi à une amélioration de la qualité de la vie courante de la population.

Encore une fois, les productions de l'artisanat ne sont pas faites pour être regardées mais pour être utilisées. «La beauté naît de l'usage»; et dans l'union entre l'artisan et la matière, la personnalité de celui-ci s'efface et son œuvre atteint à une certaine universalité parce qu'elle sera marquée par la vie : ces idées sont celles de Yanagi Soetsu qui, en 1920, inventa le mot *mingei* qui veut dire littéralement «arts populaires» [1]. Il n'y a pas jusqu'à l'art du thé qui ne s'inspirât, dans la construction de ses pavillons ou dans ses ustensiles, de la simplicité, de l'absence de prétention des produits de l'artisanat.

A quel destin est voué l'artisanat nippon? Il est reconnu, fait l'objet de guides en anglais et «bénéficie» de la frénésie touristique qui, en le maintenant en vie, le détourne aussi de sa vocation. L'État encense parfois ses artisans dont il fait des «trésors nationaux vivants». L'artisanat, comme beaucoup de pratiques artistiques, est entré dans le circuit de la consommation auquel l'art du thé ou l'arrangement floral n'ont pas échappé.

Pour les objets usuels – dans une société où domine le plastique –, la simplicité, la qualité et le faible prix, caractéristiques selon Yanagi des productions artisanales, sont devenus synonymes de luxe. Prenons le bambou : en un siècle, il a quitté le domaine du quotidien et du familier pour celui du privilège; de la devanture du boutiquier, il est souvent passé à celle du magasin d'art prétendument «populaire». Pourtant, les artisans continuent à travailler, souvent humbles et sans richesses, et leurs produits, ou ceux issus des formes qu'ils ont inventées, fabriqués en série, confèrent encore une valeur à la vie quotidienne japonaise. Cela dit, le matériel de base des objets tend de

1. Il existe des musées d'art populaire au Japon, notamment, à Tokyo, le Nihon Mingeikan (4-3-33 Komaba, Meguro-ku, Tokyo).

plus en plus à perdre ses vertus «japonaises». Le *tatami* en fibres synthétiques, l'*ikebana* ou le «bambou» en plastique laissent penser que si en apparence les normes de l'esthétique japonaise demeurent, nombre de ses expressions ont été vidées de leur contenu civilisateur : une mort lente mais une mort tout de même.

*La Bourse de Tokyo.*

# Le Japon dans le monde

Au milieu des années quatre-vingt, la production du Japon représentait 10 % de celle de l'ensemble de la planète. A la fin du siècle, elle atteindra sans doute 20 %. Alors les avoirs nippons à l'étranger auront dépassé le milliard de dollars. Comme l'avait fait la Grande-Bretagne du temps de son empire (1848-1914) et les États-Unis par la suite, le Japon, transformant sa capacité industrielle en puissance financière, est en passe de devenir le principal créancier du reste du monde. Ce nouveau Japon, riche et puissant, ne peut plus se prévaloir, comme il le fit longtemps, de la fragilité de son économie et du traumatisme d'Hiroshima pour se tenir en retrait de la scène internationale. Il manifeste désormais des appétits certains et il a les dents longues.

## Le Japon et les autres

Depuis la fin de la Seconde Guerre mondiale, les Japonais ont pensé qu'ils avaient une vision claire, évidente de leur destin : habitants d'un pays pauvre en matières premières, ils devaient travailler dur pour payer l'importation des produits dont ils avaient besoin. Cette mentalité de «pays pauvre» a prévalu jusqu'à la première crise pétrolière, en 1973. Ayant mieux encaissé le coup que la plupart de ses partenaires, le Japon s'est alors inopinément découvert résistant et puissant. Puis, à la fin de la décennie suivante, dégageant chaque année des excédents commerciaux records et disposant d'une monnaie forte, il s'est découvert riche... Et quelque peu désorienté. Car ses succès à l'exportation qui devaient réduire sa vulnérabilité aux aléas de la conjoncture internationale avaient précisément l'effet inverse puisqu'il s'est trouvé la cible d'attaques, de pressions et de menaces de protectionnisme de plus en plus vives de la part de ses partenaires et notamment de son grand allié, les États-Unis.

L'alliance politique et militaire privilégiée du Japon et des États-Unis se double désormais d'une rivalité économique de plus en plus évidente au fur et à mesure que se précisent les intérêts d'une nation qui tend à devenir omniprésente et joue désormais un rôle déterminant dans la stabilité (ou le déséquilibre) de la situation économique mondiale.

Bien qu'ils se retranchent volontiers derrière les principes du libéralisme et les lois du marché, les Japonais ont pris conscience d'une réalité : ils ne peuvent réussir qu'aux dépens des autres. La «guerre économique» qui les oppose aux Américains, et dont les accrochages sectoriels qui se succèdent ne sont que des péripéties au regard du long terme, les a contraints à s'apercevoir que le problème n'est pas seulement économique mais bel et bien politique. Au cours des orages qu'ils ont traversés, à partir du moment où ils se taillaient, parfois à la «hussarde», des places sur le marché mondial, les Japonais ont toujours cherché à temporiser. Mais les courbettes et les promesses, aussi souvent répétées que non tenues, finissent par ne plus suffire. Lentement, et presque douloureusement, les Japonais se sont aperçus que leur intégration au sein de la communauté économique internationale supposait des sacrifices. Certes, au cours du siècle écoulé, le Japon a fait preuve d'une étonnante aptitude au changement. Mais cette fois, il doit prendre des décisions pénibles qui risquent de remettre en cause les «recettes» du modèle de développement nippon, c'est-à-dire les orientations fondamentales de sa stratégie industrielle depuis le début des années soixante. Il lui faudra pour cela une réelle volonté politique.

Or, l'un des paradoxes du Japon puissant de cette fin de siècle, qui est clairement apparu au milieu des années quatre-vingt, tient à son enlisement politique. Celui-ci a des causes profondes. L'Occident, parmi ses mythes sur le Japon, se berce de l'idée que dans ce pays tout est planifié, organisé, décidé de manière «harmonieuse» et que tous les acteurs sociaux s'exécutent comme un seul homme dès que le pouvoir a fait connaître ses directives. C'est là une illusion. Le système de prise de décision au Japon suppose, on l'a vu, un équilibre entre les intérêts des groupes semi-autonomes qui se partagent le pouvoir : la bureaucratie, les clans politiques, le grand capital. Mais il n'y a pas au sommet une instance suprême capable d'arbitrer et de trancher. A l'époque Meiji, certes, le pouvoir politique a été centralisé, mais par la suite il se fragmenta, permettant aux militaires d'asservir la nation à leur dessein. Au lendemain de la guerre, l'impératif du redressement économique souda les intérêts : la bureaucratie et le pouvoir politique (c'est-à-dire le parti dominant, libéral-démocrate, au pouvoir depuis 1955) gérèrent avec le succès que l'on sait la haute croissance et firent passer au pays les premiers obstacles. Mais au cours de ce processus, le pouvoir politique, pris dans les rets des lobbies sur lesquels il repose, abdiqua peu à peu devant leurs intérêts, renonçant en particulier à sa responsabilité d'ajustement et de rééquilibrage (l'un des meilleurs exemples de ce renoncement étant une spéculation foncière effrénée, devenue un mal endémique). Cette relative vacuité du pouvoir politique a contribué à exacerber les anomalies du système socio-économique nippon au cours de la décennie quatre-vingt : ainsi, pour ne pas perdre leur part de marché, les grands groupes industriels ont-ils cherché à accentuer leur avance, tandis que sur le plan intérieur aucun remède n'a été apporté à une répartition traditionnellement déséquilibrée de la richesse nationale, privilégiant le grand capital au détriment des salariés. Un mécanisme qui a certes contribué au succès économique du Japon mais qui a provoqué aussi un emballement de la machine et fut à l'origine de frictions de plus en plus sérieuses avec ses partenaires. Le pouvoir politique nippon, brillant régisseur de la croissance, n'a pas évité au pays une crise structurelle, rançon d'une puissance bâtie sur des réformes différées. Celles-ci constitueront les grands choix auxquels sera confronté le Japon de cette fin de siècle.

Sur la scène politique internationale, le Japon est aussi appelé par ses alliés, et d'abord les Américains, à modifier sa position et en particulier à participer davantage à la défense du camp occidental. En fait, depuis la fin de la guerre, les Japonais ont fait étalage d'un pacifisme dont on n'a pas lieu de remettre en cause la bonne foi, mais qui, indéniablement, servit aussi leurs intérêts économiques. Lié aux États-Unis par le traité de sécurité signé en 1951, renouvelé en 1960 pour une période de dix ans, puis reconduit tacitement par la suite tant que l'un des deux signataires ne le dénonce pas avec un préavis d'un an, le Japon s'est longtemps complu dans un rôle de «nain» politique bien qu'il soit devenu un géant économique.

Les Japonais ont donc été plus «réactifs» que véritablement «actifs» sur la scène internationale : ce sont des événements extérieurs, qualifiés de manière symptomatique de «chocs», qui vont faire sortir Tokyo de son immobilisme. Ce furent d'abord les «chocs Nixon», en 1971 (dévaluation du dollar et reprise des contacts avec la Chine). Si le Japon se dégagea l'année suivante des séquelles de la guerre froide contre la Chine en rétablissant des relations diplomatiques avec Pékin, c'est uniquement que Washington lui en avait montré la voie. En 1973, nouveaux «chocs» : le Japon se découvre sur la «liste noire» des pays arabes et se trouve en butte à de vives critiques de la part des pays d'Asie du Sud-Est pour la politique «impérialiste» qu'il mène dans la région. En 1975, enfin, survient la défaite américaine au Vietnam, précédant le retrait des forces des États-Unis du continent asiatique (notamment de Thaïlande). Le Japon fait au cours de cette période l'expérience de la solitude. Le désengagement partiel des Américains d'Asie et l'instabilité d'une zone placée sous le signe du conflit sino-soviétique (dont la guerre entre la Chine et le Vietnam en 1979 a été une manifestation) l'invitèrent cependant à jouer un rôle plus actif dans le maintien des équilibres régionaux.

Il a longtemps manqué au Japon une force militaire à la mesure de sa puissance et surtout une volonté d'être présent sur la scène internationale. Des évolutions dans ces deux domaines ont commencé à se dessiner au milieu des années quatre-vingt. Depuis de longues années, les Japonais avaient contourné les dispositions de leur Constitution qui, prises à la lettre, leur interdisent d'entretenir une armée sur l'archipel[1]. Jouant sur les subtilités, les Japonais ont conclu que l'article 9 de la loi fondamentale ne leur nie pas le droit légitime de se défendre : la police nationale de réserve, créée en 1950, devint ainsi une force d'autodéfense (c'est-à-dire une armée) qui comptait, à la fin des années quatre-vingt, deux cent cinquante mille hommes. En 1986, le Japon a versé pour sa défense 22,5 milliards de dollars. Bien que faibles par rapport au PNB, ces dépenses sont presque égales à celles de l'Allemagne fédérale. Les Premiers ministres successifs résistèrent aux pressions américaines en faveur d'un réarmement. Une politique que consacra M. Miki en 1976 en instituant le principe du seuil à ne pas franchir de 1 % du PNB pour le budget militaire de défense. L'avantage économique de l'option «pacifiste» japonaise n'en est pas moins évident : chaque année plusieurs milliards de dollars ont pu être affectés à d'autres postes du budget que la défense. Il n'y a pas de miracle : si le Japon a pu consacrer moins de 1 % de son PNB à la défense, c'est parce que les États-Unis y sacrifiaient, eux, plus de 6 %.

L'affaiblissement des mouvements pacifiques, l'infléchissement de la plupart des partis d'opposition traditionnellement hostiles au réarmement mais sensibles à une opinion publique partagée entre l'«allergie nucléaire» du premier pays atomisé et le réalisme de la jeune génération, et enfin la pression des milieux d'affaires soucieux de développer l'industrie d'armement, ont permis au Premier ministre Nakasone d'enterrer sans trop de remous en 1986 le principe du seuil des 1 %. Le verrou a sauté mais les divergences de vues

1. L'article 9 de la Constitution stipule : «... Le peuple japonais renonce à jamais à la guerre en tant que droit souverain de la nation (...) Pour atteindre le but fixé (...), il ne sera jamais maintenu de forces terrestres, navales ou aériennes, ou autre potentiel de guerre (...)»

entre Américains et Japonais n'en sont devenues que plus évidentes. Certes, sur le plan des alliances et de la stratégie globale, il y a convergence. Mais celle-ci est moins évidente dans la mise en pratique de cette alliance. Les Japonais savent parfaitement que, si Washington leur demande d'être plus actifs en matière de sécurité, il n'est pas question pour les États-Unis que Tokyo se dégage de sa situation de dépendance.

L'une des caractéristiques de la nouvelle génération qui, derrière les gérontes du premier plan, mène effectivement le Japon, est l'absence d'inhibition à l'égard de la force militaire. Chez ces jeunes hauts fonctionnaires, la prise de conscience de la puissance nationale est plus forte que chez leurs prédécesseurs, ou du moins plus ouvertement affirmée, et ils font preuve de cette volonté politique, longtemps étouffée, de faire entendre la voix du Japon sur la scène internationale. Cette volonté peut se traduire chez cette nouvelle élite par une certaine arrogance, rançon en fait de la condescendance avec laquelle les Occidentaux ont longtemps traité leur pays.

D'une manière générale, les Japonais de cette fin de siècle ne sont plus enclins, comme ils le faisaient encore volontiers dans les années soixante-dix, à dénigrer leurs mœurs et à priser inconditionnellement celles de l'Occident. Le temps des complexes est révolu. Les Japonais sont conscients de leur réussite. Cette satisfaction reste encore diffuse, mêlée à un sentiment d'insécurité, de précarité, et elle ne s'est pas encore traduite par une fierté nationale même si certains intellectuels cherchent à cristalliser ce renouveau d'identité en une sorte de néo-nationalisme. La jeune génération a une idéologie pour le moins flottante. Mais elle est aussi inquiète et par conséquent disponible, sensible aux manipulations politiques de tout sentiment de crise qui pourrait inopinément faire de ce néo-nationalisme, encore embryonnaire, un pôle d'attraction.

### Le Japon face à lui-même

Riche, puissant et moderne, le Japon n'en conserve pas moins une blessure secrète : celle de son identité. Depuis sa réouverture à l'étranger, au milieu du XIX$^e$

siècle, il s'interroge sur sa spécificité face à l'universalisme supposé dont l'Occident serait détenteur. Depuis plus d'un siècle, le Japon vit son rapport à l'autre sur le mode traumatisant du déchirement. Aujourd'hui, la fascination pour l'Occident s'est évanouie dans le dépassement du modèle, mais l'interrogation n'en demeure pas moins latente : le défi de l'époque Meiji a été relevé, et avec quel succès, en termes d'industrialisation et de modernisation, mais le Japon a-t-il réussi la synthèse du couple vécu comme antagonique «esprit oriental-techniques occidentales» (le mot d'ordre de l'époque Meiji), expression de la double nécessité de se moderniser en restant soi-même?

Le Japon a des difficultés à se définir non seulement vis-à-vis de l'Occident mais aussi du reste de l'Asie. La parenté culturelle, en particulier avec la Chine, est évidente. En dépit d'un siècle de modernisation, les traces d'une «présence» chinoise multiséculaire au Japon sont nombreuses : à commencer par l'écriture parsemée d'idéogrammes. L'étude des textes chinois en lecture japonaise *(kanbun)* est d'ailleurs partie intégrante de l'enseignement secondaire, comme la tradition classique en Occident. Le bouddhisme, transmis au Japon par la Chine et la Corée, le confucianisme adopté et adapté par les Tokugawa, et qui fut l'une des principales sources de leur pensée politique, sont d'autres exemples de l'influence chinoise. Peu d'expressions artistiques nippones enfin n'ont pas d'origine continentale.

Leur insularité a cependant permis aux Japonais de se dégager de l'héritage pour forger une culture originale et autonome. Mais inversement, cette même insularité les a conduits à se penser étrangers au reste de l'Asie et, au demeurant, à ne pas toujours bien comprendre les civilisations continentales. Ce sentiment fut renforcé au XIXᵉ siècle lorsque le Japon, soumis à la menace occidentale, choisit pour préserver son indépendance de se moderniser. L'image de l'Asie source de culture se transforma en un sentiment de condescendance envers des pays, et en particulier la Chine, considérés comme retardataires et incapables de faire face au défi de l'époque. Alors que la modernisation du Japon s'opérait sur des bases nationales, la Chine, investie par les étrangers avec la connivence du pouvoir impérial, ne connaissait qu'une «fausse modernisation», cantonnée aux ports et aux secteurs qui permettaient un reflux du profit vers les pays colonisateurs. Obsédés par le vide du pouvoir qu'ils constataient en Chine et en Corée, les Japonais se lancèrent dans la conquête d'un continent qui avait été la matrice de leur culture – puis ils cherchèrent à étendre leur «glacis» au reste de l'Asie. D'un côté, les Japonais, suivant les idées du grand penseur de la modernisation nippone que fut Fukuzawa Yukichi, tendaient à couper les amarres avec leurs proches voisins et à se vouloir les émules de l'Occident; de l'autre, les idéologues de la période militariste insistaient sur l'unité de l'Asie et sur le rôle messianique incombant au Japon de la sauver de l'impérialisme occidental. C'est au nom de cette mission rédemptrice que le Japon devint une puissance impérialiste. Une entreprise qui allait avoir des conséquences qui se font sentir encore en cette fin de siècle sur les relations du Japon avec ses voisins.

Au lendemain de la guerre, le Japon se retrouva isolé, banni en quelque sorte du reste de l'Asie par ceux qu'il avait cherché à placer sous son joug pour les «sauver». A la remorque des États-Unis, le Japon eut en outre à l'époque tendance à confondre la Chine avec le diable. Le rapprochement avec Pékin (normalisation des relations diplomatiques en 1972 puis signature d'un traité de paix et d'amitié en 1978) consacra un «rendez-vous historique» longtemps différé, mettant sur un pied d'égalité les deux plus grandes puissances de l'Asie.

Les rapports tourmentés qu'entretient le Japon avec l'Asie n'ont fait qu'accentuer le malaise des relations avec l'Occident dont l'un des symptômes est un discours récurrent sur la singularité du Japon. La vie dans les grandes villes du monde tend à devenir, en surface du moins, identique. Détrompez-vous, dira-t-on, la modernité dans le cas du Japon, son «américanisation» ne sont qu'une impression : le Japon serait en réalité cette «île absolue», une singularité déconnectée, qui

aurait maintenu son authenticité culturelle et son identité, la travestissant simplement de modernisme. Le
Japon dans ses habits neufs resterait tel qu'en lui-
même. En adoptant les techniques occidentales, il
aurait filtré, absorbé, digéré l'apport extérieur, rejetant
ce qui ne lui convenait pas au nom d'une obscure
conscience nationale. Il n'y a pas que les idiosyncrasies
des japonophiles pour se faire l'écho de ces particularités nippones irréductibles à tout changement. Un genre,
les *nihonjinron* (théories sur les Japonais), qui a proli-
féré au cours des années quatre-vingt, mais qui constitue en fait un courant profond de l'histoire de la pensée
au Japon, est l'expression moderne, par ses disserta-
tions sur les spécificités nationales nippones, de cette
quête séculaire d'une définition des Japonais par eux-
mêmes. Plus ou moins sophistiqués dans leur approche,
les *nihonjinron* sont destinés au grand public et les
tirages records de certains ouvrages témoignent d'un
certain trouble. En proie à un doute et à une inquiétude
latents, les Japonais cherchent, semble-t-il, à se rassurer
en se forgeant une sorte de primat irréductible de la
culture, en affirmant l'unicité de leur *shimaguni* (littéralement le «pays-île»), immuable et inaltérable dans
son essence : un Japon au-delà de l'histoire en quelque
sorte, sans déchirements internes; un Japon fantasma-
tique. Une telle démarche peut aussi ne pas être
exempte de visées plus idéologiques : toute une école de
pensée, celle dite de Kyoto, et un Institut d'études
japonaises, créé à cet effet par le Premier ministre
Nakasone en 1985, ont pour objet de «réévaluer» la
culture nippone, bref de retrouver les racines de l'identité japonaise. Nouvelle forme de la liturgie qui cherche
à revivifier l'esprit communautaire? Expression d'une
mutation du masochisme d'hier, lorsqu'il était de bon
ton de dénigrer les mœurs nippones et de prôner celles
de l'Occident? Réaction narcissique à la réussite, bour-
geonnement d'un mysticisme national, ou nouveau
«yamatoïsme» (Yamato est l'ancien nom du Japon),
c'est-à-dire culte de l'esprit nippon, dans la veine de
l'avant-guerre? L'histoire dira, levant des pans du voile
d'ambiguïtés enveloppant de tels mouvements de pen-

sée, ce dont ce «nationalisme» culturel était porteur. Il est néanmoins clair que se fait jour dans le Japon de cette fin de siècle une espèce de néo-conservatisme dont l'une des lignes directrices est une réévaluation de son rôle au cours de la Seconde Guerre mondiale.

Le caractère répétitif des arguments que véhiculent les *nihonjinron* ou les théories sophistiquées de certains intellectuels sur l'unicité du Japon témoignent d'un malaise diffus. Car la modernité japonaise est à la fois émule et rivale de l'Occident. L'une des singularités de cette modernité tenant à la dialectique entre facteurs endogènes et impact extérieur, le traditionnel ayant souvent été la matrice du moderne, et inversement celui-ci ayant introduit des ruptures mais aussi engendré des synthèses innovatrices. Poser la question d'une spécificité japonaise supposée confrontée à un universalisme, au demeurant tout aussi illusoire, de l'Occident est un faux problème.

Le Japon n'est pas placé en face d'un modèle occidental qu'il copie, rattrape, dépasse en conservant toujours son libre arbitre. Il fait partie intégrante d'une civilisation industrielle planétaire que l'on dit occidentale en se référant à une origine géographique qui désormais est secondaire. A l'extrême, le modèle de la société industrielle n'est plus occidental depuis que le Japon est partie prenante dans le concert des nations développées. Que le Japon ait au départ *choisi* un mode de production venu d'Occident, au lieu d'y avoir été contraint, comme la plupart des pays soumis au joug colonial, ne change rien au résultat. Il n'est plus aujourd'hui confronté à un modèle, mais investi de l'intérieur par un système de production qui sécrète ses propres valeurs : il les partage avec l'Occident. Il n'est pas «américanisé», «occidentalisé» : il est industrialisé. A ce titre, on peut dire qu'il ne *pratique* pas l'Occident comme un amateur qui se réserverait le droit de changer d'avis, mais qu'il est lié aux conformismes de la modernité.

Mais constatons que le Japon, en acquérant la technique moderne, a joué aux apprentis sorciers. Toute la vie quotidienne est submergée, subvertie par des pra-

*Dialectique entre facteurs endogènes et impacts extérieurs.*

tiques que l'on baptise commodément d'«étrangères», mais qui sont simplement le lot d'une modernisation sans frein. La langue d'abord : une infinité de mots anglais ont remplacé dans le langage courant des expressions japonaises parfaitement adaptées, comme si celles-ci ne suffisaient plus à signifier la réalité. L'habillement, l'habitat suivent la même évolution; même si le module demeure identique, on peut se demander ce qui reste de l'«espace japonais» lorsque des chaises, un lit et un piano envahissent la surface des *tatami*... La nourriture ensuite, la publicité à la télévision étant édifiante sur ce que le système convie les Japonais à manger : aliments instantanés, hamburgers et frites. Davantage de protéines : les Japonais ont grandi. Mais aussi davantage de féculents : l'obésité gagne, surtout les enfants. Tout cela influe sur l'esthétique féminine : les canons de beauté ont évolué radicalement, de la poupée emmaillotée dans son *kimono* à la jeune femme libre d'allure. Communications, loisirs, commercialisation et matraquage publicitaire dominent tous les aspects de la vie.

Le Japon, parce qu'il a *choisi* de se moderniser, est peut-être placé dans une situation plus difficile pour résister qu'un pays qui fut colonisé, car il n'a pas de cible pour se définir en s'opposant. D'où l'énergie avec laquelle beaucoup de Japonais revendiquent une identité et une spécificité. Ce ne sont pas seulement les étrangers qui, face au Japon «impénétrable» à leurs yeux, le déclarent unique, mais les Japonais eux-mêmes qui s'affirment différents. Et plus que l'image que le Japon donne de lui-même, c'est le fait qu'il juge nécessaire de la donner qui est symptomatique.

Le Japon est un pays de «nouveaux riches», comme la Grande-Bretagne victorienne ou l'Amérique des années vingt. Les sondages indiquent que la majorité des Japonais pensent appartenir à une classe moyenne. Cela ne signifie pas pour autant qu'ils aient une image très nette d'eux-mêmes. L'agressivité et le spiritualisme guerrier d'avant-guerre n'étant plus de mise, il y a une autre manière pour le Japon d'affirmer son identité : c'est de se vouloir «impénétrable». Préserver une opacité, ce n'est pas être fermé, mais ce n'en est pas moins être sur la défensive. Toutes vos intrusions dans le «domaine réservé» seront repoussées non pas certes sur le mode du «vous vous trompez», mais sur celui, sans appel, du «vous ne pouvez pas comprendre». Cette attitude commence inconsciemment lorsque l'étranger parle japonais : il est regardé avec surprise et, au départ, on lui répondra dans un anglais approximatif ou par des mimiques signifiant qu'on ne saisit pas. Elle s'exprime plus clairement lorsque les Japonais vous affirment que les étrangers «ne peuvent comprendre» un jardin zen ou la poétique de Bashô – alors que votre interlocuteur vous expliquera volontiers Mallarmé ou Baudelaire. Loin de nous au demeurant la pensée que l'art de ces poètes lui soit inaccessible. Le principe de réciprocité serait néanmoins souhaitable.

Ce domaine réservé, ce bastion frileusement entretenu, temple d'une identité irréductible à tout discours et d'un secret inexpugnable, n'est peut-être, comme le notait Barthes à propos du palais impérial de Tokyo, que ce centre vide autour duquel tourne la cité. Qu'il s'agisse d'une «forteresse vide» importe peu. C'est le fait de croire à son existence qui compte. Toute société qui est en train de faire son histoire – comme les pays nouvellement indépendants – doit insister sur ses ancrages culturels. Aujourd'hui, l'archipel est irrémédiablement ouvert, soumis à une internationalisation profonde : les Japonais n'en sentent que davantage la nécessité de ménager ce noyau secret, cœur d'une japonicité dont on affirme peut-être d'autant plus l'intégrité qu'elle s'enfuit.

*Fête («matsuri»).*

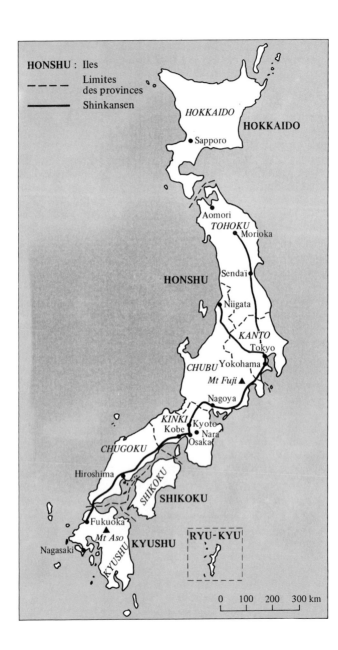

HONSHU : Iles
- - - - Limites
des provinces
———— Shinkansen

HOKKAIDO

*HOKKAIDO*

● Sapporo

● Aomori
*TOHOKU*
● Morioka

HONSHU

Sendaï ●

Niigata ●

*KANTO*
Tokyo
*CHUBU* Yokohama
*Mt Fuji* ▲
Nagoya ●

*KINKI* Kyoto
Kobe ● Nara
*CHUGOKU* Osaka

Hiroshima ●
*SHIKOKU*
SHIKOKU

● Fukuoka
*Mt Aso* ▲
Nagasaki *KYUSHU* KYUSHU

RYU-KYU

0   100   200   300 km

# « Itinéraires »

**La ville basse ou la mémoire de la ville**

Il y a des lieux dans la ville où nichent les figures fictives de sa mémoire. C'est le cas de *shitamachi* (la ville basse) à Tokyo. Autrefois, il y avait *shitamachi* et puis le reste, c'est-à-dire ce que l'on nomme *yamanote* (le «côté des collines»). Aujourd'hui, *shitamachi* disparaît lentement tandis que *yamanote* tend à se confondre avec l'ensemble du Tokyo moderne. Même si la ville basse a toujours été vaguement délimitée géographiquement, elle a dans l'esprit des Japonais des frontières précises : c'est le cœur de la ville. Dans le Tokyo moderne, *shitamachi,* ce sont les arrondissements de Taito, Koto, Katsushika et Sumida, d'Edogawa et d'Arakawa qui viennent à l'esprit. Mais en réalité, la vieille ville et ses mœurs sont un monde qui s'égrène en un archipel secret, toujours plus enfoui à l'ombre de la verticalité bétonnée du Tokyo moderne.

*Shitamachi* est un piège pour l'étranger qui s'y aventure car on y cherche ce qui n'est plus : matériellement *shitamachi* a été détruite presque entièrement par le grand séisme de 1923 puis les bombardements de la Seconde Guerre mondiale. Ce que les cataclysmes et la guerre avaient épargné, la spéculation foncière en vient aujourd'hui à bout. Le vieux décor, c'est par bribes qu'on le retrouve, au fil de vagabondages : entre Ueno et Asakusa, dans Negishi, un peu plus au nord, ce quartier qu'aimait le grand écrivain Nagai Kafû. Au cours de la première moitié de ce siècle, il nourrit un «amour blessé» pour la vieille ville et ses mœurs qui s'évanouissaient (voir notamment ses nouvelles : *la Sumida, Interminablement la pluie...,* et *Voitures de nuit*). Negishi fut à l'époque Meiji un repaire d'intellectuels et de maisons de femmes. De ses ruelles où, comme ailleurs dans les quartiers populaires, les habitants aèrent les *futon* à la fenêtre, on peut se laisser porter jusqu'à Yanaka et ses temples. De l'autre côté de la Sumida, Muko-jima possède encore quelques-unes de ces maisons de rendez-vous qui firent sa renommée. Vagabonder dans *shitamachi,* c'est aussi passer les enfilades de ponts enjambant les canaux sur lesquels flottent des troncs d'arbres à Kiba, le quartier des charpentiers dont l'air garde l'odeur de la résine, ou ceux de Fukagawa. C'est se perdre dans les dédales de Kameido, imaginer ce que fut Makutsu, l'«antre des démons» de Tamanoi, ancien quartier de prostitution illégale; c'est rencontrer au détour d'une rue l'un des derniers orchestres ambulants *(chindonya).*

Fréquenter *shitamachi,* c'est surtout s'apercevoir que la mémoire de la ville, dans le cas de Tokyo, réside plus dans des mœurs que dans des monuments. On trouve derrière les *noren* des bistrots bon marché annoncés par des lanternes rouges un menu peuple qui se grise de bonnes histoires et de plaisanteries grivoises, accoudé au comptoir ou accroupi sur les *tatami.*

*Shitamachi* c'est aussi un rapport au temps, différent de celui qui règne dans le reste de la ville. Le temps est ici moins scandé par la montre que par les activités humaines. Il existe par exemple une confusion entre la durée du travail et le temps imparti à la vie familiale. Le voisinage et ses contraintes, la structure ouverte sur l'extérieur de la maison, les bruits de l'atelier, le chevauchement des activités sont la règle. Les horaires sont flottants et les petites boutiques, avec le logement du propriétaire attenant, ferment tard. Loin du brouhaha des grandes artères, la vie passe ici à un autre rythme. La liberté de mise tranche d'ailleurs avec le caractère compassé des «centres» : les soirs d'été notamment lorsque la chaleur lourde de la journée se dissipe, les habitants du quartier jouissent de la rue en *yukata.*

*Shitamachi* est devenue une carte brisée : elle s'égrène en un archipel, mais elle demeure comme état d'esprit. Un quartier est plus que d'autres symptomatique de l'évolution de *shitamachi* : Asakusa. La partie connue sous le nom de *rokku* (la sixième section) fut l'un des lieux les plus animés du Tokyo de l'avant-guerre. Il conserva ce caractère jusqu'au début des années soixante, période où commença la haute croissance économique. Il devait sa renommée à la fois à son temple dédié à Kannon et à la proximité de Yoshiwara, le fameux quartier de plaisirs. L'Asakusa légendaire a pratiquement disparu; ce n'est plus là qu'il faut chercher la vie nocturne : il n'y a guère que les habitués, quelque peu nostalgiques, pour hanter encore les nuits d'Asakusa. Le quartier a conservé cependant pour certaines occasions (le dimanche et les jours de fête) son côté de lieu d'amusement sans prétention, une gaieté bon enfant, un peu provinciale avec ses galeries marchandes où se succèdent boutiques et restaurants pour toutes les bourses (Asakusa a toujours eu une réputation de quartier de ripailles bien arrosées). Dans la grande rue des boutiques *(nakamise)* qui part de la porte du Tonnerre *(Kaminari-mon)* jusqu'au temple Senso-ji, les dimanches connaissent la même animation qu'autrefois. En face du temple, au milieu du murmure fervent des fidèles, s'échappe du grand encensoir en bronze la fumée sacrée que les promeneurs s'envoient de la main sur les parties douloureuses de leur corps. Les jours de fête, les marchands ambulants envahissent les abords du temple avec leurs étals. L'atmosphère est imprégnée des effluves un peu lourds des pieuvres et des seiches grillées tandis que le brouhaha de la foule paraît scandé par les cymbales des montreurs de singes.

Asakusa est par excellence le quartier des fêtes : celle de Sanja, destinée à honorer les trois hommes qui retirèrent de la Sumida la statue de Kannon, le 17 mai, est l'une des plus animées; certains habitants y exhibent à l'occasion leurs tatouages. A Asakusa, la fête du Bon (la fête des morts, en août) se termine sur le bord de la Sumida par la mise à l'eau de minuscules radeaux portant une bougie : on symbolise ainsi le retour des âmes des morts vers leurs demeures.

## L'automne à Kyoto

La petite feuille étoilée, légère, sans épaisseur semble être une figure de l'apesanteur. Son rougeoiement jusqu'à l'écarlate en fait le point d'orgue de cette grande symphonie de tonalités qu'est l'automne japonais. Le feuillage rouge des érables *(momiji)* est éclatant; il est la note dominante des camaïeux fauve et rouille des autres feuillages. Seul le jaune vif et lumineux des *gingko,* dont les feuilles en forme d'éventail tombent en pluie légère, pigmentent le vert sombre des conifères en toile de fond, leur ravit un instant la suprématie. Mais, comme si cette féerie d'or n'était qu'une impudence inopinée, le rouge flamboyant des *momiji* reprend un peu plus loin, authentique leitmotiv de l'automne nippon.

L'automne sied à Kyoto. Il y est si présent qu'il aimante l'œil et aide le visiteur à se dégager de la tentation illusoire de tout voir, le conviant plutôt à sentir. Dans cette ville bâtie comme un immense quadrilatère, où, comme si chacun avait une rose des vents dans la tête, on vous indique la direction en fonction des points cardinaux auxquels autrefois la géomancie attachait tant d'importance, on devine que l'automne japonais est aussi et d'abord peut-être, en dépit de ses splendeurs chromatiques, un paysage mental.

De même qu'au printemps on suit la progression, à partir du sud de l'archipel, du «front des cerisiers», en automne, on suit la descente du nord du «front des érables». Celui-ci touche Kyoto au début de novembre. Le long de la route du Kitayama (la montagne du Nord), en montant vers le temple Jingoji à Takao, puis plus haut, à Makino, vers le temple de Saimyoji, et enfin au Kozanji, dominent sur le côté droit les verts feuillages des futaies de cryptomères. Sur les bords de la rivière Kiyotaki, la montagne tombe abrupte et les arbres se dressent parfaitement verticaux, dans un alignement idéal : d'un coup d'œil, on décèle le soin attentif que requièrent ces arbres fameux. Pour parvenir au Kozanji, tapi dans la montagne, la montée est raide. Mais, depuis l'auvent du pavillon Sekisui-in, face à la montagne, s'offrent au regard toutes les tonalités de l'automne, d'autant plus intenses que les yeux sont encore imprégnés du vert sombre des cryptomères. Pour peu que survienne une giboulée, fréquente à cette époque sur le Kitayama, le flamboiement n'en sera qu'avivé (les Japonais parlent d'ailleurs de la «couleur des giboulées»). A l'aube, quand se dissout la brume, ou au crépuscule quand le brouillard d'automne perle d'argent les épillets blancs des *susuki* (sorte d'herbe-des-pampas), l'une des «sept herbes de l'automne», et que le feuillage aérien et empourpré des érables s'estompe dans le jour finissant, l'esprit puis le corps se laissent happer par le rythme de la nature.

Il existe dans la culture japonaise des correspondances étroites, minutieusement codifiées, entre les paysages, les phénomènes cycliques, les éléments et les états d'âme (le vocabulaire saisonnier de la tradition poétique du *haiku* étant une expression de cette sensibilité). Les brumes, les érables, le fleurissement des *susuki* puis leur dessèchement, trois grands motifs de l'automne, sont depuis des siècles des thèmes littéraires : ceux de la tristesse, de la mélancolie, du départ, des espoirs déçus. Des thèmes que l'on retrouve aussi bien dans la poétique ancienne, très élaborée, du *michiyukibun* (le «parcours du chemin» dont parle Jacqueline Pigeot dans *Michiyukibun, Poétique de l'itinéraire dans la littérature du Japon ancien*) que de manière beaucoup plus sommaire aujourd'hui dans ce genre de chanson populaire qu'est l'*enka*.

L'automne vibre de résonances symboliques. Après l'été, lourd, humide, vrillé du cri des cigales, ébranlé par le déchaînement des typhons, c'est le moment où la nature s'apaise, où (entre début septembre et début octobre) l'on admire la lune. Mais l'automne est surtout l'époque où la nature lance ses derniers feux, aussi splendides que fragiles, avant de s'assoupir, exacerbant le sentiment de l'impermanence, de la fuite du temps : tout passe, se dessèche, se flétrit, pourrit. L'âme frissonne.

## L'hiver aux sources

Si l'hiver n'est pas la meilleure saison pour un premier contact avec le Japon, bien que l'enneigement prolongé et abondant de la partie nord de l'archipel convienne à ses paysages tourmentés, il n'en est pas moins la période de l'année où l'on pourra le mieux goûter des plaisirs que les Japonais cultivent depuis leurs origines : celui des *onsen* (sources thermales). Pour un Occidental, la station thermale a un arrière-goût de breuvages tristes et évoque la langueur sinon l'ennui des villes dites «d'eau». Rien de tel au Japon. Si les vertus curatives des *onsen* ne sont pas totalement oubliées, surtout dans le monde paysan, y aller relève davantage du plaisir que de la cure.

Pays volcanique, le Japon compte près de deux mille stations thermales, à flanc de montagne, dans les gorges, les rochers ou les sables des plages. La plupart des *onsen* sont de véritables sources d'eau chaude naturelles. Mais la modernité et ses déviations monstrueuses n'ont pas épargné ces lieux devenus dans certains cas de véritables serres où le vacarme et la buée s'allient aux décors en arabesques de plastique pour vous donner l'envie de fuir. Toutefois, beaucoup, au fond du Tohoku par exemple, ont gardé leur simplicité et leur charme (il existe de nombreux guides des *onsen,* en japonais, mais abondamment illustrés de photos).

On dit qu'à l'origine les sources thermales étaient des lieux sacrés. Il y a sans doute quelques liens avec le culte shinto dans le souci de propreté dont l'*onsen* est une expression. Une autre dimension l'a liée au shinto : le contact avec la nature. Certains bains à l'écart des bâtiments sont en effet en plein air *(rotenburo),* sortes de petites mares bouillonnantes, le plus souvent dans des rochers. On y jouit du paysage, plongé jusqu'au cou dans l'eau (souvent trop chaude pour un épiderme occidental) tout en buvant du saké dans de petits récipients carrés qui flottent à la surface. L'hiver, le plaisir est avivé par les fantasmagories de la neige, dont les flocons tourbillonnent autour de soi (la chaleur emmagasinée par le corps évite, à la sortie de ce bain champêtre, une congestion pulmonaire). Certaines *onsen* possèdent de véritables piscines – le «bain des mille» (comme à Noboribetsu, en Hokkaido). Théoriquement, les bains sont séparés selon les sexes, mais dans nombre d'*onsen* en campagne, et même à Noboribetsu, ils sont communs, seuls les vestiaires sont séparés. Hommes et femmes, dans le plus simple appareil, une petite serviette à la main qui leur sert à se laver et éventuellement à protéger nonchalamment leur pudeur, se retrouvent pour bavarder ou tout simplement se détendre dans l'eau chaude de la grande baignoire – dont certaines sont en bois, douces au contact de la peau. Comme dans tout bain nippon, on y entre après s'être lavé. La vapeur qui dilue la forme des corps et surtout l'atmosphère des «thermes» nippons ne créent aucune ambiguïté. Rien d'érotique en ces lieux; aucun coup d'œil grivois ne gêne la jeune femme ou la respectable matrone s'adonnant à leurs ablutions. Simplicité d'une époque antérieure à la réforme de Meiji où les dirigeants, croyant devoir se mettre à l'heure de l'Europe victorienne, jetèrent l'opprobre sur la nudité et interdirent les bains mixtes. La décision impériale était si incompréhensible pour certains patrons de bains publics qu'ils se contentèrent de tendre une ficelle au milieu de la baignoire commune pour «séparer» hommes et femmes.

Les Japonais vont deux à trois fois par an dans une *onsen,* le plus souvent entre amis pour un ou deux jours. Le dimanche, les paysans des environs se rendent volontiers dans une *onsen* pour se délasser – pour le vieux, l'*onsen* fait encore partie de ces rites séculaires liés aux saisons et destinés à rendre le corps plus résistant. Pour beaucoup, cependant, l'*onsen* est un lieu de détente où l'on s'amuse; on y boit, on y joue même au *go* sur des échiquiers flottants. Monde sans contraintes ni préjugés, chaleureux, où la mixité sociale est évidente, les *onsen* sont mieux qu'ailleurs l'un des endroits où l'on peut sentir cet art de vivre ensemble des Japonais – dont peu à peu le monde moderne a «raison».

## Les îles de la tentation de l'Occident

Ce sont la côte ouest du Kyushu, de Kagoshima à Nagasaki, ainsi que les îles avoisinantes (Tanegashima, Yakushima, Amakusa, Goto, Hirado), qui furent le théâtre des premiers contacts, des premiers engouements comme des premiers heurts, du Japon et de l'Occident.

Nagasaki, victime de la seconde bombe atomique, porte les stigmates du dernier affrontement armé. Ce sont au demeurant les armes, les mousquets de marins portugais, qui au XVIe siècle suscitèrent le premier intérêt des Japonais pour l'Occident. A parcourir ces lieux, c'est une histoire, elle aussi en archipel, qui s'égrène.

Aujourd'hui, une sommaire réplique en béton d'un galion, plantée au sommet du cap Sakihara, au sud de l'île de Tanegashima, rappelle que c'est là qu'en 1543 un navire portugais drossé à la côte par la tempête fut contraint de relâcher, non loin de ce qui est devenu aujourd'hui le «cap Kennedy» nippon. Une présence de la technologie du futur qui a inopinément sauvegardé, pour des raisons de sécurité, un cadre naturel magnifique de l'appétit des promoteurs. Escarpée et verdoyante, la côte sud de Tanegashima, avec ses criques et ses plages de sable blanc adossées à un arrière-pays vallonné, apparaît telle que les Portugais ont dû l'apercevoir il y a cinq siècles.

C'est aussi un temps transcendant l'histoire que l'on retrouve à Yakushima, une île toute ronde, refermée sur elle-même comme un coquillage, à une demi-heure de vol de Tanegashima. Hérissée d'arêtes rocheuses et pour une bonne partie couverte de forêts, Yakushima est l'une des îles les plus sauvages du Japon. Arbres géants (cryptomères, cèdres primitifs) et plus de mille espèces de mousses, torrents grondants et rochers polis par des pluies abondantes, Yakushima a conservé le pouvoir envoûtant qu'elle devait avoir au début du siècle lorsque y séjourna la romancière Hayashi Fumiko.

Quatre heures de bateau séparent Yakushima du port de Kagoshima, au fond de son «fjord». Ce fut en quelque sorte un point carrefour des tribulations occidentales des Japonais : c'est là que débarqua François Xavier (dont René de Ceccatty raconte le périple jusqu'au Japon dans *l'Extrémité du monde*); c'est de là que partirent pour l'Europe, quelques années avant Meiji, une dizaine de brillants sujets dépêchés par les chefs du clan Satsuma (fief dont la capitale était Kagoshima) pour s'initier aux mystères de la civilisation occidentale; mais c'est aussi dans le golfe de Kagoshima que les Japonais préparèrent l'attaque sur Pearl Harbor; c'est enfin à proximité de Kagoshima qu'on formait les commandos suicides, *kamikaze*. La ville de Chiran possède un musée qui leur est consacré.

Kagoshima ne présente guère en soi d'originalité, comme d'ailleurs la plupart des villes japonaises : reconstruites, elles semblent à première vue la réplique les unes des autres. Kagoshima ne partage avec Naples, à qui elle est jumelée, que sa hantise des forces telluriques : le volcan de l'île de Sakurajima, toujours en activité, laisse échapper une épaisse fumée aux volutes parfois plus hautes que la montagne elle-même.

Après les fusils, le christianisme fut la seconde tentation occidentale des Japonais (mais ils n'y «succombèrent» pas longtemps). A la fin du XVIᵉ siècle, Nagasaki rivalisait avec Manille et Macao pour l'appellation de «Rome de l'Extrême-Orient» tant la propagation de la foi sur l'archipel avait été rapide. Une grande croix blanche marque l'endroit où s'acheva la première percée du christianisme au Japon : Shimabara est un nom qui sonne pour les chrétiens japonais comme celui du mur des Fédérés pour les communards. C'est là, sur la côte occidentale de la péninsule de Shimabara, dominée par le magnifique massif volcanique d'Unzen, que s'élevait le château d'Hara où se replièrent 37000 paysans insurgés ainsi que des chrétiens refusant d'abjurer dirigés par un jeune éphèbe, Masuda Shiro. Le siège dura des mois et tous les survivants furent exécutés. L'odyssée chrétienne en terre nippone fut brutalement stoppée mais la foi n'en fut pas pour autant étouffée. Quelle ne fut pas en effet la surprise des missionnaires, dont le père français Petit Jean, lorsqu'ils revinrent au Japon au milieu du XIXᵉ siècle, de découvrir que pendant le siècle et demi de fermeture de l'archipel s'était maintenu un culte chrétien caché; en témoignaient notamment des objets de vénération clandestine dont des statues de Marie travestie en Kannon-sama (déesse de la Miséricorde)[1]. Certains de ces «crypto»-chrétiens rentrèrent dans le giron de l'Église de Rome; d'autres, fidèles aux croyances de leurs ancêtres, continuèrent à pratiquer un culte aux rites déformés non reconnu par le Vatican.

Parcourir les îles d'Amakusa ou de l'archipel de Goto, avec leurs églises au sol couvert de *tatami,* c'est aussi remonter le temps et découvrir un Japon de villages et de petits ports tel qu'on se l'imagine et qu'il est désormais difficile de trouver ailleurs sur un archipel dont les côtes ont été le plus souvent défigurées par le béton. L'un des meilleurs exemples est le port de Sakitsu, qui fut une sorte de Honfleur japonais au début du siècle.

## Spectacles du Japon populaire
### Le sumo

Autant que sport national japonais par excellence, le *sumo* (ce combat entre deux colosses de chair et de muscles au crâne planté d'un chignon) est une sorte d'institution. Sa popularité est immense et ses six tournois annuels de quinze jours dans plusieurs villes drainent des foules considérables qui achètent leurs tickets des semaines à l'avance. La télévision et la radio diffusent les combats en direct et les noms et les silhouettes des champions sont familiers à tous les Japonais. C'est que le *sumo* est plus qu'un sport : ses origines se confondent avec la mythologie nippone et la forme actuelle des combats a été fixée il y a quelques siècles. Sa tradition légendaire remonte à la lutte entre deux divinités pour la possession de l'actuelle préfecture de Shimane, dans le Honshu central, que conte le

---

1. A Hondo et à Oe, sur l'île d'Amakusa, on peut visiter des musées consacrés aux chrétiens cachés.

*Kojiki,* les plus anciennes annales du Japon. De ce combat allait sortir vainqueur le dieu Takeminakata, fils du dieu du sanctuaire d'Izumo qui engendra la lignée impériale. La force, dans le Japon des origines, passait pour indiquer la volonté des dieux.

Plus prosaïquement, le *sumo* est lié au culte shinto (religion première du Japon) et s'apparente aux formes de lutte venues de Corée et de Chine. La première mention d'un combat de *sumo,* sans doute aussi légendaire, est faite dans le *Nihonshoki* et daterait de l'an 23 av. J.-C. Les enceintes apparurent à l'époque Nara (VII$^e$-VIII$^e$ siècle) et les combats commencèrent à être patronnés par la cour. Art martial à l'époque des guerres civiles (XV$^e$ siècle), à partir duquel se développèrent sans doute le jiu-jitsu et le judo, il devint par la suite un sport professionnel et populaire : depuis des siècles, déjà, il avait été pratiqué au cours des fêtes de village *(matsuri),* dans le cadre des cérémonies shinto, notamment du culte de la fertilité. Ces *shinji-sumo* existent encore à la campagne. Au cours de la période Edo, où il allait prendre à peu de chose près la forme que nous lui connaissons, il se pratiquait aussi au coin des rues.

C'est un spectacle ésotérique et déroutant qui se déroule, à Tokyo par exemple, dans une enceinte de 13 000 places située dans le quartier de Ryogoku, proche de la Sumida. Dans de minuscules loges en *tatami,* les spectateurs restent de 11 h à 18 h, mangeant et buvant, les femmes n'étant pas les dernières passionnées par les combats.

Les rituels, aussi importants peut-être que l'affrontement lui-même, sont liés au shintoïsme : le toit désormais suspendu au-dessus de l'arène *(dohyo)* – c'est-à-dire un cercle de 4,55 m en sable tassé, délimité par des bourrelets de paille – évoque celui d'un temple. Au début des tournois, un prêtre shinto vient d'ailleurs sanctifier l'arène. Le sel, élément purificateur, lancé par les *sumotori* (*sumo* est le nom du combat) avant les affrontements, est aussi d'origine shinto. Le combat est réglé par un arbitre *(gyoji),* vêtu du riche costume en soie des nobles de la période Muromachi. Ces arbitres sont issus traditionnellement de deux lignées, que les connaisseurs distinguent à la manière dont ils manient l'éventail pour diriger l'empoignade, poussant d'une voix haut perchée ce qui peut sembler à un Occidental de longs ululements modulés mais indique en fait aux spectateurs l'évolution du corps à corps. Il y a un contraste étonnant entre les lents rituels précédant l'empoignade et l'affrontement lui-même qui ne durera souvent que quelques secondes. Les *sumotori* arrivent simplement vêtus du *mawashi,* étoffe de soie ceinte autour des hanches, troussée entre les jambes et fixée par un nœud dans le dos. Le *mawashi* sert autant à voiler la nudité qu'à assurer un point d'appui à certaines prises. Le rinçage de la bouche avec de l'eau sacrée et la projection de sel sur l'arène sont précédés par une flexion des jambes, l'extension des bras en croix et le claquement des mains, les deux adversaires se faisant face. Puis c'est la levée successive des deux jambes, dans un grand écart surprenant pour ces mastodontes, qui se termine par une claque sur les cuisses. Enfin les deux adversaires sont face à face, accroupis les poings au sol, leur énorme postérieur en l'air, s'observant. L'empoignade est proche. La tension monte dans la salle : les deux masses sont prêtes à s'élancer l'une contre l'autre. Et puis : rien. Elles se relèvent et toute la cérémonie recommence. Limités à quatre minutes, ces faux départs sont autant un artifice pour exciter les spectateurs qu'un moyen de concentration, d'évaluation de l'adversaire et de bluff à son égard. Le choc, lui, est fulgurant. Filmé au ralenti, cela donne deux masses de chair s'aplatissant l'une contre l'autre, se déformant, se pétrissant, s'agrippant et se claquant. Il s'agit d'expulser l'adversaire de l'aire de combat ou de lui faire toucher le sol d'une partie de son individu. Le *sumo* compte 48 prises qui se ramènent à pousser, tirer, renverser, soulever, projeter les hanches, faire trébucher ou tout bonnement gifler. Les *sumotori* peuvent peser jusqu'à 180 ou 200 kg, mais on aurait tort d'en faire de simples obèses. Ce sont aussi des athlètes. Tout le poids est concentré sur l'estomac et les hanches où réside la force de poussoir et de résistance à l'assaut de l'adversaire. Si, à l'époque Edo, le *sumo* était d'une rare violence, ce sont aujourd'hui la force, la vitesse et l'équilibre qui sont les facteurs essentiels.

Les *sumotori* cultivent leur poids par un régime alimentaire intense. Leur ration quotidienne, qui dépasse 10000 calories, est composée d'un plat unique, *chanko nabe,* sorte de brouet de carottes, de choux et de haricots avec lesquels ont bouilli des viandes de bœuf, de porc et de poulet. Le tout est accompagné de force bols de riz – de six à huit – et copieusement arrosé de sucre, de sauce de soja et, bien sûr, de saké et de bière. Mais, au grand dam des puristes, les jeunes *sumotori* ont une fâcheuse tendance à se mettre à manger des hamburgers et des spaghetti. Le soir, les champions sont souvent somptueusement invités dans des restaurants de luxe par de riches industriels et doivent faire honneur à leur réputation de mangeurs et de buveurs hors du commun. Il est courant qu'ils reçoivent, pour s'être déplacés, une enveloppe bien garnie. Ils sont toujours appréciés des femmes, bien que la pratique de l'«achat» de jeunes *sumotori* par des personnes fortunées soit de moins en moins fréquente.

Les *sumotori* sont rangés en deux grandes «écuries», de l'Est et de l'Ouest, et classés selon une hiérarchie stricte dont les grades sont fonction des épreuves et non du poids. On compte 31 écuries dans le quartier de Ryogoku, à Tokyo. Elles sont menées d'une main de fer par d'anciens champions qui y font régner une atmosphère semi-féodale. «Tout ce que tu désires est dans l'arène», dit-on aux jeunes *sumotori*. Ils savent effectivement que tout dépend de leur seule force. L'entraînement dure quinze ans. Le titre de grand champion *(yokozuna)* – on en compte une soixantaine – est acquis à vie. Cette consécration suprême vaut au *sumotori* l'adulation du public.

### Les théâtres

Le théâtre, en tant que scène où se joue l'imaginaire, recèle l'une des clés d'une sensibilité nationale. Le Japon est par excellence un pays de théâtre. Et les Japonais sont passionnés par ses différents modes d'expression. Être dans une salle avec eux, c'est peut-être, par le spectacle lui-même et plus encore par les réactions du public, l'un des meilleurs moyens de s'apprivoiser à leur univers. Il y a bien sûr le théâtre moderne *(shingeki),* ce «nouveau théâtre» né au début du siècle, révolutionnaire alors et véhiculant le répertoire occidental ou s'en inspirant, qui aujourd'hui s'efforce de traduire les problèmes et les inquiétudes de la société contemporaine : oscillant entre le théâtre dit engagé et le boulevard, le tragique ou le comique. Il y a aussi une avant-garde (qui s'est fait connaître en Occident alors que le *shingeki* restait refermé sur l'archipel) dont les troupes naissent et meurent périodiquement. Souvent celles-ci puisent, avec profit, dans l'arsenal technique des trois grandes expressions théâtrales classiques : *nô, bunraku* et *kabuki,* qui trouvent leur origine dans des danses chantées et mimées d'essence religieuse remontant à la nuit des temps.

Théâtre poétique et aristocratique, le *nô,* dont René Sieffert a retracé la genèse et expliqué l'esthétique à travers l'œuvre des deux grands auteurs et codificateurs de cet art, Kannami et Zeami, dans *la Tradition secrète du nô,* est toujours prisé par un public averti. Mais c'est un peu un théâtre de chapelle. Sa perfection technique et esthétique s'exprime dans une gestuelle d'une lenteur extrême, faite de pas glissés et de poses, et dans une déclamation modulée. Entre ces «moments dramatiques» intenses que sont un *nô* sont intercalés des intermèdes comiques *(kyogen)* qui s'apparentent aux fabliaux du Moyen Age.

Moins hermétique que le *nô,* mais non moins élaboré dans sa conception dramatique, est le théâtre de marionnettes *bunraku.* Ce spectacle, une spécialité d'Osaka, a pour origine des ballades des moines aveugles qui au xivᵉ siècle parcouraient les chemins, racontant la naissance du bouddhisme puis narrant des récits épiques, auxquels se joignirent des troupes de marionnettistes. D'un spectacle comique et épique, le grand dramaturge Chikamatsu allait faire, à la fin du xviiᵉ siècle, l'une des formes les perfectionnées de l'art dramatique. Par la suite, les pièces écrites pour le *bunraku* furent adaptées au *kabuki.* Les marionnettes articulées sont manipulées par trois hommes, sortes de «fantômes noirs» dont la synchronisation des gestes et de la respiration concourt à leur donner une vie propre. Présents sur scène, les manipulateurs semblent disparaître, laissant la poupée ne plus être qu'une évocation poétique. Spectacle captivant, dont la troupe d'Osaka est le dépositaire de la tradition la plus élaborée, mais dont on trouve encore des formes primitives dans des régions reculées.

Le théâtre populaire par excellence est le *kabuki* – et cela depuis trois siècles. Ce n'est qu'au plus intense des bombardements américains, en 1943, qu'on se résigna à fermer les théâtres. Aujourd'hui, en matinée et en soirée, les spectacles de *kabuki* font salle comble, le public participant et vibrant à des pièces que pour la plupart il a déjà vues plusieurs fois. Car le répertoire ne se renouvelle pratiquement pas depuis l'ère Meiji. Le *kabuki,* aux costumes somptueux, à la machinerie scénique étourdissante, est un théâtre de «moments» plutôt qu'un théâtre de «dénouement» auquel conduit le développement d'une intrigue (celle-ci, au demeurant, est toujours épouvantablement compliquée). Spectacle flamboyant, qui mêle lyrisme, grandiloquence et pathétique, le *kabuki* privilégie le plaisir de l'œil et l'émotion immédiate. Descendants des baladins d'autrefois, ses acteurs ont un souci majeur : plaire.

Populaire, le *kabuki* l'est depuis ses origines. Il est né au début du xviiᵉ siècle à Kyoto autour d'une troupe de courtisanes et il fut longtemps lié aux quartiers de plaisirs. Les complications qui naquirent de ce théâtre où le spectacle se distinguait mal des activités annexes de ses actrices conduisirent à l'interdiction de la scène aux femmes[1]. L'une des particularités du *kabuki,* c'est justement que les rôles de

---

1. Elles n'y revinrent qu'au xixᵉ siècle.

218

femmes y sont tenus par des hommes. Après l'interdiction aux femmes de paraître en scène, les troupes de *kabuki* recrutèrent de jeunes éphèbes, mais, ceux-ci se livrant aux mêmes activités galantes que les actrices, les théâtres furent à nouveau fermés. On recruta donc des hommes plus âgés. Mais tous provenaient de maisons de prostitution homosexuelle... Les *onnagata* (c'est-à-dire les acteurs jouant des rôles de femmes) étaient nés. L'*onnagata* possède en tout cas un art théâtral consommé. En Europe, une pièce veut faire croire à la vérité psychologique du personnage. Au *kabuki,* c'est l'événement dramatique qui compte. A l'extrême, un homme jeune, aux traits fins, est trop «vraisemblable» dans son rôle de femme pour donner toute sa dimension à un art qui vise à suggérer la féminité, à évoquer la jeune fille effarouchée alors que l'acteur est un vieux barbon aux chairs tombantes. Les extravagances des pièces ne diminuent en rien la peinture lucide de la société et des passions humaines.

*Matsuri*

Le Japon est un pays de fêtes. Il y en a tout au long de l'année, surtout au printemps et en automne. Fête d'un temple, d'un quartier, d'une ville, d'un village, ou célébration d'un événement historique, les *matsuri* étaient à l'origine une occasion de vénération, relevant du culte shinto ou du bouddhisme. Danses, numéros de bateleurs, défilés se succèdent, tandis que chacun se dispute l'honneur de porter le *mikoshi* (autel mobile) en le faisant sauter sur les épaules pour «réveiller les dieux» supposés s'y trouver. Telles sont les images des *matsuri*[1]. C'est dans les campagnes, le Tohoku en particulier, que l'on trouvera les fêtes les plus authentiques – certaines ont lieu l'hiver dans la neige, les hommes étant revêtus d'un simple *fundoshi* (sorte de cache-sexe ceint autour des reins). «Tableau vivant et accueillant», la fête intègre ceux qui, au départ, n'étaient que spectateurs. Dévotion envers des forces mystérieuses, maîtresses des récoltes, du climat ou des calamités, ou simple explosion des forces de vie – comme les cultes phalliques –, le *matsuri* en tout cas est une expression culturelle dans laquelle l'étranger pourra vite se fondre.

---

1. Il existe des guides en anglais et les journaux en cette langue donnent chaque semaine le calendrier des plus célèbres. Ceux en japonais sont plus précis et évitent de tomber dans les fêtes les plus galvaudées et subverties par le tourisme. En français, *Fêtes au Japon* de Maurice Coyaud (Éditions PAF, 36, av. de Wagram) est un sésame à la fois vivant, sensible et riche en notations personnelles pour certaines fêtes – celles que l'auteur a aimées.

# Chronologie

*Ère Jomon* (5000-300 av. J.-C.) : Jimmu fonde la dynastie
impériale.

*Ère Yayoi* (300 av. J.-C.-300) : introduction de la riziculture.

*Ère Kofun* (300-552) : adoption de l'écriture chinoise.

*Ère Asuka* (552-710) : influence grandissante de la Chine.
Introduction du bouddhisme.

*Ère Nara* (710-794) : l'empereur choisit Nara pour capitale.

*Ère Heian* (794-1185) : l'empereur s'installe à Heian (actuellement Kyoto). Relâchement des liens avec la Chine.

*Ère Kamakura* (1185-1333) : Kamakura, capitale politique où
réside le shogun; l'empereur reste à Heian. Introduction du
bouddhisme zen.

*Ère Muromachi* (1333-1573) : arrivée des Portugais, des missionnaires (saint François Xavier). Commerce avec l'étranger, notamment par Nagasaki (1543-1571)

*Ère Momoyama* (1573-1603) : expulsion des missionnaires et
début de la persécution des chrétiens. En 1603, Edo devient
capitale politique.

*Ère Tokugawa* (1603-1868) (shogunat Tokugawa) : fermeture
du Japon aux étrangers en 1635, à l'exception de Nagasaki,
et interdiction aux Japonais d'immigrer. Deux cents ans
plus tard, en 1853, le commodore Perry obtient l'ouverture
des ports japonais.

*Ère Meiji* (1868-1912) : l'empereur Meiji quitte Kyoto pour
Edo qui devient Tokyo (capitale de l'Est). Le Japon s'indus-
trialise rapidement et s'occidentalise (système parlementaire, scolarité obligatoire). En 1894, première guerre sino-
japonaise. 1904, prise de Port-Arthur. En 1911, traité
commercial nippo-américain.

*Ère Taisho* (1912-1926) : 1914, le Japon déclare la guerre à
l'Allemagne. 1920 : il entre à la SDN. 1923 : grand séisme
de Tokyo qui fait 44 000 morts.

*Ère Showa* (de 1926 à nos jours) :
– 1927 : premières élections au suffrage universel.
– 1932 : débarquement japonais à Changhai, c'est la seconde
guerre sino-japonaise.

- 1933 : le Japon quitte la SDN.
- 1940 : Seconde Guerre mondiale, axe Rome-Berlin-Tokyo.
- 1941 : Pearl Harbor.
- 1944 : bombardements de Tokyo.
- 1945 : débarquement américain à Okinawa; les 6 et 9 août de la même année : bombardements atomiques de Hiroshima et Nagasaki.
- 1946 : l'empereur renonce à son ascendance divine. Promulgation de la nouvelle Constitution.
- 1952 : fin de l'occupation américaine et création d'une force nationale de sécurité.
- 1956 : normalisation des relations nippo-soviétiques et rupture des relations commerciales avec la Chine (1958).
- 1964 : 18ᵉ jeux Olympiques à Tokyo.
- 1968 : Kawabata obtient le prix Nobel de littérature. Le Japon devient la troisième puissance économique mondiale.
- 1970 : 21ᵉ Exposition universelle à Osaka.
- 1972 : les États-Unis restituent Okinawa. Normalisation des relations sino-japonaises. Jeux Olympiques d'hiver à Sapporo.
- 1974 : Sato Eisaku reçoit le prix Nobel de la paix.
- 1978 : traité de paix et d'amitié avec la Chine.
- 1979 : le Sommet des pays industrialisés se tient à Tokyo.
- 1982 : première visite au Japon d'un président de la République française.
- 1985 : exposition scientifique et technologique internationale de Tsukuba; sept. : réajustement monétaire et début de la flambée du yen.
- 1986 : Sommet des pays industrialisés à Tokyo.

# Bibliographie

## Chapitre «Partir»

Quelques livres, plus que d'autres, sont des «clés» pour aborder le Japon et sa «différence», c'est-à-dire des assises culturelles distinctes des nôtres, et pour comprendre ce qu'a de particulier, et donc d'arbitraire, notre propre vision du monde. Ainsi, *Vivre l'espace au Japon* d'Augustin Berque (Paris, PUF, 1982) et *la Mort volontaire au Japon* de Maurice Pinguet (Paris, Gallimard, coll. «Bibliothèque des histoires», 1984), deux ouvrages qui, dans la mesure où ils traitent en profondeur de sujets spécifiques, permettent d'appréhender infiniment mieux que de supposées représentations globales, la réalité et l'imaginaire nippons. *L'Empire des signes* de Roland Barthes (Paris, Skira, 1970, et Flammarion, coll. «Champs», 1983) constitue une approche intuitive et intelligente qui, ne prétendant en rien à l'objectivité ou à la scientificité, nous invite tout simplement à voir. Si l'on s'intéresse à la littérature, on peut se référer aux trois tomes de l'*Histoire de la littérature japonaise* de Kato Shuichi (Paris, Fayard, 1986), à *la Littérature japonaise* de René Sieffert (Paris, POF, 1973) ou à *la Littérature japonaise* de Jacqueline Pigeot et Jean-Jacques Tsuchudin (Paris, PUF, coll. «Que sais-je?», 1983). Voir également le numéro spécial de la revue *Critique,* «Dans le bain japonais» (janv.-févr. 1983). Une vision riche du Japon contemporain est offerte par *l'État du Japon,* sous la direction de Jean-François Sabouret (Paris, La Découverte, 1988) et, dans le domaine cinématographique, par Joan Melleu, *The Waves of Genji's Door, Japan through its Cinema* (New York, Pantheon Book, 1976). Francine Hérail a, d'autre part, établi une *Bibliographie japonaise* (Paris, POF, 1986). On peut également se reporter à la très remarquable brochure *Vers le Japon,* publiée par le groupement de libraires «L'œil et la lettre» (40, rue Grégoire de Tours, 75006 Paris) qui recense de manière quasi exhaustive les ouvrages japonais ou sur le Japon parus en français.

*Pour mémoire : Un barbare en Asie* d'Henri Michaux (Paris, Gallimard, 1933). Et ne pas oublier les poncifs : *Madame Chrysanthème* de Pierre Loti (Paris, Livre de Poche, 1973).

## Chapitre «Tokyo»

L'un des livres les plus éclairants sur Tokyo, sa culture et son histoire est celui d'Edward Seidensticker, *Low City, High City, Tokyo from Edo to the Earthquake : how the Shogun's Capital Became a Great Modern City* (New York, Alfred A. Knopf, 1984); un second volume devrait paraître en 1988. Le guide le plus riche est celui de Paul Waley, *Tokyo, now and then, an Explorer's Guide* (New York-Tokyo, Weatherhill, 1984). Voir aussi, de Peter Popham, *Tokyo, the City at the End of the World* (Tokyo, Kodansha International, 1985).

En français, voir *Des villes nommées Tokyo* (Paris, Autrement, 1984). Comme petit guide, celui d'Anne Camus, *Tokyo,* (Guide Jika, Tokyo, Éd. Carletti, 1986 diffusé par Armand Colin). On peut aussi consulter *D'Edo à Tokyo, mémoire et modernité,* de Philippe Pons (Paris, Gallimard, coll. «Bibliothèque des sciences humaines», 1988). Pour une réflexion sur la conception de la ville au Japon et en France, voir *la Qualité de la ville, urbanité française, urbanité nippone,* présenté par Augustin Berque (Tokyo, Publications de la Maison franco-japonaise, 1988).

*Pour mémoire :* Nagai Kafû, *la Sumida* (Paris, Gallimard, coll. «Connaissance de l'Orient-UNESCO», 1975); *Interminablement la pluie...* (Paris, Maisonneuve et Larose, 1985); *Voitures de nuit* (Paris, POF, 1986).

## Chapitre «Une île dans l'histoire»

En français, on peut lire *Meiji, 1868, révolution et contre-révolution au Japon,* de Paul Akamatsu (Paris, Calmann-Lévy, 1968); *la Guerre au Japon, de Pearl Harbor à Hiroshima,* de Robert Guillain (Paris, Stock, 1979); *le Japon,* de Jean Lequiller (Paris, Sirey, 1966); *le Japon, la fin du shogunat et le Japon de Meiji, 1853-1912,* de Jacques Mutel (Paris, Hatier, 1970); *Histoire du Japon et des Japonais,* d'Edwin O. Reischauer (Paris, Le Seuil, coll. «Points-Histoire», 1973, 2 vol.); *Histoire du Japon des origines à Meiji* et *le Japon contemporain,* de Michel Vié (Paris, PUF, coll. «Que sais-je?», 1969 et 1971); *l'Histoire du Japon des origines à la fin de Meiji,* de Francine Hérail (Paris, POF, 1986); *la Vie quotidienne au Japon au début de l'ère Meiji,* de Louis Frédéric (Paris, Hachette, 1984), et, sur la stratégie militaire japonaise, «1/2 + un demi plus», de Jean Eismein, *Cahiers de la Fondation pour les études de défense nationale,* 1983.

On peut également lire en anglais *The Roots of Modern Japan,* de Jean-Pierre Lehmann (Londres, Macmillan Press, 1982), qui est sans doute l'une des plus intéressantes approches synthétiques de l'histoire japonaise; et un ouvrage désormais classique, *Thought and Behaviour in Modern Japanese Politics,* de Maruyama Masao (Londres, Oxford University Press, 1963).

*Pour mémoire : le Dit du Genji* (Paris, POF, t. I et II, 1977, III et IV, 1988); *le Dit de Hôgen, le Dit de Heiji* (Paris, POF, 1976). *Japon,* d'Ivan Morris (Paris, Gallimard, 1964), et *l'Orient extrême,* de Robert Guillain (Paris, Le Seuil-Arléa, 1986).

## Chapitre «Vivre»

Un excellent livre sur la culture populaire du Japon contemporain, qui éclaire plus que beaucoup d'études fastidieuses sur la vie et l'imaginaire des Japonais de cette fin de siècle, est celui d'Ian Buruma, *A Japanese Mirror, Heroes and Villains of the Japanese Culture* (Londres, Jonathan Cape, 1984). Voir, aussi stimulant et brillant, le livre de Donald Richie, *A Lateral View Essay on Contemporary Japan* (Tokyo, Éd. Japan-Times, 1987). Sur la littérature populaire contemporaine, lire *Histoire de la littérature populaire japonaise,* de Cécile Sakai (Paris, L'Harmattan, 1987). Sur l'éducation, *Éducation et Société au Japon,* de Jean-Michel Leclercq (Paris, Anthropos, 1985), et *l'Empire du concours, lycéens et enseignants au Japon,* de Jean-François Sabouret (Paris, Autrement, 1985). Sur les femmes, *A Half Step behind, Japanese Women of the 80's,* de Jane Condon (New York, Dodd, Mead and C., 1985), et *Femmes et Samouraï* de Fukumoto Hideko et Catherine Pigeaire (Paris, Éd. des Femmes, 1986).

*Pour mémoire : Notes de chevet,* de Sei Shônagon (Paris, Gallimard, coll. «Connaissance de l'Orient-poche», 1985). Et le roman de Ariyoshi Sawako, *les Années du crépuscule* (Paris, Stock, coll. «Nouveau cabinet cosmopolite», 1986), l'histoire d'une mère de famille confrontée à la sénilité de son beau-père.

## Chapitre «Produire»

Il existe une pléthore de livres supposés «expliquer» l'expansion économique japonaise. En français, les meilleurs ouvrages sont ceux d'Hubert Brochier, *le Miracle économique japonais 1950-1970* (Paris, Calmann-Lévy, 1970), et de Christian Sautter, *le Japon, le prix de la puissance* (Paris, Le Seuil, 1973), et *les Dents du géant, le Japon à la conquête du monde* (Paris, Olivier Orban, 1987). *Le Japon et son double, logiques d'un autoportrait,* ouvrage collectif sous la direction d'Augustin Berque, donne des éclairages plus sociologiques (Paris, Masson, 1987). Voir aussi le livre de Guy Faure, *le Rôle du*

*Miti dans les processus de prise de décision industrielle* (Tokyo, Publications de la Maison franco-japonaise, 1984). Signalons également «Le Japon, mode ou modèle?», numéro spécial de la *Revue française de gestion* (n° 27-28, 1977), et «Formation au Japon», *Enseignement et Gestion* (hiver 1981-1982). Sur les problèmes de la formation, se reporter à *l'Université au service de l'économie japonaise*, de Muriel Jolivet (Paris, Économica, 1985). Sur les problèmes du consensus, voir l'ouvrage collectif, *Japon, le consensus : mythe et réalités* (Paris, Économica, 1984).

## Chapitre «Unités»

Sur les religions, voir *les Religions du Japon*, de René Sieffert (Paris, PUF, 1968). L'influence du confucianisme sur la culture japonaise est notamment abordée par Léon Vandermeersch dans *le Nouveau Monde sinisé* (Paris, PUF, 1986). Sur le bouddhisme au Japon, voir le chapitre qui lui est consacré dans *Présence du bouddhisme*, sous la direction de René de Berval (Paris, Gallimard, 1987). En anglais, on peut également lire *Japanese Religion*, de Murakami Shigeyoshi (Tokyo, University of Tokyo, 1980).

*Pour mémoire : Kojiki ou Chronique des choses anciennes* (Paris, Maisonneuve et Larose, 1969).

## Chapitre «Diversité»

Sur le problème des *burakumin*, voir *l'Autre Japon, les burakumin*, de Jean-François Sabouret (Paris, Maspero, 1983). Certains romanciers comme Nosaka Akiyuki dans *la Tombe aux lucioles et les hijiki américains* (Paris, Éd. Piquier, 1988) ou comme Kaiko Takeshi dans *l'Opéra des gueux* (Paris, POF, 1985) donnent des images de la société japonaise bien différentes de celles auxquelles on est habitué : on est loin, avec ces auteurs, du sempiternel Japon aseptisé et productif, de ses femmes minaudantes ou des épigones d'un Mishima et de ses fantasmes de virilité exacerbée.

En ce qui concerne le territoire et son aménagement, voir deux ouvrages que lui consacre Augustin Berque : *le Japon, gestion de l'espace et changement social* (Paris, Flammarion, 1976), et, plus particulièrement sur le Hokkaido, *la Rizière et la Banquise, colonisation et changement social en Hokkaido* (Paris, POF, 1980).

*Pour mémoire : la Maison japonaise*, de Jacques Pezeu-Massabuau (Paris, POF, 1981). *La Mort volontaire au Japon*, de Maurice Pinguet *(op. cit.)*.

## Chapitre «Esthétique au quotidien»

Sur les arts japonais, on peut consulter *la Civilisation japonaise,* de Danielle et Vadime Elisseeff (Paris, Arthaud, 1974), et *l'Age d'or du Japon, l'époque Heian,* de Rose Hempel (Paris, PUF, 1985). Sur l'esthétique de la cour en particulier, voir *la Vie de cour dans l'ancien Japon* d'Ivan Morris (Paris, Gallimard, 1969). Sur le rapport des Japonais à la nature, lire *le Sauvage et l'Artifice* d'Augustin Berque (Paris, Gallimard, coll. «Bibliothèque des sciences humaines», 1986). Sur la mort volontaire, outre le livre de Maurice Pinguet déjà mentionné, voir *la Noblesse de l'échec* d'Ivan Morris (Paris, Gallimard, 1980). Sur l'artisanat, enfin, se reporter à *Yanagi Soetsu ou les Éléments d'une renaissance artistique au Japon* d'Élisabeth Frolet (Paris, Éd. de la Sorbonne, 1986). *Dada et Surréalisme au Japon,* de Véra Linhartovà, traite de certaines tendances de l'époque moderne (Paris, POF, 1986).

*Pour mémoire :* «La Sente du bout du monde», *Journaux de voyage,* de Bashô (Paris, POF, 1976).

*Poèmes d'amour du Manyô-Shû,* Paris, POF (épuisé).

*L'Éloge de l'ombre,* de Tanizaki (Paris, POF, 1985).

*La Mort volontaire au Japon,* de Maurice Pinguet *(op. cit.).*

*La Vie d'une amie de la volupté* et *Cinq Amoureuses* (Paris, Gallimard, coll. «Connaissance de l'Orient», 1975 et 1986), de Ihara Saikaku.

*Notes de chevet,* de Sei Shônagon *(op. cit.).*

*Le Chant de l'oreiller,* Paris, Bibliothèque des arts (épuisé).

*Le Livre des insectes,* de Kitogawa Otomaro (Paris, Herscher, 1984).


## Chapitre «Le Japon dans le monde»

Outre les ouvrages déjà cités sur l'histoire et l'économie, on peut consulter le numéro que la revue *le Débat* a consacré à l'identité japonaise (janvier 1983). Voir aussi, en anglais, *Misunderstanding, Europe versus Japon,* d'Endymion Wilkison (Tokyo, Chuokoron-Sha, 1987).


## Chapitre «Itinéraires»

Sur la littérature populaire, outre les livres déjà cités de Ian Buruma, Donald Richie et Cécile Sakai, voir *les Contes du Japon d'autrefois,* de Yanagida Kunio (Paris, POF, 1983), et *Contes japonais,* de Maurice Coyaud (Paris, PAF, 36. av. de Wagram, 75008 Paris, 1984).

*Pour mémoire : la Sumida, Interminablement la pluie..., Voitures de nuit,* de Nagai Kafû *(op. cit.).*

*L'Extrémité du monde,* de René de Ceccatty (Paris, Denoël, 1985).

*Michiyukibun, Poétique de l'itinéraire dans la littérature du Japon ancien,* de Jaqueline Pigeot (Paris, Maisonneuve et Larose, 1982).

*Des villes nommées Tokyo (op. cit.).*

*Kyoto,* de Kawabata Yasunari (Paris, Albin Michel, 1968).

*L'Empire des signes,* de Roland Barthes *(op. cit.).*

*Kojiki (op. cit).*

*La Tradition secrète du nô,* de René Sieffert (Paris, Gallimard, coll. «Connaissance de l'Orient», 1985).

# Filmographie par Max Tessier

Une sélection de films japonais distribués en France (cinéma ou télévision). (Les noms sont cités dans l'ordre japonais.)

## Des classiques, depuis 1945 : Mizoguchi, Ozu, Kurosawa... et les autres

*Femmes de la nuit* de Mizoguchi Kenji, 1948 (la prostitution dans le Japon vaincu; un des thèmes favoris de l'auteur).

*Chien enragé* de Kurosawa Akira, 1949 (un policier à la dérive; influence du néo-réalisme?).

*Le Destin de Mme Yuki* de Mizoguchi, 1950 (portrait d'une épouse malheureuse).

*Miss Oyu* de Mizoguchi, 1951 (les ambivalences de l'amour; d'après Tanizaki).

*La Dame de Musashino* de Mizoguchi, 1951 (complicités amoureuses; d'après Ooka Shohei).

*Rashômon* de Kurosawa, 1950 (un classique humaniste; d'après Akutagawa Ryûnosuke).

*L'Idiot* de Kurosawa, 1951 (Dostoïevski à Hokkaido).

*Vivre* de Kurosawa, 1952 (le sacrifice d'un homme condamné par le cancer, dans le Tokyo d'après-guerre).

*La Vie de Oharu, femme galante* de Mizoguchi, 1952 (d'après Saikaku; ascension sociale et chute d'une femme au XVIIᵉ siècle).

*Okasan* (ou *Maman*) de Naruse Mikio, 1952 (la vie quotidienne d'une mère; le triomphe du *shomin-geki,* ou drame du petit peuple).

*Les Portes de l'enfer* de Kinugasa Teinosuke, 1953 (guerres civiles et mélodrame dans le Japon du Moyen Age; palme d'or au festival de Cannes 1954).

*Les Contes de la lune vague après la pluie* de Mizoguchi, 1953 (d'après Ueda Akinari; fantastique social; le film le plus connu de Mizoguchi).

*Voyage à Tokyo* d'Ozu Yasujiro, 1953 (un vieux couple chez ses enfants; le film le plus connu d'Ozu).

*Les Bateaux de l'enfer* (ou *Pêcheurs de crabes*) de Yamamura Sô, 1953 (un classique du roman «prolétarien», d'après Kobayashi Takiji).

*Les Sept Samourai* de Kurosawa, 1954 *(samourai* contre brigands au XVIᵉ siècle; une leçon morale, et un classique copié par les Américains, dans *les Sept Mercenaires...).*

*L'Intendant Sansho* de Mizoguchi, 1954 (l'enseignement du père et la cruauté du monde; d'après Mori Ogai).

*Les Amants crucifiés* de Mizoguchi, 1954 (un adultère cruellement puni au XVIIᵉ siècle; d'après Chikamatsu).

*Quartier sans soleil* de Yamamoto Satsuo, 1954 (grève dans une imprimerie des années vingt; un roman prolétarien de Tokunaga Sunao).

*Nuages flottants* de Naruse Mikio, 1955 (dérive des amours malheureuses; d'après Hayashi Fumiko).

*La Harpe de Birmanie* d'Ichikawa Kon, 1956 (le sacrifice d'un soldat devenu bonze en 1945; un classique anti-guerre).

*Ombres en plein jour* d'Imai Tadashi, 1956 (une affaire criminelle célèbre, en cours à l'époque du film).

*La Rue de la honte* de Mizoguchi, 1956 (avant la loi sur l'abolition de la prostitution; le dernier film de Mizoguchi).

*Le Château de l'araignée* de Kurosawa, 1957 (*Macbeth* dans les brumes du Japon médiéval; un des plus beaux Shakespeare à l'écran).

*Les Bas-Fonds* de Kurosawa, 1957 (Gorki vu par Kurosawa; puissant).

*La Forteresse cachée* de Kurosawa, 1958 (un western-*kabuki* spectaculaire).

*Feux dans la plaine* d'Ichikawa Kon, 1959 (les derniers soldats japonais aux Philippines; d'après Ooka Shohei).

*L'Étrange Obsession* d'Ichikawa, 1959 (libido d'un vieillard, à Osaka; d'après *la Clé* de Tanizaki).

*La Condition de l'homme* de Kobayashi Masaki, 1959-1961 (fresque monumentale de la guerre sino-japonaise, en trois parties, d'après un roman autobiographique de Gomikawa Jumpei).

*Fin d'automne* d'Ozu, 1960 (une mère entreprend de marier sa fille, et reste seule; version féminine du *Goût du saké* tourné en 1962 : pérennité d'Ozu).

*L'Ile nue* de Shindo Kaneto, 1960 (la beauté de la misère; le film le plus célèbre de Shindo; grand prix de Moscou 1961).

*Yojimbo* (ou *le Garde du corps*) de Kurosawa, 1961 (un *rônin* nommé Sanjuro; le film qui inspira à Sergio Leone *Pour une poignée de dollars...*).

*Sanjuro* de Kurosawa, 1962 (retour du personnage de *Yojimbo*).

*Dernier Caprice* d'Ozu Yasujiro, 1961 (polissonneries d'un brasseur de saké à Osaka).

*Le Goût du saké* d'Ozu, 1962 (un mariage; séparation d'un père et de sa fille; dernier film d'Ozu).

*Entre le ciel et l'enfer* de Kurosawa, 1963 (un kidnapping à Tokyo).

*Harakiri* de Kobayashi, 1963 (une critique du *bushido*).

*Kwaidan* de Kobayashi, 1964 (quatre contes fantastiques de Lafcadio Hearn, sur pellicule glacée).

*Barberousse* de Kurosawa, 1965 (une clinique pour les pauvres à l'époque Edo).

*Dodes'kaden* de Kurosawa, 1970 (les bas-fonds de Tokyo, en couleurs et en peintures).

## La nouvelle vague des années soixante : le Japon «moderne»

*Passions juvéniles* de Nakahira Ko, 1956 (un précurseur).

*Contes cruels de la jeunesse* d'Oshima Nagisa, 1960 (passion d'un couple perdu; un des films les plus explosifs de la «nouvelle vague»).

*L'Enterrement du soleil* d'Oshima, 1960 (les bas-fonds d'Osaka).

*Nuit et Brouillard du Japon* d'Oshima, 1960 (le grand film politique des années soixante; hommage du titre à Alain Resnais).

*Filles et Gangsters* (ou *Cochons et Cuirassés*) d'Imamura Shôhei, 1961 (l'occupation américaine et la corruption japonaise par l'auteur de *Zegen*).

*La Femme des sables* de Teshigahara Hiroshi, 1962 (un entomologiste prisonnier des gens des dunes; une fable symbolique, d'après Abe Kobo, avant *le Visage d'un autre* et *le Plan déchiqueté*).

*Elle et Lui* de Hani Susumu, 1963 (une vision nouvelle de la banlieue de Tokyo).

*La Chanson de Bwana Toshi* de Hani, 1965 (un Japonais en Afrique; le pendant masculin de *la Fiancée des Andes,* du même cinéaste).

*L'Ange rouge* de Masumura Yasuzo, 1966 (guerre et érotisme).

*Premier Amour, version infernale* de Hani, 1968 (fantasmes psychanalytiques, sur un scénario de Terayama).

*La Pendaison* d'Oshima, 1968 (crime et reconstitution dans le Japon raciste).

*Éros + Massacre* de Yoshida Yoshishige, 1969 (l'anarchiste Osugi et son héritage idéologique).

*Petit Garçon* d'Oshima, 1969 (des «accidents» arrangés par les parents...).

*Histoire du Japon d'après-guerre racontée par une hôtesse de bar* d'Imamura, 1970 (un document, comme son titre l'indique...).

*La Cérémonie* d'Oshima, 1971 (une saga familiale et politique).

*Jetons les livres et sortons dans la rue* de Terayama Shuji, 1971 (un film-*happening* par le poète de la nouvelle vague).

*Coup d'État* de Yoshida, 1973 (regard sur l'anarchiste Kita Ikki).

*Cache-cache pastoral* de Terayama, 1974 (poème baroque et autobiographique).

*L'Empire des sens* d'Oshima, 1976 (le grand succès de l'érotisme japonais, dans un hommage à Georges Bataille).

*L'Empire de la passion* d'Oshima, 1978 (un autre volet...).

## Le cinéma japonais des années 1980, vu d'ici

*La vengeance est à moi* d'Imamura, 1979 (un criminel obsessionnel).

*Kagemusha* de Kurosawa, 1980 (seigneur et voleur : une fresque historique; palme d'or au festival de Cannes 1980).

*Eijanaika* d'Imamura, 1981 (révolte dans le Japon pré-Meiji).

*La Ballade de Narayama* d'Imamura, 1983 (un conte réaliste, d'après Fukazawa; palme d'or au festival de Cannes 1983).

*Furyo* d'Oshima, 1983 (le choc des cultures... et des sexualités).

*Crazy Family* d'Ishii Sogo, 1984 (une satire iconoclaste).

*Les Feux de Himatsuri* de Yanagimachi Mitsuo, 1985 (un crime à résonances animistes).

*Ran* de Kurosawa, 1985 (variations sur *le Roi Lear* et l'histoire).

*Promesse* de Yoshida, 1986 (la vieillesse et l'amour).

*Tampopo* d'Itami Juzo, 1986 (une satire du snobisme culinaire).

*Zegen* d'Imamura, 1987 (le destin de Muraoka Iheiji, marchand de femmes).

## Note de l'éditeur :

Sur le cinéma japonais, en général, on peut se reporter aux ouvrages suivants :

*le Cinéma japonais de ses origines à nos jours,* t. I et II, Paris, La Cinémathèque française, 1984 et 1985.

Max Tessier, *le Cinéma japonais au présent,* Paris, Lherminier, 1980 et 1984 pour la dernière rééd.; *Images du cinéma japonais,* Paris, Veyrier, 1981.

Donald Richie, *The Japanese Movie,* Tokyo, Kodansha, int., 1982.

*Cinéma et Littérature au Japon,* Paris, CCI-Centre Pompidou, 1986.

Et sur les cinéastes en particulier, voir : Kurosawa Akira, *Comme une autobiographie,* Paris, Le Seuil-Cahiers du Cinéma, 1985. *Le Livre de Ran,* Paris, Le Seuil-Éd. de l'Étoile-Cahiers du Cinéma, 1985. Aldo Tassone, *Akira Kurosawa,* Paris, Edilig, 1983. Donald Richie, *The Films of Akira Kurosawa,* Los Angeles, University of California Press, 1965.

Oshima Nagisa, *Écrits 1956-1978,* Paris, Gallimard-Cahiers du Cinéma, 1980. L. Danvers et C. Tatum Jr., *Nagisa Oshima,* Paris, Éd. de l'Étoile-Cahiers du Cinéma, 1986.

Daniel Serceau, *Mizoguchi. De la révolte aux songes.* Paris, Le Cerf, 1983.

Andie E. Bock, *Mikio Naruse,* Locarno, Éd. du Festival international du film de Locarno, 1983 (en français).

Regula König et Marianne Lewinsky, *Keisuke Kinoshita,* Locarno, Éd. du Festival international du film de Locarno, 1986 (en français).

Ozu Yasujiro (scénarios traduits du japonais par M. et E. Wasserman), *Crépuscule à Tokyo,* Paris, POF, 1986; *Début d'été,* Paris, POF, 1986; *le Goût du saké,* Paris POF, 1986; *Printemps tardif,* Paris, POF, 1986; *Voyage à Tokyo,* Paris, POF, 1986.

Donald Richie, *Ozu,* Genève, Lettre du blanc, 1980.

# En marge par Gérard Ménager

## Données et chiffres

### Superficie
4 îles principales et 3 918 plus petites couvrant 377 643 km² et s'étendant entre le 45ᵉ et le 20ᵉ degré de latitude Nord.

### Population
En 1985, le Japon comptait 121 millions d'habitants (septième rang mondial) avec une densité de 320 personnes au km², l'une des plus fortes du monde.

Espérance de vie : 74,2 ans pour les hommes, 80 pour les femmes en 1985. On note un vieillissement constant.

Taux de suicide : 19,5 pour 100 000.

Population active : 63,4 % en 1985.

### Régime politique
Monarchie parlementaire où l'empereur est symbole de l'État et de l'unité du peuple mais ne dispose d'aucun pouvoir de gouvernement.

Répartition des sièges à la Chambre basse à la suite des élections de juillet 1986 : parti libéral-démocrate (300), parti socialiste (85), Komeito (d'inspiration bouddhiste) (56), parti social-démocrate (26), parti communiste (26), club libéral (6), parti social-démocrate unifié (4) et indépendants (9).

### Économie
Produit national brut en 1985 : 1 980 milliards de dollars, soit le deuxième du monde occidental après les États-Unis.

Produit intérieur brut par tête d'habitant en 1985 : 16 301 dollars (source Banque du Japon).

### Commerce extérieur
En 1986, les exportations s'élevaient à 209 milliards de dollars et les importations à 126 milliards de dollars.

Destination des exportations : États-Unis (25,5 %), Europe (11,4 %) et pays en voie de développement (46,4 %).

# Préparation au voyage

### Époques privilégiées
Les deux saisons les plus propices au voyage pour leur douceur et la beauté des paysages sont le printemps (pruniers et cerisiers en fleurs) et l'automne (flamboiement des érables japonais). Juin est généralement très pluvieux; juillet et août sont très chauds et humides; septembre est le mois des typhons accompagnés de pluie. Pendant l'hiver le pays est très enneigé dans le Nord et les régions montagneuses centrales.

### Moyens de transport
En avion : *via* Moscou (environ 14 heures), *via* Anchorage (environ 18 heures), *via* Bangkok, Hong Kong, Singapour, Séoul (plus de 21 heures).

Transporteurs : Air France, Japan Air Lines, Aéroflot, Sabena, Korean Air Lines. Et depuis avril 1986, vols directs sans escale à Moscou, par Air France (11 h 50) ou Japan Air Lines (11 h 30).

En train et avion : par le Transsibérien. Paris-Moscou en avion ou en train. Étape obligatoire à Moscou. Moscou-Khabarovsk en avion ou en train. Khabarovsk-Nakhodka en train. Nakhodka-Yokohama en bateau. Plusieurs variantes sont possibles suivant le budget et le temps dont vous disposez. (Durée moyenne : 10 jours).

### Documents et devises
Passeport en cours de validité; un visa de tourisme de trois mois vous sera délivré par les consulats japonais avant le départ.

Permis de conduire : faites établir avant votre départ un permis international. Conduite à gauche.

Devises : travellers en yens, francs ou dollars. Cartes de crédit American Express ou Visa. Argent liquide : si possible des yens achetés en Europe, mais aussi des dollars, des francs français, etc.

Vêtements : les mêmes qu'en Europe suivant la saison.

### Adresses utiles
*Ambassade du Japon :* 7, av. Hoche, 75008 Paris (46.66.02.22).
*Consulat à Marseille :* 352, av. du Prado, 13008 Marseille (91.71.61.67).
*Consulat à Lyon :* 51, rue de l'Œuvre, 69316 Lyon (78.30.75.75).

*Consulat au Havre :* 73, quai de Southampton, 76600 Le Havre (35.21.18.80).
*Office national du tourisme japonais :* 4, rue Sainte-Anne, 75001 Paris (42.96.20.29).

## Agences de voyage
Il existe une grande quantité d'agences ayant à leur programme le Japon, en voyages individuels ou en groupe. Notez une agence spécialisée sur le Japon et qui est aussi un centre culturel (bibliothèque, expositions, journaux) : Carrefour du Japon, 12, rue Sainte-Anne, 75001 Paris : (42.61.60.83).

# Sur place

## Adresses utiles
Les offices du tourisme du Japon (Tourist Information Center, TIC) ont un service efficace avec des interprètes et une documentation très complète en anglais et en français sur les hôtels, les restaurants, les transports, les endroits à visiter, les fêtes, les arts traditionnels, etc. *Bureau de Narita :* Airport Terminal Building, (0476) 32-87-11. *Bureau de Tokyo :* 6-6, Yurakucho 1-Chome, Tokyo, (03) 502-14-61. *Bureau de Kyoto :* Kyoto Tower Building, Higashi Shiokojicho, Shimogyo-ku, Kyoto (près de la gare), (075) 371-56-49.

*Ambassade de France :* 11-44, 4-Chome, Minami Asabu, Minato-ku, Tokyo, (03) 473-01-71. *Consulat de France :* Kaigan Building, Kaigandori 3, Ikuta-ku, Kobe, (078) 39-35-31.

*Ambassade de Belgique :* 4 Niban-cho 5-Chome, Chiyoda-ku, Tokyo (tél. : (03) 262-01-91)

*Ambassade du Canada :* 3-38, Akasaka 7-Chome, Minato-ku, Tokyo (tél. : (03) 408-21-01)

*Ambassade de Suisse :* 9-12 Minami Azabu 5-Chome, Minato-ku, Tokyo (tél. : (03) 473-01-21)

## Moyens de transport
*Trains longues distances et interurbains*
La formule la plus avantageuse est le *Japan Rail Pass* qui permet d'emprunter tout le réseau des chemins de fer japonais *JR* (l'équivalent de la SNCF) sans limitation de kilomètres pour des durées de 7, 14 ou 21 jours, y compris dans les trains rapides (réservation des places comprise). Ces *pass* ne peuvent en aucun cas être achetés sur place.
*Trains urbains*
Plusieurs compagnies privées desservent les banlieues; les plus connues sont Hankyu, Kintetsu, Odakyu, Keio, Seibu,

Tokyu... Pour des liaisons interurbaines avec Osaka, Nara, Kyoto, Kobe, elles sont moins coûteuses que *JR* mais ne proposent pas de *Rail-Pass.*

*Métro*
Assez facile à utiliser, les noms des lignes, stations et directions étant aussi écrits en caractères romains. Attention toutefois aux sorties, qui sont parfois multiples, et aux interconnexions avec les galeries souterraines aménagées en centres commerciaux.

*Bus*
A déconseiller tant que vous ne saurez pas reconnaître visuellement l'endroit où vous voulez descendre.

*Taxis*
Les chauffeurs de taxi ne comprennent que le japonais, il est indispensable non seulement d'avoir l'adresse, mais surtout le numéro de téléphone de l'endroit où on veut aller. En effet, même avec l'adresse exacte, le chauffeur, dans 80 % des cas, devra téléphoner pour qu'on lui explique la localisation précise de l'endroit, sauf bien entendu pour les grands hôtels, gares, grands magasins, etc.

*Voitures*
Il est possible de louer une voiture à la journée (à partir de 400 F) avec kilométrage illimité. La conduite est à gauche et le permis international indispensable.

*Bateau*
Le Japon étant un pays aux milliers d'îles, le bateau (avec ou sans voiture) reste le moyen le plus agréable pour le découvrir, si toutefois on a du temps devant soi.

## Langue et prononciation

La langue écrite se compose de caractères d'origine chinoise, les *kanji* (introduits au Japon au $v^e$ siècle), du syllabaire *hiragana* composé de 51 signes et du syllabaire *katakana,* également de 51 signes (utilisé surtout pour les mots d'origine étrangère et les onomatopées japonaises). Quant aux caractères romains, les *romaji,* ils sont peu utilisés.

La prononciation du japonais est assez voisine de celle du français, avec les exceptions suivantes :
– *h* est toujours aspiré.
– *e* se prononce toujours «é».
– *u* se prononce toujours «ou» et devient presque muet en fin de mot.
– *r* est légèrement roulé, se situe entre «l» et «r».
– *ch* se prononce «tch» et «sh» se prononce «ch».
– *w* se prononce comme en anglais.

## Hébergement

Évitez les hôtels internationaux sans caractère (bien qu'il en existe, au luxe raffiné, comme l'Okura, à Tokyo) et descendez dans les auberges traditionnelles *(ryokan),* ou, mieux, dans cette multitude de *minshuku,* plus modestes, mais où l'on sera hôte payant d'une famille – ce qui, en plus de l'intérêt de vivre dans un univers japonais, permettra de connaître un dépaysement culinaire certain (au centre des *minshuku* à Tokyo, vous obtiendrez tous les renseignements; tél. : (03) 216-65-56).

Partout, en tout cas, essayez de privilégier ce qui permet un contact avec le Japonais de la rue. Bien sûr, il y a la langue. Mais, le plus souvent, on peut s'arranger et l'on finira bien par vous trouver un interprète aussi approximatif que bénévole. Il est ridicule de faire croire qu'en énumérant quelques expressions et mots nippons on ouvre la porte au dialogue. Pour paraphraser Barthes (dont *l'Empire des signes* demeure la meilleure approche du Japon par un non-spécialiste qui n'avait que son intelligence et sa sensibilité pour l'appréhender, et l'a fait mieux que bien des supposés experts), disons qu'il n'y a finalement qu'une chose importante : savoir donner un rendez-vous. Celui-ci se dit... *randebou.* Où : *doko.* Ici : *koko.* Quelle heure : *nan ji.* Quand : *itsu.* Aujourd'hui : *kyo.* Demain : *ashita.* Après, tout est possible.

## Sports traditionnels

Judo : sport d'autodéfense dérivé du jiu-jitsu et datant de la fin du XIX$^e$ siècle. Ne pas combattre la force par la force, mais au contraire utiliser la force de son adversaire à son propre avantage.

Aikido : proche du judo, ses règles furent fixées en 1925 et il peut être pratiqué à tout âge.

Karaté : technique du combat à mains nues originaire de la Chine et introduit à Okinawa au XIV$^e$ siècle.

Kendo : escrime japonaise. Les deux adversaires, la tête et le corps protégés par une armure, s'affrontent en brandissant des deux mains un sabre de bambou.

Kyudo : tir à l'arc. Cet arc traditionnel mesure plus de 2 mètres et est fait de bois et de bambou.

Et, bien sûr le sumo dont parle Philippe Pons.

Certains sports occidentaux sont aujourd'hui très populaires, notamment le base-ball (plus populaire que le football en France), le golf, le ping-pong et la natation, sans oublier le ski.

# Index

# Photographies

# Table

collections microcosme
**PETITE PLANÈTE**

**PETITE PLANÈTE / VILLES**

# Collection Points

### SÉRIE PLANÈTE

# SÉRIE ACTUELS

## SÉRIE POINT-VIRGULE

# SÉRIE HISTOIRE

# Du même auteur

Les Relations triangulaires
entre l'URSS, la Chine et le Japon
en matière énergétique
*Paris, École des hautes études en sciences sociales*
*1976*

Des villes nommées Tokyo
ouvrage collectif sous la direction de Philippe Pons
*Paris, Autrement*
*1984*

Japon, le consensus, mythe et réalités
ouvrage collectif
*Paris, Economica*
*1984*

D'Edo à Tokyo, mémoire et modernité
*Paris, Gallimard*
*1988*

TRADUCTION

Kyôto
de Yasunari Kawabata
*Paris, Albin Michel*
*1971*

MAME IMPRIMEURS À TOURS.
DÉPÔT LÉGAL SEPTEMBRE 1988. N° 10109 N° D'IMPRIMEUR (20606).